पेंगुइन स्वदेश

औरतें, सेक्स, लव और लस्ट

खुशवन्त सिंह भारत के एक प्रसिद्ध पत्रकार, लेखक, उपन्यासकार और इतिहासकार थे। एक पत्रकार के रूप में उन्हें बहुत लोकप्रियता मिली। उन्होंने पारम्परिक तरीका छोड़ नए तरीके की पत्रकारिता शुरू की। भारत सरकार के विदेश मन्त्रालय में भी उन्होंने काम किया। 1980 से 1986 तक वे राज्यसभा के मनोनीत सदस्य रहे। खुशवन्त सिंह जितने भारत में लोकप्रिय थे, उतने ही पाकिस्तान में भी लोकप्रिय थे। उनकी किताब *ट्रेन टू पाकिस्तान* बेहद लोकप्रिय हुई। इस पर फिल्म भी बन चुकी है। उन्हें पद्‌म भूषण और पद्‌म विभूषण से सम्मानित किया गया। उन्होंने अपना सम्पूर्ण जीवन एक जिन्दादिल इंसान की तरह पूरी कर्मठता के साथ जिया।

औरतें, सेक्स, लव और लस्ट

खुशवंत सिंह

पेंगुइन स्वदेश
पेंगुइन रैंडम हाउस इम्प्रिंट

पेंगुइन स्वदेश

यूएसए। कनाडा। यूके। आयरलैंड। ऑस्ट्रेलिया। सिंगापुर
न्यू ज़ीलैंड। भारत। दक्षिण अफ्रीका। चीन

पेंगुइन स्वदेश, पेंगुइन रैंडम हाउस ग्रुप ऑफ़ कम्पनीज़ का हिस्सा है,
जिसका पता global.penguinrandomhouse.com पर मिलेगा

पेंगुइन रैंडम हाउस इंडिया प्रा. लि.,
चौथी मंजिल, कैपिटल टावर-1, एम जी रोड,
गुड़गांव 122 002, हरियाणा, भारत

पेंगुइन
रैंडम हाउस
इंडिया

प्रथम हिन्दी संस्करण हिन्द पॉकेट बुक्स द्वारा 2012 में प्रकाशित
प्रथम हिन्दी संस्करण हिन्द पॉकेट बुक्स में, पेंगुइन रैंडम हाउस द्वारा 2018 में प्रकाशित
यह संस्करण पेंगुइन स्वदेश में पेंगुइन रैंडम हाउस द्वारा 2023 में प्रकाशित

अनुवाद एवं संकलन : अशोक चोपड़ा

10 9 8 7 6 5 4 3 2

इस पुस्तक में व्यक्त विचार लेखक के अपने हैं, जिनका यथासंभव तथ्यात्मक
सत्यापन किया गया है, और इस संबंध में प्रकाशक एवं सहयोगी
प्रकाशक किसी भी रूप में उत्तरदायी नहीं हैं।

ISBN 9789353490126

मुद्रक : मणिपाल टेक्नॉलजीस् लिमिटेड, भारत

www.penguin.co.in

FSC www.fsc.org MIX Paper | Supporting responsible forestry FSC® C043100

This is a legitimate digitally printed version of the book and therefore might not
have certain extra finishing on the cover.

मेरी पत्नी कंवल की पुण्य स्मृति में,
जिसने 28 दिसंबर, 2001 की सुबह,
इस संसार से विदा ली।

क्रम

लव और लस्ट

परिचय

मेरी आयु छियानवे वर्ष है और मेरे नाम से, 100 से अधिक पुस्तकें (मैं गिनती भूल गया हूं) आ चुकी हैं। मैं अपने आपको किसी भी तरह से लेखक नहीं मानता, किंतु मेरे प्रकाशक बार-बार यक़ीन दिलाते हैं कि मैं स्वयं को एक सैकंड-रेटर तो मान ही सकता हूं। एक बार भारत के शीर्षस्थ समाचार-पत्र के चिड़चिड़े संपादक ने मुझसे कहा था – 'आपने बुलशिट को भी आर्ट में बदल दिया है।' अंततः लोग बुलशिट को भी पढ़ना पसंद करते हैं। हालांकि एक पियक्कड़, औरतों के रसिया व गंदे बूढ़े आदमी के रूप में मेरा वर्णन किया जाता है, पर मेरे पास कुछ पाठक तो हैं ही, मुझे हिलेरी बैलोक की पंक्तियां याद आ रही हैं –

> जब मेरी मृत्यु होगी, तो आशा करता हूं कि ये कहा जा
> सकता है: उसके पाप भले ही लाल थे – पर उसकी
> किताबें पढ़ी गईं।

हो सकता है कि मेरी किताबें हाथों-हाथ न बिकती हों, पर वे उनकी रुचियों पर खरी उतरती हैं, जिन्हें चौपाटी की रेत पर खड़े हो कर भेलपूरी का स्वाद लेने जैसा कुछ हॉट मसालेदार पढ़ना अच्छा लगता है। मेरे लिए यही बड़ा पुरस्कार हो जाता है कि मैं कभी-न-कभी अपने पाठकों के चेहरे पर मुस्कान लाने में तो सफल रहा।

ये लेख व निबंध पिछले पचास सालों में विभिन्न पत्रिकाओं के लिए लिखे गए थे। मेरे पास सभी थे, परंतु इनके बारे में भूल गया था, क्योंकि मैंने उनका कोई रिकॉर्ड नहीं रखा था। मैं एन. कृष्णामूर्ति जैसे पाठकों के प्रति आभार प्रकट करना चाहता हूं, जिन्होंने इन कतरनों को संभाल कर रखा व प्रकाशकों को उपलब्ध करवाया। पाठकों को कई जगह पर विचारों व कथनों का दोहराव झुंझला सकता है, मैं पहले से ही इस विषय में उनसे क्षमा मांगता हूं।

– खुशवंत सिंह

औरतें

वह मेरा सामान है,
मेरी ग़ुलाम है
मेरा घर है,
मेरे घर का सामान है,
मेरे खेत, मेरा कोठार है
मेरा घोड़ा, मेरा बैल,
मेरा गधा और
मेरा सब कुछ है।

विलियम शेक्सपीयर
(टेमिंग ऑफ़ श्रिव)

1
वह भिखारिन

मैंने अपने चश्मे से नज़र को उस पर साधा। उसने मुड़ कर देखा कि कोई आसपास तो नहीं था। जब उसे तसल्ली हो गई कि कोई आसपास नहीं था और उसे देख नहीं रहा था, तो उसने अपनी धोती उतारी और बारिश की बूंदों के बीच नग्न खड़ी हो गईं, वह मेरी भिखारिन थी।

'द इलेस्ट्रेटिड वीकली ऑफ़ इंडिया' का संपादक बनने के पहले कुछ माह तक मैं चर्चगेट के पास एक युवा पारसी दंपत्ति के घर में पेईंग-गेस्ट बन कर रह रहा था। बहुत लोगों से जान-पहचान नहीं थी, इसलिए सामाजिक दायरा भी सीमित ही था। मैं रोज़ सुबह पैदल ऑफ़िस जाता और शाम को पैदल ही लौटता, क्योंकि मैंने कार व शोफ़र की सुविधा लेने से इंकार कर दिया था। ए. जी. नूरानी मेरे शुरुआती दोस्तों में से थे, जिन्होंने वकालत के साथ पत्रकारिता का

मेल बिठाया। वे अभी कुंवारे थे। हमारी शामें एक साथ बीतने लगीं। हम मैरीन ड्राइव तक टहलने जाते और मेरे फ़्लैट में लौट आते। मेरे पास शाम के लिए स्कॉच का राशन होता और नूरानी शराब न पीने की वजह से एरियेटिड पानी के गिलास से काम चलाते, फिर हम आसपास बने अलग-अलग रेस्त्रां का जायज़ा लेने निकलते। डिनर के बाद नए-नए पानवालों से पान खाने के बाद एक-दूसरे को शुभरात्रि कहा जाता। बॉम्बे में मानसून के कारण हमारा यह रूटीन टूट गया और इसी दौरान मेरी मुलाकात उस महिला से हुई, जिसके बारे में मैं आज लिखने जा रहा हूं।

बूंदाबांदी थम गई थी। रेस्त्रां से बाहर निकला, तो मैं अकेला ही था। घर जाने के रास्ते में एक गैस स्टेशन और कुछ दुकानें ही पड़ती थीं। मैं वहां अपने लिए पान लेने रुका और भेलपूरी वाले से बतियाने लगा कि बारिश के दिनों में उसका धंधा तो मंदा हो जाता होगा। उसने भी माना कि यह सच था, पर साथ ही बोला – 'मगर इसकी क़िस्मत जाग जाती है,' उसने पास वाली दुकान की सीढ़ियों पर बैठी औरत की ओर इशारा करके कहा, 'जो बेच नहीं पाता, इसे दे देता हूं। ये भिखारिन थोड़ी सिरफिरी है!' मैंने भिखारिन को देखा, जो मरभुक्खों की तरह भेलपूरी ठूंसने में मग्न थी। बहुत ही आकर्षक लड़की, शायद तेईस-चौबीस के क़रीब रही होगी।

गोरा रंग, ख़ूबसूरती से गठा बदन, उलझे बाल पूरे चेहरे पर फैले थे, शरीर से मैली-कुचैली सफ़ेद धोती लिपटी थी। मैं कुछ देर तक उसे यूं ही निहारता रहा और सोचता रहा कि इतनी आकर्षक दिखने वाली सुंदर युवती उस चरित्रहीन शहर में अकेली क्या कर रही थी? उस रात वह काफ़ी देर तक मेरी फ़ैंटेसी का हिस्सा बनी रही।

फिर तो मेरा रोज़ का यही नियम हो गया, रात के खाने के बाद गैस-स्टेशन के पास पानवाले से पान लेता, भेलपूरी वाले से यहां-वहां की दो बातें करता और बंद दुकान की सीढ़ियों पर बैठी उस भिखारिन को ताकता। मैं उसे अक्सर अपने आप से ही बातें

करते पाता। मैंने कोशिश की कि उस लड़की को भेलपूरी ख़रीद कर दूं पर ठेलेवाले ने मना कर दिया। उसके पास लड़की के लिए काफ़ी माल बच जाता था और वह किसी दूसरे को उस लड़की को खिलाने की ज़िम्मेदारी नहीं लेने देता था। शायद लड़की पर अपना ही हक़ समझता था।

एक शाम जब मैं डिनर ले रहा था, तो अचानक बादल गरजे और चर्चगेट की सड़कें पानी से लबालब भर गईं। मैंने अपनी पैंट घुटनों तक चढ़ाई, सैंडिल हाथ में थामे, पगड़ी को भीगने से बचाने के लिए छाता खोला और तेज़ी से भंवरें बनाते कीचड़ वाले पानी में छपछप करता चल दिया। पानवाला और भेलपूरीवाला, दोनों ही दुकानें बंद कर घर जा चुके थे। मैंने भिखारिन को देखा, वह संगमरमर की सीढ़ियों पर पसरी थी, जो तेज़ी से बहते पानी के नाले से कुछ ही इंच ऊपर थी। उसे उस रात खाने को कुछ नहीं मिला होगा। मैं चाहता तो था कि उसे कुछ पैसे दे दूं, पर यह नहीं पता था कि वह कैसी प्रतिक्रिया देगी। मैं उसी के बारे में सोचते हुए घर आ गया और देर रात तक वही मेरे दिलोदिमाग़ पर छाई रही।

पूरी रात बरसात होती रही। मैंने उठ कर खिड़की से बाहर झांका, जिससे मैदान व दूसरी ओर का राजाभाई क्लॉकटॉवर दिखता था। मैदान में तो जैसे बाढ़ आई हुई थी। बारिश अब भी ज़ोरों पर थी। मुझे एक औरत का साया दिखाई दिया, जो हाथ में टिन लिए मैदान पार कर रहा था। मैंने देखा कि वह गीली धोती ऊपर कर अपने नितंबों पर पानी उलीच रही थी। मैंने अपने चश्मे से नज़र को उस पर साधा। उसने मुड़ कर देखा कि कोई आसपास तो नहीं था। जब उसे तसल्ली हो गई कि कोई नहीं था और उसे देख नहीं रहा था, तो उसने अपनी धोती उतारी और बारिश की बूंदों के बीच नग्न हो कर खड़ी हो गई, वह मेरी भिखारिन थी। उसने गंदा पानी अपने शरीर पर उंडेला, अपने शरीर के हर हिस्से को मला। बाज़ू, टांगों और कंधों को अच्छी तरह रगड़ा। जब नहाने का पर्व समाप्त हुआ, तो

वही गीली धोती फिर से शरीर पर लपेटी और चर्चगेट स्टेशन की ओर चल दी। जब मैं दिल्ली में था, तो कई दिन तक समुद्र से उभरती वीनस के रूप में, बांबे की उसी भिखारिन की छवि आंखों के आगे कौंधती रही। जब बॉम्बे लौटा तो रात के खाने के बाद वहीं अपने ठिकाने पर पहुंचा। मेरा पानवाला और भेलपूरीवाला तो मौजूद थे, पर भिखारिन का कोई अता-पता नहीं था। मैंने भेलपूरीवाले से पूछा कि उस लड़की का क्या हुआ। उसकी आंखों में आंसू भर आए और रुंधे गले से बोला – "साले भड़ुए उठा कर ले गए!"

2

पुरुषों का विद्वेष

'पुरुषों में अनेक दोष होते हैं, पर महिलाओं में केवल दो ही हैं – जो भी वे कहती हैं, जो भी वे करती हैं।'

हक़ीक़त तो यही है कि जब से हव्वा ने आदम की पसली से जन्म पाया है, तभी से पुरुष उसे अपशब्द कहता आया है। उन्होंने इस बारे में मिथक गढ़ रखे हैं कि औरत में अक़्ल की कमी होती है, उसका शरीर दुर्बल होता है, वे छलिया होने के साथ-साथ भरोसे के लायक़ भी नहीं होतीं, बेशक इन बातों को इतनी बार दोहराया गया है कि तक़रीबन औरतें इन पर विश्वास करने लगी हैं, इन्हें सच मान कर ही हीन भावना से ग्रस्त हो गई हैं।

पिछली सदी से ही ऐसा संभव हो सका, जब औरतें पुरुषों की उच्चता के संदर्भ में अंगुलियां उठाने लगीं, उन्होंने समान अधिकारों का दावा करते हुए पूरे जोश के साथ उनके पूर्वजों को मेल शॉवनिस्ट

पिग कह कर पुकारा। हालांकि अब मर्द काफ़ी हद तक मान चुके हैं कि औरतें किसी भी क्षेत्र या गतिविधि में उनसे किसी भी तरह पीछे नहीं हैं, परंतु महिलाओं ने उन्हें अब भी उस अपमान के लिए क्षमा नहीं किया, जिसे वे पिछली कई सदियों से सहती आ रही थीं, वे अब भी उन्हें निरंतर उनके पिछले दुष्कर्मों की याद दिलाती रहती हैं।

मुझे स्त्री कुलबैर के संदर्भ में *'इन हर मास्टर्स वॉयस : फ़ाइव थाउज़ेंड ईयर्स ऑफ़ पुट डाउंस और पिन-अप्स'* की याद आ रही है, जो कि तामा स्टेयर नामक पत्रकार व असंख्य विज्ञापन एजेंसियों की निदेशक ने लिखी है। उसे कोई हक़ नहीं था कि वह लैंगिक भेदभाव के ख़िलाफ़ दुख मनाए, पर फिर भी उसे लगा कि पुरुषों को याद दिला ही जाए कि उनकी मां के पक्ष के पुरुष पूर्वज कितने क्रूर व कठोर थे। उसने पुरानी कहावतों, पवित्र ग्रंथों, धर्मों के संस्थापकों जैसे जरथुष्ट्र व बुद्ध, मार्टिन लूथर, अरस्तू, नीत्शे व शॉपनहॉवर, सिगमंड फ्रायड जैसे मनोविश्लेषक व कार्ल जुंग से ले कर एडोल्फ हिटलर तक के कथनों द्वारा पुरुषों को यक़ीन दिलाया है कि वर्तमान पीढ़ी को उनके पूर्वजों के किए पर शर्मिंदा होना चाहिए।

एक पंजाबी कहावत है कि औरतों का दिमाग़ उनके पैर की एड़ी में होता है। एक जर्मन कहावत भी कुछ-कुछ ऐसा ही कहती है – 'एक औरत के पास देवदूत का आकार, एक सांप जैसा दिल और गधे जैसा दिमाग़ है। आधुनिक समय तक भी औरतें अपने पतियों की जागीर मानी जाती थीं और यह उस पर निर्भर करता था कि वह उसके साथ सही तरह से पेश आए या उसे ठुकरा दे। शेक्सपीयर ने 'द टेमिंग ऑफ़ श्रिव' में इस बारे में कहा है –

जो कुछ भी मेरा है, मैं उसका स्वामी होऊंगा –
मेरा सामान है, मेरी गुलाम है, वह मेरा घर है,
मेरे घर का सामान है, मेरे खेत, मेरा कोठार है।
मेरा घोड़ा, मेरा बैल, मेरा गधा और मेरा सब कुछ है।

यहां तक कि प्रबुद्ध दार्शनिक-लेखक भी स्त्रैण नैतिकता के बारे में कोई बहुत अच्छी राय नहीं रखते – 'तथाकथित सभ्य महिलाएं उन वेश्याओं से केवल इसी रूप में अलग हैं कि वे वेश्याएं उनसे कम बेईमान होती हैं।' हिंदू ऋषियों का मानना है कि 'जो पापी होंगे, उनके यहां ही पुत्रियां जन्म लेंगी।' मिल्टन भी कुछ इसी तरह के विचार प्रस्तुत करने से पीछे नहीं रहे –

ओह! हे ईश्वर, विवेकी व ऊंचे स्वर्ग में रहने वाली
पौरुष से पूर्ण आत्माओं ने अन्ततः धरती पर इस नवीन
व प्रकृति के दोष (स्त्री) की रचना क्यों की...?

माना जाता रहा है कि औरतों में सेक्स की अदम्य लालसा होती है। शेख़ ओमर एन-नफ़ज़ावी अपने क्लासिक 'द परफ़्यूम्ड गार्डन' में लिखते हैं कि –

बहुत समय पहले मोआर्बेदा नामक एक जानी-मानी दार्शनिका थी, जिसे अपने समय का सबसे बुद्धिमान व्यक्ति माना जाता था। कहा जाता है कि एक बार उससे कुछ प्रश्न पूछे गए और यहां उसके कुछ उत्तर प्रस्तुत किए जा रहे हैं –

औरत के शरीर के किस हिस्से में उसका मन होता है?

उसकी जांघों के बीच

वह किस हिस्से में सबसे अधिक आनंद महसूस करती है?

वहीं।

और औरत का मज़हब क्या है?

उसकी भग

वह अपने किस हिस्से से लगाव रखती है और साथ ही नफ़रत भी करती है?

वही... हम अपनी भग उस पुरुष को देती हैं, जिसे हम चाहती हैं और जिससे नफ़रत करती हैं, उसे देने से इंकार कर देती हैं।

यद्यपि हम पुरुष प्रायः किसी महिला के सतीत्व की चर्चा करते हैं, किंतु भीतर-ही-भीतर उनकी सेक्सुएलिटी से भी डरते हैं। एक संस्कृत की कहावत के अनुसार – 'किसी पुरुष की अनुपस्थिति में सभी महिलाएं साध्वी ही होती हैं।' अंग्रेज़ी साहित्य में भी ऐसे अनेक संदर्भ मिलते हैं, जहां कहा गया है कि औरतें सेक्स के लिए कभी इंकार नहीं करतीं और उनकी 'न' में भी 'हां' छिपी होती है। रामायण का एक अंश कहता है कि यहां तक कि विवाहित स्त्रियां भी यौन-संबंध बनाने की लालसा को रोक नहीं पातीं।

> अच्छे परिवारों की, सुंदर व विवाहित स्त्रियां भी नैतिक सीमाओं में नहीं रह पातीं। यहां तक कि जो महिलाएं उच्च प्रतिष्ठित हैं और भरपूर स्नेह पाती हैं। वे भी इससे बच नहीं पातीं। यदि अवसर मिले तो वे कूबड़े, अंधे, बौने, लंगड़े आदि को भी न छोड़ें। यदि उन्हें कोई पुरुष न मिल सके, तो वे एक-दूसरे से वासनात्मक रूप से संबंध रखती हैं, वे अपने पतियों के लिए कभी निष्ठावान नहीं होतीं... ऐसा कोई व्यक्ति नहीं होगा, जिसे वे पाना न चाहें, फिर वह बूढ़ा हो या जवान, ख़ूबसूरत हो या बदसूरत, वे केवल अपने बारे में सोचती हैं – 'वह एक पुरुष है और मैं उसका आंनद पाना चाहती हूं...'
>
> आग में बहुत सारे लट्ठे नहीं होते, महासागर में बहुत-सी नदियां नहीं होतीं, मृत्यु के पास भी अनेक प्रकार के जीव नहीं होते और सुंदर नेत्रों वाली महिलाओं के भी अनेक पुरुष नहीं होते। हे दिव्य ऋषि! यही सब प्रकार की स्त्रियों का

रहस्य है। ज्यों ही एक स्त्री किसी सुंदर पुरुष को देखती है, उसकी भग नम हो जाती है... उन्हें प्यार से जो आनंद व संतुष्टि प्राप्त होती है, वह धन, आभूषणों, सुरक्षा व घर से भी कभी नहीं मिल पाती।

यमराज, वायु, पाताल-लोक, नर्क का सदैव जलता द्वार, चाकू की धार, विष, सर्प व अग्नि – एक स्त्री में ये सब शामिल हैं।

जब से धरती पर पंचमहाभूत हैं और ये लोक बने हैं, तभी से स्त्री और पुरुष बने हैं, तभी से स्त्री में ये दोष चलते आए हैं।

भर्तृहरि जोर देते हैं कि 'स्त्रियों के मन में एक पुरुष, शब्दों में दूसरा पुरुष और बांहों में कोई तीसरा पुरुष होता है।' एक पोलिश कहावत में यह बात ज़्यादा ही मुखर रूप से कही गई है – 'आग, पानी और औरत कभी 'बस' नहीं करते।' एक चीनी कहावत कहती है – 'जब कोई औरत अपने होंठों से कहती है कि 'बहुत हुआ', तो उस समय उसकी आंखें कह रही होती हैं कि 'फिर से हो जाए'। शेख़ ओमर इस बारे में कहते हैं –

ए मर्द! औरतों के बारे में मेरे शब्दों को सुनो! उसकी लालसा दोनों नेत्रों के बीच बसी है। चाहे वह सुलतान की बेटी ही क्यों न हो, उसके शब्दों पर ध्यान मत दो। उसका दुर्भाव अनंत है। मर्द तू उस औरत के प्यार में मत पड़। उसे कभी मत कह कि तू उससे प्यार करता है, या यह 'मेरी साथी है', वह तुम्हें तभी प्यार देती है, जब तुम उसके साथ यौन-संबंध बनाते हो। ऐसा प्यार कभी टिक नहीं सकता। तुम उसकी छातियों पर लेट

कर उसे प्यार करते हो। मूर्ख! सुबह वह तुम्हें सूअर कह कर पुकारेगी और इस बात पर भी कोई सवालिया निशान नहीं लगाता – बीवियां अपने मर्दों के बिस्तर में गुलामों के दिल लुभाती हैं। किसी औरत पर भरोसा करो और अपना दिमाग़ ख़राब कर लो।

– औरतें भरोसे के लायक़ नहीं (एबी नुवास, 800ई.)

किसी औरत पर भरोसा न करो,
उसके दिल पर यकीं न लाओ,
उनका भरोसा उनके शरीर के गुप्तांगों में पाया जाता है।

फ्रांस के अस्तित्ववादी दार्शनिक ज्यां पॉल सार्त्र भी महिलाओं की लैंगिकता के बारे में अपने विचार प्रकट करते हुए कहते हैं –

स्त्रैण सेक्स की अश्लीलता है, जो कुछ भी 'खुला है', यह एक अपील है कि सब छिद्रों जैसा बन जाए। स्त्री अपने-आप में एक अजनबी से लगते मांस की अपील करती है, जो भेदन व विलयन द्वारा उसे एक संपूर्ण जीव में बदल दे... किसी भी संशय से परे, उसका सेक्स एक मुख है, एक लोभी, जो शिश्न का स्वाद लेता है – एक तथ्य, जो कि सरलता से बंध्याकरण के विचार की ओर ले जाता है। प्रणय संबंधी क्रिया पुरुष का बंध्याकरण है, किंतु यह सबसे पहले है, क्योंकि सेक्स एक छिद्र है।

संक्षेप में, कोई भी महिला कभी भद्र नहीं हो सकती, क्योंकि जब वह बुरी होती है, तो अविश्वसनीय रूप से बुरी ही होती है। जेम्स बारी लिखते हैं –

ओह! उसकी प्रसन्नता का उल्लास और उदासी का
दुख देखते ही बनते हैं, पर जब वह बुरी होती है, तो
उसकी बुराई का कोई मुक़ाबला नहीं कर सकता।

किपलिंग की उक्ति के पीछे भी तो यही भाव मुखरित होता है, 'मनुष्य की प्रजाति में मादा अधिक भयंकर होती है।'

क्या महिलाएं पुरुषों की तुलना में अधिक जलनखोर व ईर्ष्यालु होती हैं?

फ्रायड का मानना है कि यह सच है। नारी स्वतंत्रता आंदोलन ने जोर पकड़ा, तो पुरुषों की बेचैनी बढ़ गईं। इंटरव्यू में एक अमेरिकी ईवल क्नीवल ने कहा, 'मैं महिलाओं से उसी रूप में पेश आता हूं, जैसे कि पहले आता था, बस, इन वूमन लिब से जरा हट कर मिलता हूं। अगर मौक़ा मिले, तो उनके साथ कुछ ज़्यादा ही ज़्यादती ज़रूर करूंगा।'

पुरुष जिस नज़रिए से विवाह को देखते हैं, उससे भी औरतों के प्रति उनकी विचारधारा के बारे में संशय उत्पन्न होता है, उन्हें लगता है कि औरतें उन्हें इस जाल में फांसती हैं। एक जार्जियन कहावत है – 'अगर पत्नियां अच्छी होती हैं, तो ईश्वर की भी एक पत्नी होती। एक ब्रिटिश चुटकुले के अनुसार द्विविवाह का मतलब है, 'वन वाइफ़ टू मैनी और एक विवाह में भी तो ऐसा ही है'। 'यह सब जितनी जल्दी समाप्त हो जाए, उतना ही बढ़िया होता है।' 'एक औरत एक मर्द की ज़िंदगी में खुशियों भरे दो दिन ही दे पाती है – 'एक तो जब वह उसे ब्याह कर लाता है और दूसरे जब वह उसे क़ब्र में दफ़ना देता है।' हिप्पोनेक्स ने कहा है (छठी शताब्दी ई.पू.)।

हालांकि यह हमेशा से माना जाता रहा है कि स्त्रियों में पुरुषों के लिए घातक आकर्षण होता है। एक चाइनीज़ प्रसंग के अनुसार – 'एक युवा भिक्षु बचपन से ही मठ में पला था। वह एक दफ़ा अपने गुरु के साथ पहली बार शहर गया। वहां पहली बार किसी

औरत को देखने के बाद उसने पूछा कि वह क्या थी, तो उसे जवाब मिला कि 'वे चीता हैं और तुम्हें खा जाएंगी।' मठ में लौटते समय भी भिक्षु सोच में पड़ा रहा। अंत में उसने कहा – 'अगर वह चीता हैं, तो आदरणीय गुरुजी! मैं यही चाहूंगा कि वे मुझे खा लें।'

अधिकतर मर्द इस बात के पक्ष में हैं कि स्त्रियां बलात्कार का आनंद उठाती हैं। कई साल पहले, मिसोरी के मेयर ने घोषणा की थी – 'ज़ोर-ज़बरदस्ती और फुसलाहट में केवल सेल्समैनशिप का अंतर है।'

एक बेटी का जन्म हमेशा से ही विपदा माना जाता रहा है। चैंपियन बॉक्सर मुहम्मद अली कहते हैं – 'लोग मुझसे पूछते हैं कि मेरे कितने बच्चे हैं, तो मैं कहता हूं कि मेरा एक बेटा और सात भूलें हैं।'

एडोल्फ हिटलर का तो यह मानना था कि नारीवादी आंदोलन यहूदी षड्यंत्र था। वह कहता है – 'महिलाओं के प्रति समानुभूति का संदेश केवल यहूदी बुद्धि की देन था और इसकी विषयवस्तु पर भी वही छाप थी।' औरतों के पास दिमाग़ नहीं होता, केवल वही ऐसा मानने वाला नहीं था। एक अमेरिकी लिखते हैं – 'यदि कोई युवती अपनी बुद्धि को पारदर्शी ब्लाउज़ में छिपाती है, तो वह बुद्धि कभी अपंग नहीं होती।' कुर्ट वॉनगट ने कहा है – 'किसी ख़ूबसूरत औरत को पढ़ाने का अर्थ है कि आप एक फ़ाइन स्विस वॉच पर शहद उंडेल रहे हैं, सब कुछ वहीं थम जाता है।'

ब्रिटिश संसद के महान सर एलन पैट्रिक हरबर्ट इस बारे में कहते हैं –

> **मुझे उसका बेकार व रोएंदार होना ही पसंद है। मुझे उसका बुरा स्वाद पता है, हलकी रोएंदार नज़रें और कमर पर एक लता। सुनहरे बाल इस तरह उड़ते हों, मानो चांद के आसपास छाई धुंध। होंठ ये कहते प्रतीत**

हों कि 'तुम्हें हमें जल्दी ही चूम लेना चाहिए'। न हलकी, न भारी, न छोटी और न ही लंबी। बस, हलकी रोएंदार गदबदी, जिसमें दिमाग़ ही न हो।

लिओ बर्ग के अनुसार कोई औरत अपने वक्षस्थल के माध्यम से स्वयं को कहीं बेहतर तरीक़े से प्रकट कर पाती है – 'किसी औरत की छाती, वह हिस्सा है, जिसे वह पूरी बुद्धिमत्ता से प्रकट करती है। यही उसकी भाषा, काव्य, इतिहास, संगीत, शुद्धता व इच्छा है... वक्षस्थल ही सभी स्त्रैण इच्छाओं, उपायों व मनःस्थितियों का केंद्रीय अंग है।' सत्रहवीं सदी की एक अंग्रेज़ी कहावत के अनुसार – 'पुरुषों में अनेक दोष होते हैं, पर महिलाओं में केवल दो ही हैं, जो भी वे कहती हैं, जो भी वे करती हैं'

3

क्या भारतीय महिलाएं अलग होती हैं?

भारत या दूसरे किसी देश में पति को धोखा देने की घटना कोई अलग बात नहीं है। जगह कोई भी हो, यह सामान्य घटना है। यदि मौक़ा मिले और बात गुप्त रखने की तसल्ली दी जाए, तो भारतीय महिलाएं भी बेशक दूसरे स्थानों की औरतों की तरह अवैध संबंधों के लिए ललचा सकती हैं।

कई साल पहले मुझे पांच हज़ार शब्दों में 'भारतीय महिलाओं' पर लेख लिखने का निमंत्रण मिला। 'भारतीय महिला' जैसा कि मेरे प्रिय पाठक जानते ही हैं, मैं इस बारे में एक विशेषज्ञ के रूप में कुख्यात हूं, हालांकि ऐसी कोई बात है नहीं। ख़ैर, मुझे अपनी छवि का मान तो रखना ही था। मैंने सोचा, 'अरे! ये तो मेरे बाएं हाथ का खेल

है, आसानी से हो जाएगा (वैसे मैं दाएं हाथ से ही लिखता हूं)। मैंने फुर्ती से उस प्रस्ताव को मान लिया। अपना राइटिंग पैड और बॉल प्वाइंट पैन निकाला और बड़े अक्षरों में शीर्षक लिखा 'भारतीय महिला' – द्वारा खुशवंत सिंह और पांच हज़ार शब्दों में जो लेख लिखा जाना था, वह उन पांच शब्दों में ही समाप्त हो गया।

क्या सचमुच ऐसी कोई चीज़ या बात है, जो भारतीय महिला को दुनिया की दूसरी महिलाओं से अलग दिखाती है? क्या कोई औरत दिखने में पाकिस्तानी, पंजाबी या कश्मीरी होती है? (कई कश्मीरी औरतें तो यूरोपियन लगती हैं)। हमारी गढ़वाली, नेपाली और भूटिया औरतें सीमा पार के स्वजनों सी दिखती हैं। कुछ तो तिब्बती और चीनी लगती हैं। हमारी बंगालनें बांग्लादेशी दिखती हैं और दक्षिण भारतीय महिलाएं श्रीलंका की जान पड़ती हैं। नहीं, ऐसा कुछ ख़ास नहीं होता, जिसे हम विशेष तौर पर भारतीय लुक कह सकें। साड़ी, बिंदी और सिंदूर, ये तीनों किसी भारतीय महिला को और औरतों से अलग दिखाते हैं – बांग्लादेशी, श्रीलंकाई और दूसरी औरतें भी आदतन ये सब पहनती हैं। क्या एक भारतीय औरत की देहगंध दूसरी औरतों से अलग होती है? मेरे पास इस बारे में कुछ कहने के लिए ठोस जानकारी नहीं है, पर मैं ये तो जानता हूं कि ज़्यादातर औरतें किसी-न-किसी तेल से अपने शरीर की मालिश करती हैं, इसलिए उनकी देह से नारियल, तिल या बादाम वगैरह के तेल की गंध आती होगी। क्या उनके स्वभाव काफ़ी हद तक अलग होते हैं? वे आसानी से ताव खा जाती हैं या दूसरी औरतों के मुक़ाबले शांत होती हैं? जल्दी गुस्साने से ले कर शांत रहने तक का अनुपात तमाम राष्ट्रीयताओं में एक सा ही होता है।

क्या भारतीय महिलाएं दूसरी औरतों की तुलना में ज़्यादा सेक्सी या कम सेक्सी, ज़्यादा आगे आने वाली या वर्जनाओं से घिरी होती हैं? भारतीय पुरुषों ने अपनी महिलाओं के लिए यूं ही कुछ भ्रम पाल रखे हैं कि वे दूसरे स्थानों की औरतों की तुलना में पतियों के लिए

ज़्यादा वफ़ादार और सती सावित्री होती हैं। उन्हें सीता माना जाता है और वे इसी बात पर अपने प्राण तक लेने को उतारु हो जाती हैं कि पति ने उनकी वफ़ादारी पर संदेह किया। हिंदू औरतों पर तो पवित्र सीता की छवि थोपी गई है। अब यह जिज्ञासा मुस्लिम, सिख और ईसाई औरतों में पाई जाती है। दुर्भाग्यवश इनमें से कोई भी उस ढांचे में फिट नहीं आतीं। पंचतंत्र की एक कहानी में बड़े ही साफ़ व स्पष्ट रूप में सत्य कहा गया है – इसके अनुसार, 'बुद्धि मान कहते हैं कि नदी का स्रोत, किसी ऋषि या नायक के परिवार का मूल या किसी निरंकुश औरत में निष्ठा व वफ़ादारी खोजने से कुछ भी हाथ नहीं आता। कोई नारी जन्म से ही अच्छी या बुरी होती है और कोई भी किसी दुष्टा को सद्गुणी नहीं बना सकता। यह संभव है कि अग्नि स्पर्श करने पर शीतल जान पड़े, चंद्रमा की किरणें गर्म लगें, पर निरंकुश स्त्री कभी सती-साध्वी नहीं हो सकती।' एक जातक कथा के अनुसार, 'प्राचीनकाल के विद्वानों ने कहा है कि सागर कभी नदियों से संतुष्ट नहीं होते, एक मूर्ख का मन पाप-कर्म से, एक बकवास करने वाले का ऊलजलूल बोलने से, एक विद्वान का ग्रंथों से, आग का ईंधन से और एक स्त्री का मन पुरुषों से कभी नहीं भरता।'

प्राचीनकाल में यह कथानक विशेष तौर पर लोकप्रिय था कि जो साधु व मुनि अपने ब्रह्मचर्य के बल पर गुफ़ाओं व कंदराओं में बड़ी-बड़ी सिद्ध शक्तियां पाने जाते थे, उनके प्रतिद्वंद्वी उन्हें फुसलाने व तपस्या से विमुख करने के लिए अप्सराएं भेजा करते और बेशक वे औरतें उन मुनियों को बहकाने के मिशन में पूरी तरह से सफल भी होतीं।

वात्स्यायन के कामसूत्र को सेक्स व भारतीय महिलाओं के बारे में सटीक जानकारी देने वाला ग्रंथ माना जाता है, पर मुझे तो यह मज़ाक़िया बकवास से ज़्यादा कभी कुछ नहीं लगा। कोई भी आधुनिक सेक्सोलॉजिस्ट आपको यही बताएगा कि पुरुषों या महिलाओं

को उनके जननांगों के आधार पर नहीं बांटा जा सकता और धर्म, जाति व प्रांत आदि के आधार पर भी महिलाओं की कामेच्छा में कोई अंतर नहीं होता। किसी भी स्वस्थ स्त्री या पुरुष में अस्वस्थ या कुपोषित स्त्री-पुरुष की तुलना में कामेच्छा, यानी सेक्स के लिए इच्छा अधिक होगी।

मैंने इस विषय पर जितना अधिक अध्ययन किया, अपने मत से उतना ही सहमत होता गया कि केवल एक ही चीज़ भारतीय स्त्रियों को दूसरी औरतों के मुक़ाबले अलग करती है और वह है उनका पासपोर्ट!

4

श्रीमती इंडिया

कार्य के समय दासी, रसोईघर में एक रसोईया,
व्यवसाय में एक बनिया और बिस्तर में एक वेश्या।
यदि आपके पास एक ही औरत में सब गुण हों,
तो आपको कई विवाह करने की कोई आवश्यकता
नहीं है – आपके पास एक औरत के साथ ही
पूरा हरम है।

हम पाशा रेस्त्रां में थे और एक ऐसे मेन्यू पर चर्चा कर रहे थे, जिसमें भारत के विभिन्न प्रांतों के सभी स्वादिष्ट व्यंजन शामिल हों, जिसे वहां की संरक्षिका नरगिस ओमरभाय ने अपनी ख़ूबी बना लिया है, वे स्वयं अपने रेस्त्रां के रसोईघर की छोटी-से-छोटी चीज़ का ध्यान रखती हैं।

फिर हमारी बात खाने से हट कर महिलाओं पर आ गई – हमारे देश के सभी इलाकों से ख़ूबसूरती को चुन कर, उनके मेल से

एक 'श्रीमती इंडिया' कैसे तैयार कर सकते हैं? 'अगर रंग की बात करें, तो कश्मीरी लड़की का कोई मुक़ाबला नहीं कर सकता,' एक कश्मीरी ने कहा, 'उसका रंग साफ़ होता है, पर यूरोपियनों की तरह सफ़ेद नहीं होता – वह काफ़ी हद तक कच्चे हैम के बजाए पुराने हाथीदांत-सा दिखता है। उसकी आंखें भी तो बला की ख़ूबसूरत होती हैं। किसी चिंकारा की आंखों जैसी बड़ी-बड़ी बादाम के आकार वाली! वे पतझड़ के आसमान जैसी नीली हो सकती हैं या हैशबोन के स्वच्छ नालों की तरह गहरी भी।'

'तुम उत्तर भारतीयों में तो रंग के लिए दक्षिण अफ़्रीकी बुअर से भी ज़्यादा धारणाएं होती हैं। बस, तुम यही चाहते हो कि तुम्हारी औरतें गोरी होनी चाहिए – जितनी गोरी, उतनी बेहतर! ज़रा आदिवासी औरतों के गहरे आबनूसी रंग को तो याद करो – संथाल, मुंडा, ओरांव, मुड़िया और भील, उन सबकी त्वचा कितनी प्यारी होती है और नैन-नक्श भी कितने दिलकश; वक्ष, जो कभी नहीं ढलते; गोल सांचे में ढले नितंब, जो कभी तुम्हारी शहरी औरतों की तरह आकारहीन मांस के लोंदे में नहीं बदलते।' पुराने हाथीदांत बनाम आबनूस पर थोड़ी और चर्चा के बाद, हमने निष्कर्ष निकाला कि आदिवासी स्त्रियों की फ़िगर अपनी द्रविड़ और आर्य बहनों की तुलना में कहीं बेहतर होती है।

किसी ने हिमाचली और राजस्थानी युवतियों के नाम की अपील की – 'उनका रंग न तो बहुत साफ़ होता है और न ही बहुत गहरा; वे न तो पंजाबी, कश्मीरी, उत्तर-प्रदेश और हरियाणा की जाट युवतियों की तरह ज़्यादा लंबी होती हैं और न ही महाराष्ट्रियन, गुजराती और दक्षिण भारतीय महिलाओं की तरह छोटी होती हैं। मध्यम आकार का वक्षस्थल, पतली कमर और लजीली आंखें।' उसकी बात सुन कर हरियाणवी चौंका – 'हरियाणा की औरतों के पास सब कुछ बड़ा और स्वस्थ मात्रा में होता है। केवल वही जानती हैं कि अपने आप को किसी रानी की तरह कैसे पेश करना चाहिए। ज़रा उन्हें

सीधा तन कर चलते देखें – हवा में लहराता घाघरा और लाठी-सी तनी हरियाणे की छोरी – वाह! वाह!'

'ख़ूबसूरत बालों के बिना किसी युवती को सुंदर नहीं कहा जा सकता और बंगालिन औरतों के बाल वाक़ई ख़ूबसूरत होते हैं, उनका कोई मुक़ाबला नहीं कर सकता – घने काले और इतने लंबे कि आप उन पर बैठ सकें', एक बंगाली ने कहा, उनकी आवाज़ भी सबसे मधुर होती है। हो सकता है कि कोई युवती एक हंसिनी दिखे, पर अगर उसकी आवाज़ कर्कश है, तो वह किसी कौआी से कम नहीं है! हमारा बंगाल जाने कितनी लता मंगेशकर पैदा कर सकता है।'

एक भद्र सज्जन आगे आए, 'बहुत सा जावाकुसुम!... सारी भारतीय औरतें अपने बालों में ढेर-सा तेल, मक्खन या घी लगाती हैं। कोई उन्हें बताए कि इससे कोई फ़ायदा नहीं होता। अगर आप बालों में अंगुलियां ही नहीं फिरा सकते, तो ऐसे तेल का क्या फ़ायदा?'

एक तमिल ने कहा 'हम विषय से भटक रहे हैं। दक्षिण भारतीय युवती ही क्लासिक भारतीय सुंदरता है। लंबे बाल, सुगढ़ आंखें और उनमें छिपी जीवंतता। भरा हुआ वक्षस्थल, छरहरी कमर, बड़े नितंब और दुनिया में सबसे ज़्यादा मुलायम त्वचा। तभी तो केवल वे ही भरतनाट्यम कर सकती हैं। जब एक द्रविड़ सुंदरी चलती है, तो आप उसकी पायलों की रुनझुन सुन सकते हैं।'

'महाराष्ट्रियन युवतियों के बारे में आप क्या कहेंगे? उनकी जैसी सफ़ाई पसंद स्त्रियां कहीं नहीं पाएंगे – हमेशा ऐसी दिखती हैं, मानो बस, अभी स्नान करके आई हैं। मेरे लिए तो साफ़-सफ़ाई ईश्वर का ही दूसरा रूप है'।

एक और सज्जन बोले – 'लुक्स से कहीं ज़्यादा बातचीत का तौर-तरीक़ा और शिष्टता मायने रखती है। इसके लिए आपको यू.पी. की किसी मुस्लिम महिला या बांबे के बावाजी को देखना होगा। आप इंदिरा गांधी में ये दोनों प्रभाव देख सकते हैं। वे एक सुसंस्कृत

लखनवी बेगम की तरह बोलती थीं, किसी यूरोपियनाइज़्ड पारसी जैसे मैनर्स थे और सुलताना रज़िया जैसी शान थी।'

तो इस तरह इन सबके मेल से एक भारतीय महिला उभरी – कश्मीरी रंग, बंगाली बाल और आवाज़, आदिवासी वक्ष, हरियाणवी चाल, महाराष्ट्रियन की सफ़ाई, दक्षिण भारतीय काया, पंजाबी जीवंतता, हैदराबादी लज्जाशीलता, लखनवी बोलचाल और पारसी के अदब-क़ायदे। इस तरह हम पारंपरिक विशेषताओं के साथ 'श्रीमती इंडिया' बनाने में कामयाब रहे। कार्य के समय दासी, रसोईघर में एक रसोईया, व्यवसाय में एक बनिया और बिस्तर में एक वेश्या। यदि आपके पास एक ही औरत में सब गुण हों, तो आपको कई विवाह करने की कोई आवश्यकता नहीं है – आपके पास एक औरत के साथ ही पूरा हरम है।

5

स्त्रियों के स्तन

'छातियों के बारे में सबसे रोचक बात यह है कि ये लगातार बदलती रहती हैं।'... जब कोई औरत दौड़ रही हो, गुस्से में हो या स्वेटर पहन रही हो, तो छातियां दुनिया की सबसे बेचैन वस्तु हो जाती हैं।'

किसी स्त्री के शरीर में ऐसा क्या है, जो पुरुष को सबसे अधिक आकर्षित करता है? उसका चेहरा या उसकी देहयष्टि? उसके स्तन या चौड़े नितंब या फिर उसका पिछला हिस्सा? पूरे शरीर के अलग-अलग अंगों का विच्छेदन कर दें, तो कोई लाभ नहीं होगा, क्योंकि उसके पूरे शरीर का सौंदर्य (मेरे लिए तो उसका पूरा शरीर ही दर्शनीय है।) ही, उसके स्वभाव, अदाओं व जीवंतता के साथ मिल कर किसी पुरुष के लिए संभावित आकर्षण का कारण बनता है। हालांकि यह भी ध्यान में रखना चाहिए कि जब सेक्स अपील (अश्लील रूप से कहा

जाए तो) की बात आती है, तो वक्षस्थल, कमर का मध्य भाग, या नितंब ही नर-कामलिप्सा को बढ़ाते हैं। इन तीनों में से पोर्नोग्राफ़र और दृश्यरसिक मध्य भाग या नितंबों का नाम लेंगे, जबकि कोई भी रसज्ञ; कवि, चित्रकार या फिर प्रेम-पत्रों का लेखक वक्षस्थल को ही वोट देगा। नारी शरीर का कोई दूसरा अंग ऐसा नहीं है, जिसे कलाकारों व तस्वीरें लेने वालों द्वारा इतना शोषित किया गया होगा या जिसे उपन्यासों में इतना स्थान दिया गया होगा।

एलन ब्रायन एक लंबे समय से मेरे प्रिय पत्रकार व लेखक रहे हैं। जब से टाइम्स ग्रुप के पेपर्स और संडे टाइम्स ने अपना प्रकाशन बंद किया है, तभी से मैं क्रॉस वर्ड पज़ल और एलन ब्रायन को बहुत याद करता हूं। जब मुझे यह पता चला कि वे महिला स्तनों के क्षेत्र में कार्यरत हैं (जिसे वैज्ञानिक भाषा में मेमारोलॉजी कहते हैं), तो मुझे बहुत प्रसन्नता हुई। यह तो साफ़ है कि उनकी पत्नी जिल ट्वीडी ने इस परियोजना को अपनी मंज़ूरी दी है – 'मैंने कभी सॉफ़्ट पोर्न पर हमला नहीं किया', जब जिल पर आक्षेप किया गया कि वह अपने पति द्वारा 'बूबिंग' से पैसा कमाने के कारण उससे अलग हो रही है, तो उसने बड़ी कठोरता से उत्तर दिया।

एलन लिखते हैं – 'छातियों के बारे में सबसे रोचक बात यह है कि ये लगातार बदलती रहती हैं। जब कोई औरत दौड़ रही हो, गुस्से में हो या स्वेटर पहन रही हो, तो छातियां दुनिया की सबसे बेचैन वस्तु हो जाती हैं।' किंतु जब थीम के विविध प्रकारों को लिपिबद्ध करने की बारी आती है, तो एलन कोई ख़ास रुचि लेते नहीं दिखते। वे उसी प्रकार उनका वर्णन करते हैं, जैसे कि उनसे पहले वाले लोग करते आए हैं; जैसे वास्तुकला से शब्द लेना (गुंबद, इग्लू या मेहराब आदि) या फिर फलों के नाम, जैसे (सेब, आड़ू आदि)।

'सांग ऑफ़ सोलोमन' में छातियों की तुलना 'दो मत्स्यों से की गई है, जो कि जुड़वां हैं।' हम भारतीय जानते हैं कि हमारे यहां इनकी तुलना ख़रबूजों व आमों से की जाती है। हमारे पास उनके बेचैनी व

अस्थिरता के लिए भी शब्द हैं – एक प्रसिद्ध पंजाबी लोकगीत में इन्हें 'जंगली कबूतर' कहा गया है। उनका अपना ही स्वायत्त अस्तित्व होता है, अन्यथा एक शर्मीली व घरेलू क़िस्म की युवती भी, 18वीं सदी के अंग्रेज़ कवि के शब्दों में, 'हृष्ट-पुष्ट वक्षस्थलों वाली हो सकती है, जिसे सौंदर्य भी पालतू नहीं बना सकता।'

पुरुष प्रागैतिहासिक काल से ही भारी वक्षस्थल को प्राथमिकता देता आया है। सिंधु घाटी की सभ्यता में तीन स्तनों वाली देवियों की प्रतिमाओं के विवरण आते हैं। यहां तक कि जब बाद में स्त्रियों ने तीसरे स्तन को नकार दिया, तो दो स्तनों का आकार भी पुरुष के लिए रुचि का विषय रहा। एक स्त्री को हमेशा एक दायित्व माना जाता था। ओल्ड टेस्टामेंट में भाई कहते हैं, 'हमारी एक छोटी बहन है और अभी उसकी छातियां भी नहीं हैं।' चार्ल्स डिकंस की पहल एक क्लांत वृद्ध की है। उसके हिसाब से आदर्श छातियां वही हैं, जिन पर कोई सिर रख कर सो सके; जैसे कि वे तकिया हों और अधिक युवाओं के लिए प्राथमिकता यह होगी कि वक्ष अधिक सुडौल हों, ताकि वे उन पर आभूषण सजा सकें।

मैं समझ सकता हूं कि आकार में समानता के कारण ही लोग गुंबदों या फलों से उनकी तुलना करते हैं, किंतु जब खाद्य पदार्थों के साथ उनका मेल बिठाया जाता है, तो मुझे समझ नहीं आता। बेशक कोई बच्चा अपनी बाल बुद्धि से उन्हें 'हनी पॉट' कह सकता है, पर बड़ा ही विचित्र लगता है, जब वृद्ध स्पेंसर अपनी स्त्री की तारीफ़ ऐसे करता है, मानो खाना खाने से पहले की प्रार्थना कर रहा हो –

> यह कोई सपना था या मैंने साफ़ देखा? शुद्ध
> हाथीदांत की बनी मेज़। उस पर फैला भोज, जो कि
> एक शाही राजकुमार का मनोरंजन कर सके। उनके
> बीच थी एक चांदी की तश्तरी, जिस पर दो अमूल्य
> सुनहरे सेब रखे थे।

दूसरी 'एमोरेट्टी' में यह प्रशंसा पुष्पों के साथ की गई है –

उसका वक्षस्थल, मानो स्ट्रॉबैरी की शैया, गर्दन, मानो
गुलकबूतर का गुच्छा। उसके स्तन, मानो लिली, जिसके
पत्ते झड़ चुके हैं। उसके स्तनों के कुचाग्र, मानो नन्हे
खिले हुए जैस्मीन!

गहरी नजर वाले जासूस ने अपनी दुल्हन से कहा
कि क्या यह मेरी नज़रों का दोष है? क्या ईस्ट टिट,
बेस्ट वेस्ट टिट से कुछ कम है या फिर मेरा देखने का
नज़रिया गलत है?

6

फ़ीमेल पोर्न

महिलाओं के क्रोमोसोम पुरुषों की तुलना में अलग होते हैं और तभी वे सेक्स के बारे में कम सपने देखती हैं और उस पुरुष के चुनाव में विशेष सावधानी बरतती हैं, जिसके साथ वे समय बिताना चाहती हैं।

शायद ही कोई ऐसा पुरुष होगा, जिसे पोर्नोग्राफ़ी या गंदे चुटकुलों में रस न आता हो, ठीक इसी तरह शायद ही कोई स्त्री इन चीज़ों में रस लेती होगी। अश्लील फ़िल्में, गिर्ली पत्रिकाएं, दर्शनरति, शौचालय की दीवारों पर गंदे वाक्य लिखना और डिनर की दावत के बाद वे क़िस्से दोहराना; ये सब पुरुषों के रस लेने के विषय हैं। जब बीट्रिस फास्ट एक सवाल पूछती हैं – 'अगर औरतें हर काम में पुरुषों की बराबरी कर रही हैं, तो महिलाओं के लिए पोर्नोग्राफ़ी क्यों नहीं होना चाहिए?' वे मानती हैं कि उन्हें अपनी महिला दर्शकों की ओर से 'कई

प्रकार की चुप्पियों' का सामना करना पड़ा। औरतें केवल पोर्नोग्राफ़ी से ही उत्तेजित नहीं होतीं; उनके इंजन एक से हैं (पुरुषों की तुलना में) परंतु स्टार्टर-मोटर्स अलग-अलग हैं, क्यों?'

लेखिका ने इसी क्यों का जवाब पाने के लिए एक थीसिस तैयार की, जिसमें पॉर्न के प्रति पुरुषों और महिलाओं के रवैए को परखा गया था – 'वूमन : सेक्स एंड पोर्नोग्राफ़ी'। इसका सादा और सरल सा उत्तर जैविक है – महिलाओं के क्रोमोसोम पुरुषों की तुलना में अलग होते हैं और तभी वे सेक्स के बारे में कम सपने देखती हैं और उस पुरुष के चुनाव में विशेष सावधानी बरतती हैं, जिसके साथ वे समय बिताना चाहती हैं।

पुरुषों को उत्तेजित करने के लिए अधिक उत्तेजक की आवश्यकता नहीं होती, वे तक़रीबन प्रत्येक महिला से मानसिक या भावात्मक अपील के बिना ही संभोग कर सकते हैं; जबकि महिलाएं केवल किसी ऐसे पुरुष से ही संबंध बनाना पसंद करती हैं, जिसे वे आर्कषक पाती हैं। पुरुष छवियों, दृश्यों, बेहूदी व अश्लील कहानियों के लिए प्रतिक्रिया देते हैं, तो स्त्रियों को मीठे स्वरों में कही गई बातें और सौम्य स्पर्श लुभाते हैं।

फ़ास्ट के अनुसार 'स्त्रियां उसी तरह से अपने लिए प्यार चाहती हैं, जैसे वे अपने बच्चों को दुलारती हैं। वहीं दूसरी ओर पुरुष काम संबंधों का भरपूर आनंद लेते हैं और अधिक आत्मीयता में विश्वास नहीं रखते; उन्हें यह समझ नहीं आता कि औरतें इतनी छोटी-छोटी बातों पर वबाल क्यों मचाती हैं कि वे कब और क़िस्से प्यार करतीं हैं'।

तो इस प्रकार निष्कर्ष तो यही निकलता है – विवाह वह क़ीमत है जो एक मर्द सेक्स के लिए चुकाता है और सेक्स वह क़ीमत है, जो कोई स्त्री विवाह के लिए चुकाती है। 'वूमन लिब' के बावजूद यह पुरुष-प्रधान समाज रहेगा और स्त्रियों के लिए पुरुषों द्वारा बनाए गए नियमों को ही प्रधानता दी जाएगी – उन्हें अपने पति को स्वीकारना

चाहिए, उनके अनुसार चलना चाहिए? उनके अहं की तुष्टि के लिए उन्हें सराहना चाहिए और रोटी कमाने वाले के रूप में उनकी पूछ करनी चाहिए। हम फिर से पहले ही ख़ाने में लौट आए हैं।

7
स्त्रियों के नेत्र

स्त्री की आंखों में जलने वाली रोशनी ने ही, तो मेरे दिल को बेकार कर दिया है।

हम गोवा के एक होटल के लाउंज में बैठे मौसम के साफ़ होने के इंतज़ार में थे। बाहर ताबड़तोड़ बरसात हो रही थी और दूर-दूर तक एक भी बादल का नामोनिशान नहीं था। बस बैठ कर गप्पें मारने के सिवा कोई चारा ही नहीं था। अनिवार्य रूप से बातों का विषय स्त्रियों पर आ गया। जैसा कि कहा भी है कि सावन-भादों 'बदमाश मौसम' होता है। इस मौसम में अगर आप 'कुछ' कर नहीं सकते (हम सब सत्तर के क़रीब थे), तो करने के बारे में बातें करते हैं। 'आपके अनुसार, किसी नारी की सुंदरता में सबसे अधिक महत्वपूर्ण अंग कौन-सा होता है?' उन्होंने कुछ इस तरह पूछा, मानो मैं इस विषय का विशेषज्ञ हूं। मैंने निःसंकोच उत्तर दिया 'जहां तक मेरा संबंध है, मुझे तो उनकी आंखें मोहती हैं।' साथ ही मैंने एक जुमला

भी जोड़ दिया, जो किसी अंग्रेज़ ने लिखा था, उसकी नायिका अपने प्रेमी से कहती है, 'मैं चाहूंगी कि तुम मेरी आंखों में डूब जाओ।' दरअसल वह कहना क्या चाहती थी?

एक औरत की आंखें अगर नीली हों, तो उनकी तुलना सागर से की जाती है। अगर गहरी काली हों, तो किसी झील के पानी से की जाती है। 'सांग ऑफ़ सांग्स' में उनकी तुलना हैशबून के तालों से की गई है। कहीं-कहीं तो नाले के किनारे बैठी फ़ाख़्ता से भी उपमा दी गई है। 'द ब्लेज़्ड डेमोज़ेल' में दांते गैबिरयल रोसेट्टी कहते हैं –

वह सुंदर युवती स्वर्ग के सुनहरे गवाक्ष से झांकी।
उसकी आंखें ठहरे पानी की गहराई से भी ज़्यादा
स्थिर थीं।

जहां तक मेरी जानकारी है; भारतीय कवि कभी किसी स्त्री के नेत्रों की उपमा सागर या झीलों से नहीं देते। संस्कृत भाषा में उनके सौंदर्य का वर्णन करने के लिए पुष्पों व पशुओं के नाम लिए जाते हैं – कमलनयनी (कमल जैसे नेत्र), मृगनयनी (हिरण जैसे नेत्रों वाली)। उर्दू और फ़ारसी के शायर भी उन्हें चश्मे-आहू (चिंकारा जैसे नेत्र) या नर्गिसी (नर्गिस की तरह) कह कर पुकारते हैं। हिंदी कवि और उर्दू शायर दोनों ही गुलाबी आंखों की तारीफ़ करते हैं (मैंने कभी नहीं देखीं), मानो नशा कर रखा हो – मस्त या शराबी।

पहले-पहल दो प्रेमी शायद आंखों की ज़ुबां से ही दिल की बात कहते हैं। सारवंटीज़ उन्हें 'प्यार की ख़ामोश ज़ुबां' कहते हैं। जैसे शेक्सपीयर ने कहा है –

आओ प्रिय मित्र! तुम कभी वृद्ध नहीं हो सकती,
क्योंकि मैंने जब तुम्हारी आंखें पहली बार देखी थीं,
तब से तुम्हारा सौंदर्य ज्यों-का-त्यों है।

मुझे तो यही लगता था कि यूरोपियन कवियों को आंखें चार होने के बारे में कुछ पता ही नहीं है। आंखें चार होना – दिल की बात कह देना। मैं गलत निकला। 'चाइल्डी हेराल्डस पिलग्रिमेज' में बायरन ने लिखा है –

और लैंप के उजले प्रकाश में एक सुंदर स्त्री और वीर युवक दिखे। हज़ारों दिल प्रसन्नता से धड़क उठे और जब संगीत अपनी चरम सीमा पर आया, तो उन आंखों ने ही दूसरी आंखों से दिल की बात कह दी। सब कुछ विवाह में बजने वाले घंटे-सा ही मुदित हो उठा।

कोई भी शेक्सपीयर के इस निरीक्षण पर सवालिया निशान नहीं लगा सकता कि औरत की 'आंखों में एक भाषा' होती है। यदि वह चाहे, तो इस तिरछी नज़र के वार से किसी को भी घायल कर सकती है। मिल्टन ने इसे 'लव डार्टिंग आइज़' कहा है। उन्होंने उसकी आंखों में 'स्वर्ग' देखा; बेशक वह उनके नेत्रहीन होने से पहले की बात रही होगी। थॉमस मूर भी इनमें डूब जाने की बात करते हैं –

स्त्री की आंखों में जलने वाली रोशनी ने ही
तो मेरे दिल को बेकार कर दिया है।

अब ज़रा उर्दू शायरों पर नज़र दौड़ाएं। शाद अज़ीमाबादी ने एक ही शे'र में इन आंखों का अफ़साना बयां कर दिया है –

वो चश्मे-मस्त, वो तिरछी नज़र माज़ अल्लाह
हया हज़ार भरी है, मगर माज़ अल्लाह!

भाव – वे ख़ूबसूरत आंखें, वे तिरछी नज़र, अल्लाह हमें बचाए। भले ही उनमें मासूमियत भरी हो, पर फिर भी अल्लाह हमें बचाना।

शाह वली-उर-रहमान उनके सकारात्मक और नकारात्मक दोनों पहलुओं पर रोशनी डालते हैं –

जो फिरे तो तेग़-ए-क़ज़ा बने
जो मिले तो आब-ए-बक़ा बने

भाव – जब वे मुड़ीं, तो विनाश की तलवार बन गईं और जब वे मेरी आंखों से मिलीं, तो जीवन का आनंद बन गईं।

हसरत मोहानी ऐसी आंखों के जाल में जा फंसे, जो दिखने में तस्वीर-सी हैं, जिसमें तस्वीर खिंचवाने वाला लैंस की ओर देखता है और लगता है कि उसकी निगाह आपके साथ-साथ चलती है।

देखो जो यार की जादू निगाहियां
हर इक को है गुमान के मुख़ातिब हमीं रहे

भाव – मेरी माशूक़ा की आंखों का जादू तो देखो, हर किसी को यही भ्रम है कि वह उसी को देखती है।

और इस तरह गप्पें और शे'रो-शायरी चलते रहे; हम हिरणी जैसी आंखों से लेकर बादाम जैसी आंखों वाली हेमा मालिनी और ग्रेटा गार्बो आइड, नंदिनी सत्पथी तक आ गए। बूंदाबांदी होती रही और हमने टेवरीना लैटीना पर बात ख़त्म की। हम सबने औरतों की आंखों के नाम जाम पेश किए –

मुझे अपनी निगाहों से पीने दो और मैं क़सम खा लूंगा।
बस, जाम में एक चुंबन छोड़ दो। शराब को पलट कर
भी न देखूंगा।

8
ईव टीज़िंग

ऐसे छिछोरों को जुर्माना या क़ैद देने के बजाए सार्वजनिक रूप से सज़ा देना चाहिए – अगर पारंपरिक तरीक़े से मुंह काला कर, गधे पर बिठा कर सब जगह घुमाया जाए, तो उन्हें अच्छा सबक़ मिलेगा।

ईव टीज़िंग एक आनंददायक भारतीय मुहावरा है, जो किसी अंग्रेज़ी के शब्दकोश में नहीं पाया जाता। बाक़ी अंग्रेजीभाषी संसार को यह बात बड़ी ही विचित्र लगती है। वे पूछते हैं – 'ईव ही क्यों; सीता, सावित्री या उर्मिला क्यों नहीं? और फिर टीज़िंग क्यों? केवल नन्हे लड़के और लड़कियां ही एक-दूसरे को टीज़ करते हैं, तंग करते हैं। किशोरावस्था में आते ही आप इस योग्य हो जाते हैं कि दूसरों से अपनी बात कह सकें या छींटाकशी कर सकें। युवतियां भी इस तरह की बातों का बुरा नहीं मानतीं; इसके विपरीत यदि कोई उन्हें देख

कर कोई वाक्य न कहे तो उन्हें लगता है कि वे सुंदर नहीं दिख रहीं, इसलिए सामने वाले व्यक्ति का ध्यान अपनी ओर आकर्षित नहीं कर सकीं। डोरोथी पार्कर के क्लासिक में लिखा है – 'मैन सैलडम मेक पासेज़ एट गर्ल्स हू वियर ग्लासेज़'।

'मेकिंग ए पास' को प्रायः एक कॉम्पलीमेंट के रूप में लिया जाता है। एक और हाज़िरजवाबी की मिसाल लें – 'कोई व्यक्ति किसी ग्लासेज़ पहनने वाली लड़की पर पासेज़ करेगा या नहीं, काफ़ी हद तक लड़की के चैसिस के शेप पर निर्भर करता है।'

दूसरे शब्दों में, अच्छे चेहरे व सुगढ़ काया को ध्यानाकर्षण मिलना ही चाहिए, जिसके वे हक़दार हैं। एक लड़की की जियोग्रॉफ़ी से ही उसकी हिस्ट्री पता चलती है, जैसे वह पटेगी या नहीं?

हमारे यहां 'मेकिंग ए पास' को काफ़ी हद तक छेड़छाड़ के रूप में लिया जाता है, जो कि किसी प्रशंसात्मक वाक्य से कहीं परे है। यहां किसी भी महिला को उसकी उम्र या सुंदरता के लिहाज़ से नहीं देखा जाता और अक्सर उन्हें देखे बिना ही छेड़छाड़ होती है; जैसे एक भीड़ भरी बस में कोई पुरुष किसी स्त्री के शरीर के उभारों से जानबूझ कर हाथ टकराए या उन्हें छूना चाहे। कोई तेज़तर्रार बहादुर औरत ही ऐसी हिम्मत जुटा सकती है कि ऐसे आदमी को भरी भीड़ में खींच कर एक चांटा रसीद करे और पारंपरिक तरीक़े से फटकारे – 'क्या ये सब करने के लिए तेरे घर में मां-बहन-बेटी नहीं हैं?'

छेड़छाड़ के कुछ हलके रूप भी होते हैं, जिनमें व्यक्तिगत स्पर्श नहीं होता, जैसे सीटी बजाना, आंख मारना, ललचाई नज़रों से देखना या फिर कोई गंदा हाव-भाव देना। मेरी जवानी के दिनों में दिल्ली के गटर कैसेनोवा का एक मनपसंद जुमला था – **'हाय जानी! मार डाला! पजामा फाड़ डाला!'** (ओ जान! तूने मुझे मार दिया और मेरा पजामा फाड़ दिया।) मैंने इसे काफ़ी लंबे समय से नहीं सुना है।

यह भी कहा जा सकता है कि कई लड़कियां दूसरों की तुलना में इस तरह का ध्यान ज़्यादा खींचती हैं। कुंठित व लम्पट क़िस्म के

लोगों के लिए औरतों की देह देखते ही अपने आप पर क़ाबू पाना थोड़ा मुश्किल हो जाता है। अगर कोई बहुत बन-ठन कर निकले, तो सबका ध्यान उस ओर जाना स्वाभाविक ही है। अगर किसी ने बिजलियां गिराने को ही कोई पोशाक पहनी हो, तो उसे बहुत देर तक घूरने वाले को भी माफ़ किया जा सकता है –

सब ही मुझसे कहते हैं
नीची रखो नज़र अपनी;
उनसे कोई नहीं कहता
मत निकलो यूं अयां हो कर

भाव – मुझसे ही सब लोग कहते हैं कि मैं अपनी नज़रें झुका लूं – उससे कोई नहीं कहता कि वह इतना बन-ठन कर न आए।

महिलाओं की एक और श्रेणी भी होती है। ये प्रायः अनाकर्षक होती हैं और इस बारे में क़िस्से गढ़ती हैं कि उन्हें देख किसी ने छींटाकशी की। इस तरह की औरतें मर्दों से भी भयंकर व चार क़दम आगे होती हैं।

मैंने ये वाक्य संभवतः 1984 में लिखे थे, जो कि दिल्ली के शहरी बापों के लिए थे। अब लड़कियों से छेड़खानी के दिन लद गए – अब लड़कियां उन दुष्टों को सज़ा देने के लिए पूरी तरह से कमर कसे बैठी हैं, जो उन्हें देख कर गाते हैं, शे'रो-शायरी करते हैं, तुकबंदियां करते हैं, भद्दे वाक्य कहते हैं और औरतों को खिझाने के लिए गंदे हाव-भाव देते हैं; ऐसे लोगों को जेल की हवा खानी होगी और जुर्माना भी भरना पड़ेगा। मैं नहीं जानता कि इसके बाद क्या हुआ, पर इसके साथ ही मुझे एक और वाक़या याद आ गया, कई साल पहले मैं पानी के जहाज़ पर सवार हो कर लंदन से बाम्बे आ रहा था। मेरे सहयात्रियों में युवा सिख फेरीवालों का दल भी था,

जिन्होंने शायद पैसा तो कमा लिया था, पर शिष्टता व सभ्यता के मामले में थोड़े कोरे ही थे। वहां दो भारतीय लड़कियां भी थीं, जो ऑक्सफोर्ड से लौट रही थीं और उन्होंने अपने कम पढ़े-लिखे भारतीयों से बात करने से साफ़ इंकार कर दिया था। वे बड़ी शान से नाक ऊंची किए, डैक पर टहलतीं। कुछ दिन बाद, जैसे ही वे फेरीवाले युवकों के पास से निकलतीं, तो वे कहते – 'साडे वल वी वेक्ख जाओ!' (हमारी तरफ भी देख जाओ)। उन युवतियों ने मुझसे कहा कि मैं लड़कों को तमीज़ से पेश आने को कहूं। जब मैंने थोड़ा ताव दिखाते हुए उन लड़कों को टोकना चाहा, तो जवाब आया, 'तेरे प्यो दा जहाज है?' (क्या जहाज तेरे बाप का है?) वहीं एक और यात्री भी बैठा था, जो उन लड़कियों के प्रति उन युवकों के व्यवहार को जानता था। उसने कहा – 'अगर ये लड़कियां तुम्हारी बहनें होतीं, तो क्या तुम फिर भी उन्हें अपनी ओर देखने को कहते?' इसके बाद लड़कियों को सताने की प्रक्रिया पर रोक लग गई।

लड़कियों से छेड़छाड़ पूरी तरह से विशुद्ध भारतीय मामला है और इसे निबटाने के लिए भी पारंपरिक भारतीय तौर-तरीक़े अपनाए जाने चाहिए। पहले तो छेड़छाड़ करने वाले से अपील होना चाहिए कि अगर वह इसी तरह की हरकतें करता रहा, तो हो सकता है कि कुछ दूसरे लड़के उसकी बहनों को सता रहे हों। अगर यह अपील काम न आए, तो अब पुलिस का कोई काम नहीं, जनता को आगे आना होगा। कॉलेज के लड़के अक्सर ऐसे मामलों में टांग अड़ाते रहते हैं, जिनसे उनका कोई लेना-देना नहीं होता। वे यहां आगे क्यों नहीं आते? उन्हें अपने दल बनाने चाहिए, ताकि लड़कियों से छेड़छाड़ करने वालों को दो-दो हाथ लगाए जा सकें? ऐसे छिछोरों को जुर्माना या क़ैद देने के बजाए सार्वजनिक रूप से सज़ा देना चाहिए – अगर पारंपरिक तरीक़े से मुंह काला कर, गधे पर बिठा कर सब जगह घुमाया जाए, तो उन्हें अच्छा सबक़ मिलेगा।

9

स्वतंत्रता के समर्थकों की हानि

यदि पुरुष को मेल शावनिस्ट पिग कहा जाए, तो इससे उसे कोई अंतर नहीं पड़ता, बल्कि उसके पुरुषत्व, उसकी मर्दाना शान में चार-चांद ही लगते हैं।

मेरे बांबे प्रवास के दिनों में, बॉलकनी के नीचे अक्सर मर्दों और औरतों के बीच झड़पें होती ही रहती थीं। ये सब आए दिन का क़िस्सा था। बदचलन औरतें अक्सर मर्दों से भिड़ती दिखतीं और हाथापाई की नौबत भी आ जाती। कई बार, तो मैं इन्हें अनेदखा तक कर देता, पर जब देखता कि मर्द हाथापाई करने पर उतारू है, तो नीचे उतर कर उसे रोकने की कोशिश करता।

ठीक इसी तरह जब एक दिन मैंने एक स्त्री व पुरुष के स्वर को तेज़ होते सुना, तो बाहर निकल आया। वहां छः फुट लंबा खलनायक-सा मर्द दिखा, जो दिखने में किसी भारतीय फ़िल्म के डाकू जैसा था।

उसके सामने शलवार-कमीज़ में दुबली-पतली, सुअर की दुम जैसी चोटी वाली औरत अपना बैग थामे खड़ी थी। यह उन औरतों में से थी, जो अक्सर दिन ढलने के बाद फुटपाथों पर मंडराती दिखती हैं। वह बहस में हावी होती जा रही थी। मर्द ने जैसे ही कुछ कहते हुए हाथ से भद्दा इशारा किया, उस औरत ने चेहरे पर चटाख़ेदार चांटा दे मारा और जोर से चिल्लाई – 'साला! हरामजादा!' अब तो मुझे लगा कि वह डाकू उसका कीमा बना कर ही दम लेगा, पर ऐसा कुछ भी नहीं हुआ। उस युवती ने ताबड़तोड़ मुक्के बरसाने शुरू कर दिए – दाएं, बाएं व चिबुक के नीचे और आख़ीर में टांगों के बीच ऐसी ज़ोरदार ठोकर मारी कि वह दर्द से वहीं दोहरा हो गया, फिर उसने गर्दन पर दोनों हाथों से कराटे-चाप लगाया, जिसने युवक को धूल चाटने पर विवश कर दिया। वाक़ई यह प्रदर्शन लाजवाब था, पर हर वार के साथ मर्दाना गालियों के इस्तेमाल ने मुझे सोचने पर मज़बूर कर दिया। वह उसकी मां, बहन और बेटी के साथ ज़बदरस्ती करने की गालियां दे रही थी। अपने हाथों की ताकत के बावजूद, अपने लिंग वाली औरतों की तरह उसके भीतर भी इन गालियों को या धमकियों को क्रियान्वित करने की क्षमता नहीं थी। वह उसके बाप, भाई या बेटे के नाम पर भद्दी गालियां क्यों नहीं दे सकी?

यदि पुरुष को मेल शावनिस्ट पिग कहा जाए, तो इससे उससे कोई अंतर नहीं पड़ता, बल्कि उसके पुरुषत्व व मर्दाना शान में चार-चांद ही लगते हैं। यदि कोई पुरुष किसी दूसरे पुरुष को मां-बहन की गंदी गालियां दे, तो सिर फटने की नौबत आ जाती है, यदि गालियां देने वाले पुरुष के स्थान पर कोई महिला हो, तो वह उतना रोष प्रकट नहीं करता। अब वह समय आ गया है कि नारी स्वतंत्रता के समर्थक आगे आएं व पुरुषों को देने के लिए गालियों की नई पदावली तैयार करें।

10

वूमंस लिब

ऐसा लगता है कि जब स्त्रियां सेक्स का आंनद तो लेंगी, किंतु गर्भ को धारण करने से मना कर देंगी, तभी उन्हें समान अधिकार मिलने का अवसर मिल सकता है; सभी बच्चे टेस्ट-ट्यूब बेबी हों और पुरुष व स्त्री समान रूप से उनकी देखरेख करें। लगता है कि वह दिन भी अब दूर नहीं है।

पुरुषों ने स्त्रियों के साथ बहुत ही घृणास्पद व्यवहार किया है। क्रिश्चयन यूरोप का रिकॉर्ड तो मुस्लिम, बौद्ध, हिंदू, पगन एशिया व अफ्रीका से भी कहीं बुरा है। दो सदियों में क़रीब आठ मिलियन औरतें चर्च द्वारा चुड़ैल करार दी गईं व यूरोप में ज़िंदा जला दी गईं। भारतीय, हालांकि वे अलग दिखने वाली स्त्रियों के प्रति हत्या की हद तक तो नहीं जाते, किंतु इस क़दर प्रताड़ित करते हैं कि वे स्वयं ही अपने प्राण लेने को विवश हो जाती हैं।

यदि औरतों की आत्महत्या के आंकड़े एकत्र किए जाएं, तो इसमें कोई शक नहीं कि भारत का नाम ही सूची में सबसे आगे होगा।

भारत में हम अपने पिताओं के प्रायश्चित के लिए बहुत आगे तक आ गए हैं। हमने औरतों को जायदाद, राजनीति में साझेदारी, विवाह तथा तलाक़ आदि के मामलों में पुरुषों के समान अधिकार दे दिए हैं, (केवल मुसलमान ही अपने कारणों से इस दौड़ में पीछे छूटे हैं), पर क़ानून द्वारा दिए गए अधिकार अब भी बहुत कम लागू होते हैं और पुरानी परंपराएं व अभ्यास यूं ही चले आ रहे हैं। अब हमें लिंग के आधार पर होने वाले भेदभाव को भी मिटाना है, क्योंकि लिंग का यह भेदभाव ही असमानता की असली जड़ है।

जब तक महिलाएं उन्हें सौंपे गए जैविक कार्य को संपन्न करती रहेंगीं, तब तक वे पुरुष की बराबरी नहीं कर सकेंगी। वे ही मासिकधर्म को सहती हैं, गर्भ धारण करती हैं और संतान का पालन-पोषण करती हैं। ये प्रक्रियाएं काफ़ी लंबे समय तक उनकी क्षमताओं को बाधित करती हैं और पुरुषों पर निर्भर बना देती हैं, फिर चाहे वह पिता हो या भाई, पति हो या प्रेमी या फिर पुत्र! चूंकि मनुष्य के नवजात शिशु को पशुओं के बच्चों की तुलना में फलने-फूलने में अधिक समय लगता है, इसलिए पुरुष दाता पर मां-बच्चे की निर्भरता तक़रीबन आजीवन बनी रहती है, स्त्री आजीवन उस पर इन्हीं बातों के लिए आश्रित रहती है।

श्रम का कोई विभाजन (पुरुष आजीविका कमाने वाला तथा स्त्री घर चलाने वाली) इस तथ्य को छिपा नहीं सकता कि पुरुष मालिक है और स्त्री उसकी रखैल और दासी! अमेरिका में वूमंस लिब की शीर्षस्थ दार्शनिक शुलामिथ फायरस्टोन ने 'द डिलेक्टिक ऑफ़ सेक्स' में कहा है – 'जिस तरह आर्थिक श्रेणियों पर रोक लगाने के लिए शोषित वर्ग द्वारा विद्रोह करने व उत्पादन के साधन छीन लेने की आवश्यकता होती है, उसी प्रकार सेक्सुअल वर्ग में भी शोषित (महिला)

वर्ग को विद्रोह करना होगा और प्रजनन पर नियंत्रण के अधिकार पर कब्ज़ा जमाना होगा – महिलाओं को न केवल अपने शरीर पर पूर्ण स्वामित्व वापिस पाना होगा, बल्कि उन्हें मानवीयता उर्वरता को भी नियंत्रित करना होगा... दोनों के लाभ के लिए किसी एक द्वारा प्रजनन की प्रक्रिया को रोकते हुए कृत्रिम प्रजनन को प्रोत्साहित करना होगा; बच्चे स्वतंत्र रूप से दोनों को पैदा होंगे या किसी एक के लिए! तब केवल महिलाएं ही बच्चों के पालन-पोषण के लिए अपना समय नहीं देंगी। उसमें किसी एक की या बराबर की हिस्सेदारी होगी।'

पुरुषों की श्रेष्ठता दर्शाने के लिए एक और तर्क दिया जाता है कि कला, साहित्य और विज्ञान के सभी महान कार्य केवल पुरुषों द्वारा ही संपादित किए गए हैं। ये सच है, पर महिलाओं को कभी संतान के पालन-पोषण के कार्य-भार से मुक्त नहीं किया गया, उन्हें पति-बच्चे व घरेलू कामकाज में ही अपनी क्षमता दिखाने का अवसर दिया गया। पुरुषों ने स्त्रियों को बंधनों में रखने के लिए प्यार व रोमांस के मिथ गढ़े। वे जैसा प्यार करते हैं; वह उससे अलग होता है, जिसका वे उपदेश देते हैं या अपनी स्त्री से अपने लिए चाहते हैं।

फायरस्टोन कहती हैं – 'पुरुष कुछ और नहीं, बल्कि स्त्रियों से एक ही चीज़ चाहते हैं (खाया-पिया, मौज मनाई, खिसके!)... एक बार उस औरत को पाने के बारे में भरोसा हो जाए, तो वे फिर से इश्कबाज़ बन जाते हैं।' सबसे बुरी दशा तो उस आधुनिक नारी की होती है, जो स्वयं को यह कह कर छलती है कि उसने सब तरह के चक्करों में मुक्ति पा ली है और बड़ी आसानी से फ़्री सेक्स की ओर खिंचती चली जाती है। नारी की समानता पर यह करारी चोट है। वह केवल किसी का बिस्तर गर्म करने तक ही सफल हो पाती है और फिर कुछ समय बाद किसी दूसरी प्रतिष्ठित स्त्री के लिए उसे कुलटा कह कर ख़ारिज कर दिया जाता है।

ऐसा लगता है कि जब स्त्रियां सेक्स का आंनद तो लेंगी, किंतु

गर्भ को धारण करने से मना कर देंगीं, तभी उन्हें समान अधिकार मिलने का अवसर मिल सकता है; सभी बच्चे टेस्ट-ट्यूब बेबी हों और पुरुष व स्त्री समान रूप से उनकी देखरेख करें। लगता है कि वह दिन भी अब दूर नहीं है।

11

जब महिलाओं ने अपना जन्मसिद्ध अधिकार मांगा

एक ओर तो वूमंस लिब की अमरीकी समर्थक महिलाएं अपने अंतर्वस्त्र जला रही थीं, मिस्टर व मिसेज़ जैसे संबोधनों को त्यागने की बात कही जा रही थी, अधिकारिक अफ़सर को 'चेयरपर्सन' कहा जा रहा था और दूसरी ओर सउदी अरेबिया जैसे देश भी थे, जिन्होंने प्रतिनिधिमंडल भेजने से ही इंकार कर दिया था और अपने ही पवित्र क़ायदे-क़ानूनों के संस्करण को अपनाने के लिए कटिबद्ध थे, जो बहुविवाह व औरतों के लिए पर्दे की हिमायत करता था, उन्हें जायज़ ठहराता था।

मैं याद करता हूं, तो ध्यान आता है कि 1975 में, छः हज़ार पुरुष व महिलाएं इंटरनेशनल वूमंस ईयर कांफ्रेंस के लिए मेक्सिको शहर में एकत्र हुए थे। ये दो भागों में बांटे जा सकते थे – एक वे थे, जो इस महिला आंदोलन में सहभागी होने के कारण अधिकार रखते थे और दूसरी वे जो राष्ट्रपतियों, प्रधानमंत्रियों व विख्यात राजनीतिज्ञों के श्यनकक्षों से आई थीं। जो अपने हक़ के कारण आए थे, उन्होंने ही सही मायनों में असली काम किया। जो महिलाएं अपने पतियों के माध्यम से आई थीं, उन्होंने अपने लिए तैयार भाषण पढ़े और लाइमलाइट लूट ले गईं।

सही मायनों में जो विशिष्ट अतिथि कहलाने का अधिकार रखती थीं, उनकी सूची में सिरीमावो भंडारनायके, इरान की अशरफ़ पहलवी, मदर टेरेसा, ग्लोरिया स्टीनम, बैटी फ्रीडन, ज़रमाइनी ग्रीर, केट मिलेट, एंजिला डेविस, जेन फ़ोंडा, वेलेंटीना तेरेश्कोवा (सोवियत अंतरिक्ष-यात्री) व विल्मा एस्पिर (क्यूबाई गुरिल्ला योद्धा) शामिल थीं। इस श्रेणी में अनेक अफ्रीकी व लैटिन अमरीकी मंत्री और लेडी डिप्लोमेट भी शामिल थीं।

सभी भारतीय कांफ्रेंस में सहभागी होने का पूरा हक़ रखते थे। प्रभा राव (40), शिक्षा मंत्री, महाराष्ट्र दल की नेता थीं। उनके साथ पार्वती कृष्णनन (नी कुमारमंगलम) व मार्ग्रेट अल्वा (संसद सदस्य), अलीगढ़ विश्वविद्यालय से सकीना हसन, श्यामलाल पप्पू (एडवोकेट, सर्वोच्च न्यायालय), सांस्कृतिक संबंधों की परिषद से सोनू कोचर व आई.ए.एस. की ज़िंदादिल पद्मा रामचंद्रन ने सेक्रट्री की भूमिका निभाई।

बेशक उन दूसरी श्रेणी के लोगों ने वाहवाही लूट ली, परंतु किन्हीं दूसरे कारणों से मिस्र के लिए जेहान सादात क्यों या पाकिस्तान के लिए नुसरत भुट्टो या फिलीपींस के लिए इमेल्डा मारकोस क्यों? गुआइना या जमैका के प्रधानमंत्रियों की पत्नियां क्यों? ली राबिन व इज़रायल से गोल्डा मीर क्यों नहीं? यहां तक अमेरीकी दल में भी

सीनेटर जैकब जेविट्स की पत्नी सलाहकार के रूप में उपस्थित थी, जबकि उसकी प्रमुख विशेषता यही थी कि वह उसके साथ थी। यह बिंदु शैक्षिक महत्व से भी कहीं अधिक महत्व रखता था। जिन तीन मसलों पर चर्चा होनी थी, उनमें से एक था – 'शांति स्थापना में महिलाओं की भूमिका'। वे महिलाएं स्वतंत्र रूप से कुछ नहीं बोलीं, क्योंकि उनके शब्द उनके पतियों के ही स्वर की अनुगूंज मात्र थे, वे शांति के लिए महिलाओं की ओर से कोई योगदान नहीं दे सकीं।

पहले ही दिन जो घटनाएं घटीं, वे इस तथ्य को सिद्ध करने के लिए पर्याप्त थीं। जेहान सादात से पूछा गया कि क्या वह ली रॉबिन से बात करेंगी। उसने साफ़ शब्दों में 'न' कहा और ऐसे शब्दों का प्रयोग किया, जो उसके पति द्वारा इज़रायल के प्रधानमंत्री से संभावित भेंट के बारे में कहे जाते। दूसरी घटना भारत और पाकिस्तान के संबंध में थी। बेगम नुसरत भुट्टो को पूरा यक़ीन था कि वे भरी सभा में सबके बीच अपनी बात कहने का अवसर पाएंगी, पर दिन का शुभारंभ मेक्सिको के राष्ट्रपति लुईस ईकेवेरिया, कुर्त वाल्दहीम, हेल्वी सिपिला, सिरीमावो भंडारनायके व इमेल्डा मारकोस के भारी-भरकम भाषणों के बाद एक थका देने वाला लंबा तमाशा बन चुका था।

जब लंच के बाद सबको दोबारा निमंत्रित किया गया, तो उपस्थिति काफ़ी कम थी। बेगम भुट्टो ने अपनी बात कहने से मना कर दिया और अपने लिए दूसरे समय की मांग की। उन्हें शाम की चाय के बाद बोलने का समय दिया गया, परंतु उपस्थिति और भी कम हो गई थी। पाकिस्तानी प्रतिनिधिमंडल के विशेष आग्रह पर स्पेशल ऑफ़्टर-डिनर सत्र रखा गया और सभी लोगों के बीच अनौपचारिक घोषणा की गई, ताकि पाकिस्तान के प्रधानमंत्री की पत्नी के लिए दर्शक जुटाए जा सकें। इस बीच भारतीय दल को भनक लग चुकी थी कि बेगम भुट्टो भारत को निशाना बनाने वाली थीं।

अन्ततः वह क्षण आया, जब पाकिस्तान के प्रधानमंत्री की पत्नी बेगम भुट्टो उनके लिए बाहरी मामलों के मंत्रालय द्वारा तैयार किए

गए भाषण का भार हलका करने की ग़र्ज़ से मंच पर पधारीं। उन्होंने अपने सामने भारतीय दल को पूरी तैयारी के साथ उपस्थित पाया। जहां तक मध्य पूर्व व भारतीय उपमहाद्वीप का संबंध है, नेताओं के लिंग में बदलाव भी मौजूदा तनाव को घटाने में सहायक नहीं हो पाता।

भारतीय प्रायः किसी भी तरह की कांफ्रेंस में अच्छा प्रदर्शन करते हैं। उन्हें तेज़ दिमाग़ व तर्कों की तेज़ धार के साथ किसी भी तरह के लफ़्फ़ाज़ी खेल में आगे आने की महारत हासिल है। वे शब्दों के क़िले बनाने, बड़े-बड़े वायदे करने, संशोधनों के प्रस्ताव रखने व लॉबी बनाने में सिद्धहस्त होते हैं। बस, जब शब्दों को अमली जामा पहनाने का समय आता है, तो उनका सारा जोश व उमंग हवा हो जाती है।

हमारे प्रतिनिधिमंडल ने निश्चित रूप से अपना होमवर्क किया था। हम दूसरे राष्ट्रों की तरह नहीं थे, हमारे पास महिलाओं के स्तर की जांच के लिए कमीशन व पूरे आंकड़े मौजूद थे। 'हमारे तथ्य और आंकड़े तो ज़बानी याद हैं।' लूथरा ने कहा, 'हम जानते हैं कि हम किसके ख़िलाफ़ हैं और हम वास्तविकता को पूरा ध्यान में रखते हुए ही अपनी समस्याओं का हल तलाशेंगे।' पहले दिन व रात को भी काफ़ी समय तक लूथरा व पार्वती कृष्णनन उस भाषण पर काम करते रहे, जो प्रभा राव को देना था। प्रभा राव ने जो भी कहा, वह पहली बार में इतना क्रांतिकारी नहीं लगा, किंतु यदि उसे कोई ध्यान से पढ़े, तो जान सकता है कि उसने तीनों बिंदुओं 'समानता, एकीकरण व शांति' पर जो भी कहा, वह पहले कभी नहीं कहा गया था।

समानता पर भारत ने भी दूसरे देशों की तरह महिलाओं को समान अधिकार देने के लिए क़ानून बनाए हैं, पर हम वास्तव में दो कारणों से इनका लाभ नहीं उठा पा रहे। एक – जन्म से ही लड़के व लड़की के लिए विविध गतिविधियां तय कर दी जाती हैं और असमानता की यह भावना हमारे अवचेतन में बचपन से ही भर दी जाती है। स्त्री-पुरुष के आपसी संघर्ष के बजाय दोनों लिंगों में

आपसी साझेदारी की बात होना चाहिए। दूसरे – पुरुष की सोच में बदलाव लाना होगा। वास्तव में, पुरुषों को चाहिए कि वे अपनी सोच के परंपरागत ढांचे में परिवर्तन लाएं।

एकीकरण पर – महिलाओं को प्रत्येक स्तर पर व विकासात्मक कार्यों के प्रत्येक चरण में शामिल किया जाना चाहिए।

शांति पर – भारतीय मत इस विषय में अधिक तथ्यात्मक नहीं था कि युद्ध में महिलाएं पुरुषों से अधिक पीड़ित होती हैं और न ही इस बात पर बल दिया गया कि स्त्री स्वभाव से ही शांतिप्रदाता होती है।

यह तो अनिवार्य था कि उन्नत राष्ट्रों व अल्पविकसित व परंपरावादी समाजों से बने राष्ट्रों में महिलाओं के लिए समानुभूति का रवैया अलग-अलग होता। एक ओर तो वूमंस लिब की अमरीकी समर्थक महिलाएं अपने अंतर्वस्त्र जला रही थीं, मिस्टर व मिसेज जैसे संबोधनों को त्यागने की बात कही जा रही थी, अधिकारिक अफ़सर को 'चेयरपर्सन' कहा जा रहा था और दूसरी ओर सउदी अरेबिया जैसे देश भी थे, जिन्होंने प्रतिनिधिमंडल भेजने से ही इंकार कर दिया था और अपने ही पवित्र क़ायदे-क़ानूनों के संस्करण को अपनाने के लिए कटिबद्ध थे, जो बहुविवाह व औरतों के लिए पर्दे की हिमायत करता था, उन्हें जायज़ ठहराता था।

एक अफ्रीकी प्रतिनिधि ने संकेत दिया कि प्रायः महिलाएं दिए गए अधिकारों का दुरुपयोग करती हैं। उसने कैमरून की रोचक घटना का हवाला देते हुए कहा कि वहां के स्कूल वास्तव में एक विकट समस्या का सामना कर रहे थे, वहां की महिला अध्यापिकाएं ऐसे समय पर गर्भवती होतीं, जब वे तीन माह के अवकाश के फ़ौरन बाद मेटरनिटी लीव ले सकें – इस तरह उन्हें पूरे वेतन के साथ आधे साल का अवकाश मिल जाता।

ग्लोरिया स्टीनम ने ऐसी बहस को बीते ज़माने की बातें कह कर टाल दिया और बोलीं – अगर किसी पुरुष को सालों के लिए

मिलिट्री अवकाश मिल सकता है, तो किसी महिला को कुछ माह के लिए मैटरनिटी अवकाश क्यों नहीं मिल सकता, जबकि वह वह अकेली ही बच्चे के लालन-पालन का भार संभाल रही है? लोगों का जीवन लेने के लिए इनाम और जीवनदान देने वाली को कोई इनाम नहीं, क्यों? वह पहले ही बच्चे को पालने का काम बिना किसी शुल्क के कर रही है, तो उस पर और भार क्यों लादा जाए?

ग्लोरिया स्टीनम ने उन महिला पत्रिकाओं पर भी अंगुली उठाई, जो महिलाओं के साथ हो रहे अन्यायों के प्रति उनकी आत्मा को झझकोरने के बजाए, ख़रीदी जा सकने वाली वस्तुओं के विज्ञापन का माध्यम बनी रहती हैं और उपभोक्तावाद को बढ़ावा देने से अधिक कुछ नहीं कर पातीं। उसने मुझे 'एम. एस.' नामक पत्रिका की प्रति दी, जो कि वर्ष 1975 को समर्पित थी और बैनर का शीर्षक था 'इट इज़ योर ईयर'। पत्रिका में कपड़ों, कॉस्मेटिक या सौंदर्य उत्पादों के कोई विज्ञापन नहीं थे। न तो वज़न घटाने के नुस्ख़े दिए गए थे और न ही मासिक धर्म से जुड़ी समस्याओं पर चर्चा थी; जो कि हर महिला पत्रिका के प्रमुख फीचर होते हैं, परंतु इसमें बरनाडेट्ट डेवलिन, केट मिलेट और हां, स्वयं ग्लोरिया के भी कामोद्दीपक चित्रों व लेखों का पूरा कोटा था। पत्रिका पर लिख कर दिया गया 'मि. सिंह के लिए जो महिलाओं के बारे में अपनी राय बदल देंगे।'

क्या मेक्सिको की यह कांफ्रेंस महिलाओं के प्रति हो रहे अन्याय के लिए मानवजाति की आत्मा को झझकोर देने के प्रयास में सफल रही? भाषण काफ़ी हद तक उबाऊ, दोहराव से भरे और विषय की बासी जानकारी से भरपूर थे। ये एक 'पैटरनलिस्टिक अफ़ेयर' था, जहां बेशक पुरुषों की उपस्थिति काफ़ी कम थी, किंतु मेचिज़्मो भरपूर था। कितने ही प्रतिनिधि तो ऐसे थे, जो केवल पत्नियों के कारण वहां थे, वैसे उनका कोई काम नहीं था। औरतें भी आपस में कई बातों पर लड़ीं। एक कट्टर दल ने ग्लोरिया को सी.आई.ए. का एजेंट कह कर भद उड़ाई। एक दल दूसरे पर चिल्लाया – 'अपनी

चिकानोज़ (छोटी लड़कियां) को बाहर निकालो, लेकिन फिर कुल मिला कर इतना ही कह सकते हैं कि कोई भी कांफ्रेंस कुछ पवित्र प्रतिज्ञाओं से बढ़ कर कुछ नहीं होती। प्रिंसेज़ अशरफ़ के शब्दों में – 'क्या पुरुष साम्राज्यवादियों के पास छोड़ी गई अंतिम कॉलोनी मुक्त हो सकती है?'

नाइजीरिया से आई एक महिला ने कहा – 'हम अवश्य जीतेंगी। हम इस दुनिया की आधी जनसंख्या से भी अधिक हैं। 'इंशा अल्लाह!'

12
विवाह पर कुछ विचार

'शादियां काफ़ी हद तक तरबूज़ों की तरह होती हैं, कोई सौ में एक सही निकलता है।' यहां प्यार कहां से आए? साफ़ है, कहीं से नहीं आएगा।

क़रीब पच्चीस साल पहले, मैंने एक फ़िल्म देखी थी, जिसमें दिखाया गया था कि यूनीफ़िकेशन चर्च के सदस्यों में विवाह कैसे करवाए जाते थे। सभी प्रतिभागी एक विशाल हॉल में एकत्र हो गए। आदरणीय सुन म्यौंग मून एक प्लेटफॉर्म पर खड़े हुए और एक-एक कर जोड़े मिलाने लगे। जैसे – 'तुम लाल टाई वाले, यहां आओ!' एक लाल टाई वाला गोरा अमरीकी चल कर डाइस की ओर आया। तब आदरणीय मून ने वहां मौजूद लड़कियों पर नज़र डाली और एक की ओर संकेत किया – 'तुम... तुम जापानी हो न? आओ, तुम दोनों का विवाह होगा।'

और इस तरह एक अंग्रेज़ लड़का और एक चीनी लड़की, एक

ऑस्ट्रेलियाई लड़की और कोरियाई लड़का, एक होंडुरन लड़का और एक कनाडियन लड़की, एक भारतीय लड़की और एक अमरीकी लड़का, उनमें से कई तो ऐसे थे, जिन्होंने अपने साथी को पहले कभी देखा तक नहीं था, पर किसी ने नहीं कहा – 'नहीं, ये वाली नहीं, क्या मैं इसके बजाए उससे शादी कर सकता हूं?' केवल कुछ ही ऐसे थे, जो केवल यही बुदबुदा सके कि वे किसी और को चाहते हैं और अपने मिलन के लिए मसीहा का आशीर्वाद चाहते हैं। युगल दंपत्ति के चुनाव का अधिकार केवल आदरणीय को ही था और उनके इस आदेश को भी बिना किसी हिचक के मान लिया जाता कि वे तीन साल तक अपने संबंधों को यौन-संबंधों में नहीं बदलेंगे।

मैं एक दिल्ली के व्यवसायी को जानता हूं, जिसने अपनी पत्नी के लिए समाचार-पत्रों में विज्ञापन दिया था। उसने अपनी भारी-भरकम आय, बंगले का आकार और तीन कारों का भी उल्लेख किया था, इसलिए हज़ार से अधिक अर्ज़ियां आईं। उस आदमी और उसकी मां ने पत्राचार में कई दिन लगाए और सब लड़कियों में से क़रीब दर्ज़न-भर लड़कियां इंटरव्यू के लिए चुनी गईं। उन्हें एक सुबह इंटरव्यू के लिए बुलवाया गया। बारह लड़कियां अपने माता-पिता के साथ बेहतरीन साड़ियों और गहनों में सज-धज कर आईं व बंगले के बरामदे में बिठाई गईं। एक के बाद एक माता-पिता और उनकी बेटी ए.सी. ऑफ़िस में जाते, उन्हें कोल्ड ड्रिंक्स पेश किए जाते और सवाल-जवाब का सिलसिला चालू हो जाता। व्यवसायी व उसकी मां ने अंत में एक लड़की को चुना और उसके मां-बाप के साथ शादी की बाक़ी बातें तय कर ली गईं। बाक़ी लोगों को वापिस भेज दिया गया और उनके अपमान के लिए माफ़ी तक मांगने की ज़हमत नहीं उठाई गई।

मैं एक और परिवार को जानता हूं, हालांकि वे इतने पैसे वाले नहीं, पर अपने ठाठ में अब भी शाहाना अंदाज़ रखते हैं। पिता ने एक और शाही परिवार से बातचीत कर ली थी कि वे उनकी पांच

बेटियों में से सबसे बड़ी से अपने बेटे का ब्याह रचाना चाहेंगे। दोनों परिवार कॉफी के लिए दिल्ली दरबार में मिले। युवा राजकुमार ने बड़ी की बजाए पांचों लड़कियों पर नज़र मारी और ऐलान किया कि वह बड़ी की बजाय नंबर दो लड़की से शादी करेगा। उसे मनपसंद लड़की मिल गई, पर इस अनुभव से बड़ी लड़की के दिल को कैसी चोट लगी होगी, इस बारे में किसी ने नहीं सोचा।

मैंने इस घटना की चर्चा, भारतीय विवाह बाजार में आने के लिए तैयार दो विवाह योग्य सुंदर लड़कियों से की। दोनों ही ग्रेजुएट हैं, अपनी आजीविका स्वयं चलाती हैं और इतनी आकर्षक हैं कि किसी भी नोजवान का दिल आ जाए। उनमें से किसी को भी यह सुन कर हैरानी नहीं हुई – 'हमारे परिवारों में भी यही सब तो होता है। प्रायः जब लड़का मान जाता है और शादी से जुड़ी सब बातें तय हो जाती हैं, तो पिता पूछता है – 'पसंद आया?' मैंने कभी किसी लड़की का जवाब 'न' में नहीं सुना। अपने बलबूते पर जीने वाली दूसरी लड़की ने कहा – 'इस बात से क्या अंतर पड़ता है कि लड़की अपने मनपसंद लड़के से विवाह करे या उसके लिए माता-पिता या मित्रगण कोई वर चुनें? उसके लिए तो यह सिक्के का टॉस ही है – हैड आया, तो वह हारी, टेल आया तो वह जीता।

इन बातों ने मुझे एक स्पेनिश कहावत याद दिला दी – 'शादियां काफ़ी हद तक तरबूज़ों की तरह होती हैं, कोई सौ में एक सही निकलता है' यहां प्यार कहां से आए? साफ़ है, कहीं से नहीं आएगा। 'विवाह का आविष्कार एक औरत ने किया – यह एक ऐसी पद्धति है, जिसमें एक ताकतवर व्यक्ति द्वारा कमज़ोर इंसान के लिए सुरक्षा की मांग की जाती है।' बारबरा कार्टलैंड लिखती हैं – 'इसके माध्यम से हव्वा ने प्यार के मेल को एक पवित्र संस्कार और साझेदारी में बदल दिया और उसने एक अनिवार्य शारीरिक गतिविधि में प्यार की इच्छा को एक आध्यात्मिक उद्देश्य दिया। वास्तव में उसने 'सेक्स जमा प्यार' के फार्मूले को जन्म दिया। कार्टलैंड यह भी मानती हैं

कि इसने विवाह को कोरी नीरसता में बदल दिया... यह कुछ ऐसा अनुबंध है, मानो एक वैवाहिक युगल को हमेशा अपने ही साथी के साथ संबंध बनाने होंगे किसी और के साथ नहीं, इसने कभी सही तरह से काम नहीं किया। इसमें कोई संदेह नहीं कि जब वे पहली रात साथ होते हैं, तो यह एक अविश्वसनीय व अद्भुत जान पड़ता है कि वे अट्ठारह हज़ार रातों से अधिक एक-दूसरे के साथ इसी तरह बिताएंगे। केवल यही देखना बाक़ी रह जाता है कि क़रीब दस हज़ार रातें एक साथ बिताने के बाद ही सारा रोमांच हवा हो जाता है।

प्राचीन ग्रीक कवि पलाडस के मन में भी विवाह की इसी नीरसता का प्रश्न रहा होगा, जब उसने ये पंक्तियां लिखीं —

विवाह किसी व्यक्ति को केवल दो बार ही प्रसन्नता दे पाता है, एक जब वह अपनी वधू को पलंग पर ले जाता है और दूसरा जब उसे क़ब्र में लिटाता है।

किसी ने तो सोचा ही होगा कि एक-दूसरे को जीवन-साथी के रूप में चुनने का कार्य नवयुवक और युवती का ही होना चाहिए और प्रत्येक को यह स्वतंत्रता होनी चाहिए कि वह अपनी भूलें स्वयं करे। दुर्भाग्यवश पारंपरिक समाजों में ऐसा कभी नहीं रहा, जैसे कि हमारे मुस्लिम समाज और बौद्ध जगत में।

प्रत्येक समुदाय और प्रांत में विवाह करने के ढांचे अलग-अलग होते हैं। भारत में जन जातियों को इस चुनाव में अधिक स्वतंत्रता मिलती है, जहां जवान लड़के-लड़कियों को सुबह के समय एक-दूसरे से मिलने और एक साथ नृत्य करने के लिए प्रोत्साहित किया जाता है। अक्सर जवां जोड़ों को विवाह से पहले ही संबंध बनाने के अवसर भी मिल जाते हैं। विवाह तोड़ने की प्रक्रिया भी उतनी ही सरल है और उससे अवैधता का कोई प्रसंग नहीं जुड़ा है। भारत में ऐसी स्वतंत्रता का उपभोग केवल उच्चशिक्षित, पश्चिमी सभ्यता में रंगा सभ्य-समाज

ही कर पाता है। बाक़ियों के लिए वर या वधू का चुनाव माता-पिता, मित्र या व्यावसायिक जोड़े बनाने वाले करते हैं।

अब अधिक-से-अधिक संख्या में लोग समाचार-पत्रों के वैवाहिक विज्ञापनों से अपने लिए साथी का चुनाव करने लगे हैं। भारत में इस काम को अंजाम देने वाले दो प्रमुख समाचार-पत्र हैं – 'द हिंदुस्तान टाइम्स' व 'द टाइम्स ऑफ़ इंडिया'। कई सालों में विज्ञापन देने के तौर-तरीक़ों में बदलाव आया है। जिनमें कई उल्लेखनीय और कई तरह के आम तरीक़े शामिल हैं। इनमें अमेरिका, कनाडा, ऑस्ट्रेलिया और ब्रिटिश नागरिकता रखने वाले या ग्रीन कार्ड होल्डर सबसे ऊपर आते हैं। कई लोग अब भी अपने ही समुदाय या प्रांत की लड़की से विवाह का आग्रह रखते हैं। कुछ लोग जन्मपत्रियां मांगते हैं, पर अधिकतर फ़ोटोग्रॉफ़ के लेन-देन पर जोर देते हैं। वे जाति व दहेज़ आदि बातों के बारे में मुक्त-मन हैं, यद्यपि वे अपेक्षा तो रखते हैं, परंतु इस बारे में साफ़ नहीं कहा जाता।

विवाह के विज्ञापन राज्य व धर्मों तथा भावी वर के व्यवसाय के अनुसार (ईसाई, मुस्लिम व यहां तक कि पारसी भी विवाह के लिए विज्ञापन देते हैं) विभाजित होते हैं। अतिरिक्त प्रभाव डालने के लिए वेतन और पैतृक संपत्ति का भी वर्णन किया जाता है। मैं यह जान कर आश्चर्य में पड़ गया कि भारत के अनेक धनी-मानी परिवारों ने भी इन विज्ञापनों के माध्यम से ही अपने बच्चों के लिए उपयुक्त वर चुने।

हमारे पास कुछ वैवाहिक एजेंसियां भी हैं। आप रेल से इंडो-गंगेटिक मैदान की यात्रा करें, तो शहरों व कस्बों से लगती दीवारों पर लिखे विज्ञापन देखेंगे, हिंदी में बड़े-बड़े अक्षरों में लिखा होता है – 'दुल्हन वही, जो पाठकजी दिलवाएं', असली दुल्हन तो पाठक जी ही दिलवाएंगे। मैं नहीं जानता कि ये श्रीमान पाठक कौन हैं, पर वे विज्ञापन पर जितना व्यय कर रहे हैं, उसे देख कर तो साफ़ लगता है कि उनका यह काम ज़ोरों पर है। इसके अतिरिक्त अनेक वैवाहिक एजेंसियां

ऐसी भी हैं, जो आधुनिक तरीक़े प्रयोग में लाती हैं। दोनों पक्षों के ब्यौरों को जन्मपत्रियों सहित कंप्यूटर में डाला जाता है, ताकि इस काम को आधुनिकता का जामा पहनाया जा सके।

भारत आने वाले विदेशी हमारे इन वैवाहिक विज्ञापनों को पढ़ कर हंसी का काफ़ी मसाला खोज लेते हैं। उनमें से कई तो विज्ञापन में दिए गए संक्षिप्त शब्दों के लिए कौतूहल दिखाते हैं; जैसे – सी एंड डी नो बार (कास्ट एंड डावरी नो बार), जाति और दहेज प्रथा विचारणीय नहीं होंगे। या लड़की एचएचए (हाउसहोल्ड अफेयर्स – घरेलू मामलों) में निपुण होनी चाहिए।

उन्हें यह पढ़ कर अजीब लगता है; विवाह योग्य कन्या के बारे में लिखा रहता है – वह वर्जिन होनी चाहिए, जबकि कहने का तात्पर्य होता है कि लड़की अविवाहित होनी चाहिए। इनमें से अनेक विदेशी यह नहीं जानते कि उनके यहां भी विवाह के लिए इसी तरह के अभ्यास अपनाए जाते हैं, जो कि अजनबियों और वहां जाने वालों के लिए पढ़ने का मज़ेदार मसाला बनते हैं। इंग्लैण्ड में जिन दिनों मेरी पढ़ाई चल रही थी, तो वहां हर रविवार दो वैवाहिक जर्नल आते थे – 'द मैटरीमॉनियल गज़ट' और 'मैटरीमॉनियल टाइम्स!'। वे उन दिनों पिकाडली सर्कस में बिकते थे। उनकी भाषा हमारे विज्ञापनों से बेहतर होती थी, क्योंकि उसमें साथी चाहने वाले की तस्वीर भी दी जाती थी, यदि कोई महिला होती, तो उसकी छाती, कमर व नितंबों का माप भी लिखा रहता। उसमें उनकी आयु के उल्लेख के अतिरिक्त रुचियों का भी वर्णन होता था – जैसे संगीत, हाइकिंग, अच्छा खानपान वग़ैरह। कुछ में तो साफ़ लिखा रहता था – सेक्स के लिए कोई हैंग-अप्स नहीं! सैंट्रल लंदन के तक़रीबन हर अखबार में तब भी और आज भी उन औरतों के चित्र व फोन नंबर दिए रहते हैं, जो दोस्ती के लिहाज़ से किसी भद्र पुरुष से मिलना चाहती हैं।

यहां तक कि उन दिनों में भी यूनाईटेड स्टेट्स में तक़रीबन हर स्टेट में डेटिंग एजेंसियां होती थीं। वे एक प्रवेश शुल्क के साथ

यह व्यवस्था कर देते कि स्त्री और पुरुष खाने-पीने की दावत पर मिल सकें और फिर उन पर ही छोड़ दिया जाता कि वे कुछ समय के लिए बिस्तर पर एक साथ समय बिताना चाहेंगे या फिर विवाह करना चाहेंगे। कई कट्टर क़िस्म की मैगज़ीनों को छोड़ दें, तो सब में स्त्री का साथ पाने वाले पुरुषों व पुरुष साथी की तलाश करने वाली स्त्रियों के विवरण व विज्ञापन होते हैं। मैं मासिक 'पत्रिका वाशिंगटोनियन' के एक संस्करण से कुछ उदाहरण दे रहा हूं। इस 180 पेज की चमकदार पत्रिका के दस पेज़ कुछ इस तरह के शीर्षक के नाम थे – 'इन सर्च ऑफ़'। हमारी तरह उनके पास भी कुछ शब्दों के संक्षिप्त शब्द हैं, जैसे एस डब्ल्यू एम – सिंगल व्हाइट मेल; एस बी डब्ल्यू – सिंगल ब्लैक वूमन; डी – डाइवोर्सड। यहां कुछ उदाहरण लें –

> एक बहुत ही स्वादिष्ट-सी महिला एक आजीवन चलने वाले प्रेम प्रसंग के लिए खुशमिजाज़ पुरुष चाहती है – जीवन यादगार लम्हों का ही नाम है – खास, मौज-मस्ती, रचनात्मक व संवेदनाओं से भरपूर अनुभव। आओ, मिलकर जीवन के वे लम्हे रचें।

> तुम – अनूठे एस डब्ल्यू एम, बातचीत में निपुण, हास्यप्रिय, स्नेही, सकारात्मक, फ़िट, सहारा देने वाला, सफल, उदार, सुंदर व धूम्रपान न करने वाला।

> मैं – बहुत आकर्षक, सुडौल (5 फुट 4 इंच, 114 एलबीएस), रचनात्मक व क्लासी और आनंदी, मैचिंग पी आर एक्सेक, चालीस के लगभग, जो सपनों को हक़ीक़त में बदल देती है।

हम – प्रेम, हंसी, यात्रा, संदेश, काम / खेल, संगीत, नृत्य, आलिंगन, फ़िल्में, वृद्धि, हाइकिंग सिटी / कंट्री एस्केप, थियेटर, आउटडोर्स, फ़ोन या फ़ोटो बेहतर रहेंगे।

आईएसओ 44-395, वाशिंगटोनियन वायस मेल 2842

गोरी, स्नेही ब्लोंड क्लासिक ब्यूटी, डब्ल्यूएएसपी, 5 फ़िट 6 इंच, शारीरिक रूप से फ़िट, शालीन व मर्यादित, बुद्धि जीवी, चतुर, रचनात्मक व उधमी, बच्चों से प्यार (जुड़वां हैं), कुत्ते, घोड़े, मिडिलबर्ग शिकार, सेलिंग, डांस, स्कीइंग व यात्रा, डब्ल्यूएएसपी। बैले, ऑपेरा, म्यूज़ियम और सक्रिय खेल आईएसओ एस / डीडब्ल्यूएम 33 + डब्ल्यूएएसपी, आर्थिक रूप से सुरक्षित व सफल, एन / एस रोमांटिक, विवाह / परिवार केंद्रित युवक जो कि ऐसी ही रुचियां रखता हो। कृपया नोट व फ़ोटो भेजें ।

एक अपूर्व पूर्वी सुंदरी – लंबे लहराते रेशमी बाल W.24, उम्र पैंतीस, क़द पांच फुट पांच इंच है और वज़न है 112 एलबीएस; जार्जटाउन यूनीवर्सिटी से स्नातक; मेडीकल बिलिंग मैनेजर, तलाक़शुदा। ऐसा रोमांस चाहती है, जो प्यार के पवित्र बंधन में बंध सके। एक धूम्रपान न करने वाला कैथोलिक या प्रोटेस्टेंट चाहिए। वह पैसे वाला, उच्चस्तरीय व्यवसायी होना चाहिए; 32 से 47 के बीच व पांच फुट नौ इंच के क़रीब हो।

बाई क्यूरियस। एसडब्ल्यूएफ़ आईएसओ एस/एम/डीडब्ल्यूएफ। मैं छरहरा, कामुक, लाल बालों वाला और नीली आंखों वाला हूं। एक भीनी-सी मुस्कुराहट व हास्यप्रियता के साथ पूरा

जीवन देना चाहता हूं, एक छरहरी आकर्षक व मुक्तमना स्त्री चाहता हूं, जो दोस्ती करके, नए रोमांचों को एक साथ तलाशना चाहे। कृपया, मैन हेटर्स और हैंगअप्स नहीं!

— वॉयस मेल, 2809

थोड़ी खुले दिल की, किंतु परंपरावादी तलाक़शुदा महिला — इकेल्टिक रुचियां; मोज़ार्ट, मैडोना, जिप्सी किंग्स, बीबीसी; द इकोनॉमिस्ट / टॉम क्लैंसी। रिचर्ड बॉक; x कंट्री स्कीइंग, तैराकी, तेज़ी से टहलना, आईएसओ एस/डब्ल्यू/डी कॉस्मोपॉलिटन, गंभीर, 40 से 55, ताकि एक लंबा, स्वस्थ, संतुलित व सक्रिय सेंसुअल जीवन जिया जा सके।

— आईएसओ 30-395 वाशिंगटोनियन

छः वर्जिन युवतियां एक वन नाइट स्टैंड के लिए आधा दर्जन युवक चाहती हैं — पहली बार आईएसओ आपको बैकेनेलियन फ़ीस्ट और बेतुकी बातचीत के लिए निमंत्रित करते हैं।

हम एसडब्ल्यूएफस की तलाश में हैं; घूमना-फिरना, मौजमस्ती, फ़िट, व्यावसायिक व रोमांचप्रिय। ऐसे ही एसडब्ल्यूएम चाहते हैं, 32 से 42 के बीच, (2, 3, 4 के समूहों को प्राथमिकता) आप निराश नहीं होंगे।

समाचार-पत्रों के माध्यम से अनुकूल वर का चुनाव भावी वधू के लिए बहुत अपमानजनक व भद्दा हो सकता है। हो सकता है कि उसके माता-पिता, लड़के के माता-पिता से भेंट ही न करें। यदि वे मिलते हैं, तो दोनों पक्षों के सामने लड़की को परखा जाता है। उसकी लुक्स, त्वचा का रंग व लंबाई वग़ैरह की जांच-पड़ताल होती है। उससे पूछा जाएगा कि खाना पकाने और कपड़े सिलने में उसका

हुनर कैसा है। उसके माता-पिता उसे हारमोनियम पर गाने को कह सकते हैं। उसे बिल्कुल नकार दिए जाने के अनादर का दंश भी झेलना पड़ सकता है ।

मैं एक ऐसे कम पढ़े-लिखे पंजाबी को जानता हूं, जिसके पास पैसे की कमी नहीं है। उसने समाचार-पत्र में दिए गए विज्ञापन में साफ़ स्वीकारा कि वह अपनी विदेशी पत्नी को तलाक़ दे चुका है, जिसके साथ उसका कोई पंगा नहीं, उसकी सामर्थ्य क्या है और साथ ही वह अपने डबल-स्टोरी मेंशन और ड्राइवरों सहित दो विदेशी कारों का नाम लेना भी नहीं भूला।

लड़कियों की तस्वीरों के साथ बहुत से ख़त आ गए। उसे उनकी छंटनी करने में कई दिन लगे। अंत में उसने अपने घर में ग्यारह लड़कियों को उनके माता-पिता के साथ इंटरव्यू के लिए बुलवाया। बाक़ियों को अस्वीकृति की स्लिप भेज दी गईं। इंटरव्यू बोर्ड में उसके साथ उसकी बहन भी शामिल थी।

लड़कियां व उनके माता-पिता बरामदे में बिछी कुर्सियों पर बैठे व उन्हें पेय पदार्थ दिए गए। एक नौकर बारी-बारी से सबको बुलाता। एक बार में तीन को बुलाया जाता। इंटरव्यू शाम तक चला। एक स्कूल अध्यापिका को सौभाग्यशाली वधू के रूप में चुना गया। दूसरी लड़कियों को यात्रा का ख़र्च देकर वापिस भेज दिया गया। आप मानें न मानें! यह एक सफल विवाह रहा। अब दंपत्ति की दो संतानें भी हैं और वे दिल्ली के सामाजिक दायरे में लोकप्रिय हैं।

वैवाहिक विज्ञापनों के माध्यम से होने वाली सभी मुलाक़ातें विवाह संबंध तक नहीं पहुंचतीं। मैं एक उच्च शिक्षित, पैसे वाले ज़मींदार को जानता हूं, जिसकी पहली शादी का अंत तलाक़ पर हुआ। उसने अपने विज्ञापन में यह सब साफ़-साफ़ लिखा और साथ ही यह भी लिखा गया कि यदि कोई निमंत्रित अतिथि उसके पास आकर, उसे बेहतर जानने के लिहाज़ से कुछ समय रहना चाहे, तो वह हवाई उड़ान का किराया भी देगा। इससे अंतिम निर्णय लेने में आसानी होगी।

उसे पूरे देश से अनेक अर्ज़ियां मिलीं। बदले में महिला आवेदनकर्ता दिल्ली आईं, उस व्यक्ति के साथ तीन माह या उससे अधिक समय तक रहीं और फिर अपने-अपने घर लौट गईं। उस व्यक्ति ने लगातार हनीमून मनाया, जो क़रीब तीन साल तक चला। वह अब भी अकेला तलाक़शुदा व्यक्ति है, ताकि आसानी से इस तरह के विज्ञापन दे सके।

रोकरा

मैथुन के बहुवचन

अविवाहित युवतियां केवल कौतूहल
से काम–संबंध बनाती हैं
वेश्याएं धन कमाने के लिए ऐसा
करती हैं
विधवाएं बीते दिनों की सुखद यादों
के लिए ऐसा करती हैं।
पत्नियां अपना कर्तव्य निभाती हैं,
जबकि सेक्स का पूरा आनंद तो
केवल व्यभिचार में ही संभव है

— बारहवीं सदी का अज्ञात कवि

13

भारतीय जीवन में सेक्स

संभवतः पूरे संसार में केवल हम भारतीय ही हैं; जो सेक्स के बारे में बहुत ही भ्रमित रवैया रखते हैं। हमारे आदर्श, हमारे सेक्सुअल व्यवहार के ढांचों से कहीं भी मेल नहीं खाते... एक राष्ट्र के रूप में हमें संपूर्ण रूप से मनोवैज्ञानिक विश्लेषण की आवश्यकता होगी।

कई सर्दियां बीत चुकी हैं, मैं एक बार रात को दिल्ली से भोपाल के लिए ट्रेन में सफ़र कर रहा था। यह एक फ़ास्ट एक्सप्रेस गाड़ी थी, जो कुछ ख़ास स्टेशनों पर ही ठहरती थी। मैंने अपने आप को पांच बर्थ वाले कूपे में पाया – तीन नीचे और दो ऊपरी छोरों पर (जी हां, उन दिनों कंपार्टमेंट में पांच बर्थ ही होती थीं)। मेरे पास निचली बर्थ थी। बाक़ी की दो बर्थ के सहयात्री भी आ पहुंचे थे, ऊपर की दो बर्थ किन्हीं प्रोफेसर और मिसेज़ सक्सेना के नाम थीं।

गाड़ी छूटने में केवल पंद्रह मिनट बाक़ी थे। लोगों का एक झुंड एक नवविवाहित जोड़े को ले कर आ पहुंचा। सुंदर साड़ी में सजी दुल्हन का चेहरा घूंघट में छिपा था और हाथों में हाथीदांत का चूड़ा पहन रखा था। वे हमारे डिब्बे के पास आकर रुके, बाहर अपने नाम पढ़े और भीतर आ गए। उन्हें यह देख कर मायूसी हुई कि उनके नाम आरक्षित बर्थ कम-से-कम पंद्रह फ़ीट की दूरी पर थीं। दल का एक सदस्य मेरे पास आया और पूछा कि क्या मैं ऊपर वाली बर्थ ले सकता था, ताकि नए ब्याहे जोड़े के लिए थोड़ी सुविधा हो जाती। मैं आसानी से मान गया और अपना बिस्तर ऊपर लगा लिया। मेरे दूसरे सहयात्री ने भी यह त्याग किया, ताकि पति-पत्नी को थोड़ा साथ मिल सके। मैंने साथ आए दल के एक सदस्य को कंडक्टर से कहते सुना कि वह उन्हें किसी ख़ास जंक्शन पर रात को उठा दे, जो कि क़रीब तीन बजे आना था और गाड़ी वहां केवल तीन मिनट की ठहरती थी।

जैसे ही गार्ड ने सीटी बजा कर हरी झंडी दिखाई, दल के सदस्यों ने दुल्हन के रोने-धोने और गलबहियां डालने के साथ विदा ली। जैसे ही गाड़ी ने प्लेटफार्म छोड़ा, दुल्हन ने नाक छिड़की और घूंघट पलट दिया। वह चौबीस-पच्चीस के क़रीब होगी – मुरझाई त्वचा, गोल चेहरा और आंखों पर मोटे लैंस का चश्मा। मैं उसकी काया तो नहीं देख सका, पर अंदाजा लगा सकता था कि वह हमेशा वसा से लड़ी गई लड़ाई में हार जाती होगी। उसका दूल्हा उससे क़रीब दो साल बड़ा लग रहा था (शायद एक जूनियर लेक्चरर होने के नाते ही उसे प्रोफ़ेसर कहा जाता होगा)। अपनी दुल्हन की तरह उसका चेहरा भी बेजान था, शरीर पर चर्बी की परतें थीं और आंखों पर मोटा चश्मा चढ़ा था।

बातों के छोटे-छोटे अंश कानों में पड़े, तो मैंने जाना (मैं उनसे केवल चार फ़ीट ऊपर था।) कि वे दोनों पूरी तरह से अजनबी थे, उनके रिश्तेदारों ने 'द हिंदुस्तान टाइम्स' के वैवाहिक विज्ञापन के माध्यम

से वह विवाह तय किया था। वे अपने पापाजी और मम्मीजी की बातें कर रहे थे, फिर उन्होंने कॉलेज के क़िस्से छेड़ दिए (तक़रीबन शिक्षित भारतीयों के लिए सबसे शांत समय), अपने दोस्तों की बातें कीं – 'मेरे लिए भाई की तरह था' या 'मेरी सगी बहन से भी बढ़ कर थी'। कुछ ही देर में बातचीत बंद हो गई और मैंने देखा कि पुरुष का हाथ खिड़की की ओर, स्त्री के कंधे पर जा टिका था।

बत्तियां बुझा दी गईं और पूरे कंपार्टमेंट में हलकी नीली रोशनी रह गई, जब तेज़ी से गुज़रती गाड़ी किसी रोशन स्टेशन के पास से निकलती, तो थोड़ा-बहुत दिखता था। मुझे भी इससे अधिक नहीं दिखा।

दंपत्ति ने उनके लिए छोड़ी गई बीच वाली बर्थ का इस्तेमाल करने की भी परवाह नहीं की और दोनों ने चार फीट चौड़े बर्थ पर एक साथ सोने का निर्णय लिया। उन्होंने छोटे से कंपार्टमेंट में उपस्थित दूसरे लोगों की उपस्थिति को साफ़ नकार दिया और एक-दूसरे को जानने में पूरी तरह से खो गए। वे इतने अधीर निकले कि उन्होंने आरामदेह कपड़े बदलने के बारे में भी नहीं सोचा। उन्होंने अपने ऊपर एक कंबल लिया और एक दूसरी ही दुनिया में खो गए।

वैसे साड़ी देखने में जितनी खूबसूरत लगती है, उतनी ही काम की भी चीज़ है। यदि सही तरीक़े से लपेटी जाए, तो यह पहनने वाली महिला के नितंबों की गढ़न को खूबसूरती से उभारती है। साड़ी के साथ अच्छे कट वाला ब्लाउज़ पहना जाए, तो वक्षस्थल उभरा हुआ व उन्नत दिखता है और नाभि से नीचे तक पेट का प्रदर्शन होता है। ऐसी कोई भी महिला पोशाक नहीं है, जो पहनने वाली की शारीरिक कमियों को छिपाते हुए, उसके दिखाने योग्य अंगों की श्री को निखार सके। एक मोटी स्त्री साड़ी पहन कर कम मोटी लगती है और एक दुबली-पतली स्त्री का शरीर साड़ी पहन कर भरा-भरा दिखता है। इसके साथ ही साड़ी के और भी फ़ायदे हैं। यदि मल-मूत्र त्यागना हो, तो बस महिलाओं के लिए इतना ही बहुत होता है कि वे उसे

कमर तक उठा कर बैठ जाएं। अगर कहीं झटपट यौन-संबंध बनाने का अवसर हाथ आ जाए, तो भी साड़ी के कारण काफ़ी सुविधा हो जाती है। उस समय मिसेज सक्सेना से भी संभवतः यही करने को कहा गया होगा। मैंने एक धीमी कराहट सुनी – 'हाय राम' और... मैं जान गया कि उनके बीच की दूरियां मिट चुकी थीं।

सक्सेना दंपत्ति बाथरूम जाने के लिए भी नहीं उठे, ताकि अपने आप को साफ़-सुथरा कर सकें, इसके बजाए वे फिर से उसी अनुभव को दोहराने लगे। इस बार उनकी अधीरता कुछ कम लग रही थी और वे अपने प्रयासों से काफ़ी संतुष्ट दिख रहे थे। एक-दो बार उनका कंबल भी खिसका और मुझे सक्सेना के नितंबों और मिसेज सक्सेना की छातियों की झलक मिली, जो कि शायद उनकी चोली से निकाल ली गई थीं। तेज़ी से दौड़ती गाड़ी के स्वरों के बीच मैं उन दोनों के मुख से निकलते शब्द भी सुन पा रहा था। इस तरह उन्होंने तीसरी बार भी दांव आज़माया, इसके बाद जाकर कहीं कंपार्टमेंट में शांति बहाल हो सकी। तब तक रात काफ़ी गहरा चुकी थी। उस गहरी अंधेरी रात में इंजन के सुर और बुर्जुग साथियों के खर्राटों से ही हमारी तंद्रा कभी-कभी टूटती थी।

रात को अचानक दरवाज़े पर ज़ोर की थपथपाहट हुई और ऐसा लगा, मानो किसी ने हमें बेरहमी से झझकोर दिया हो। कोई खिड़कियों के शीशे पीटता हुआ चिल्ला रहा था – 'उठो-उठो!... सीहोर आ गया। गाड़ी एक मिनट में छूटने वाली है।' वह कंडक्टर गार्ड था।

मैंने स्विच दबाया और पूरा कमरा रोशनी से जगमगा गया। क्या यादगार दृश्य था! प्रोफ़ेसर सक्सेना नितंब उघाड़े गहरी नींद में थे; श्रीमती सक्सेना भी गहरी नींद में चित्त पड़ी थीं, मुंह खुला और छातियां नंगी थीं, मानो किसी ने बोर्ड पर जड़ दिया हो। उनके बाल तकिये पर बिखरे थे। दोनों के चश्मे वहीं फर्श पर रखे थे।

उन्हें जो भी शर्मिंदगी महसूस हुई, वह गाड़ी से उतरने की हड़बड़ाहट में मिट गई, हमने उनके बिस्तर और सूटकेस बाहर निकलवाए। प्रोफ़ेसर

लड़खड़ाते हुए स्टेशन पर उतरे और अपने कपड़े समेटने लगे। मिसेज़ ने भी साड़ी के पल्लू से शरीर को ढांपते हुए उनके पीछे जाने का हौसला दिखाया। जैसे ही गाड़ी चलने लगी, तो वे चिल्लाईं – उनके एक कान का झुमका गायब था। गार्ड का स्वभाव काफ़ी दोस्ताना निकला, उसने गाड़ी रोक दी। हम सब कंपार्टमेंट में घुटनों के बल बैठ कर झुमका तलाशने लगे। एक सीट की तह में दबा झुमका मिल गया। हमने अपनी आगे की यात्रा आरंभ की।

मेरे एक साथी ने गहरी समझ से कहा, 'ये प्यार है! वे नवविवाहित थे और उन दोनों की एकांत में पहली रात थी। प्यार में दीवाने लोगों को सब माफ़ होना चाहिए।'

मैंने बड़े ही व्यंग्य से कहा 'क्या प्यार है? कुछ घंटे पहले तक वे एक-दूसरे के लिए अजनबी थे। उनमें इतना भी धीरज नहीं था कि घर तो पहुंच जाते, एक-दूसरे से स्नेह पगे एक-दो शब्द तक नहीं कहे और सेक्स के लिए उतावले हो उठे। आप इसे प्यार कहते हैं?'

उन्होंने इस प्रसंग पर गंभीरता से विचार किया व बोले, 'ख़ैर, हो सकता है कि उन्हें कुछ दिन तक ऐसा मौक़ा दोबारा न मिले। वहां उनके संबंधी होंगे – उसकी मां, बहनें और भाई और फिर ढेरों धार्मिक अनुष्ठान! जवानी दीवानी होती है और फिर शरीर की अपनी भी कुछ मांग होती है। कह सकते हैं कि यह प्यार का आरंभ है!'

मैंने कहा, 'हो सकता है कि यह एक परिवार का आरंभ हो, किंतु आप इसे प्यार का आरंभ नहीं कह सकते, मुझे यह भी समझ नहीं आता कि इसमें प्यार कहां से आया? यह तो समझ सकता हूं कि अनपढ़ लोगों के लिए यौन-संबंध वही मायने रखते हैं, जो कि उनके पालतू पशुओं के लिए होते हैं, पर दो पढ़े-लिखे, सभ्य व्यक्ति; एक कॉलेज का प्रोफ़ेसर और दूसरी किसी स्कूल में अध्यापिका – वे न तो गरिमा का तक़ाज़ा रखते हैं और न ही गोपनीयता की चाह, अजनबियों की उपस्थिति में यौन संबंध बनाने से नहीं सकुचाते?'

तीसरे व्यक्ति ने मेरे विचारों को नकारा, 'आप तो विदेशी विचार रखते हैं। ख़ैर, सुबह के साढ़े तीन बज रहे हैं। हमें सो जाना चाहिए।' उसने रोशनी और बहस दोनों ही बुझा दिए।

यह घटना मेरे मन में बनी रही, क्योंकि यह बहुत ही विस्तार से स्त्री-पुरुष संबंधों के उस ढांचे को दर्शाती है, जो अनेक भारतीयों में आज भी विद्यमान है। प्यार को जिस रूप में पश्चिमी देशों में जाना जाता है, वह रूप भारत के बड़े शहरों में, पश्चिमी तौर-तरीक़ों से रहने वाले और अंग्रेज़ी बोलने वालों के बीच ही जाना जाता है। वे अंग्रेज़ी की किताबें पढ़ते हैं, केवल विदेशी फ़िल्में देखते हैं और उनके सपने भी अंग्रेज़ी में ही होते हैं। दूसरे लोगों के लिए प्यार वही चीज़ है, जिसके बारे में वे या तो कविताओं में पढ़ते हैं या पर्दे पर देखते हैं, किंतु यह कोई निजी अनुभव नहीं बन पाता। प्रायः अरेंज्ड विवाह ही किए जाते हैं – 'लव मैरिज' करने वालों की संख्या अब भी कम ही है। इस प्रकार पारंपरिक रूप से तय किए गए विवाह में दोनों पक्ष पहले एक-दूसरे को शारीरिक तौर पर देखते व पहचानते हैं व उसके बाद ही कहीं जा कर एक-दूसरे के मन और व्यक्तित्व को पढ़ने का अवसर हाथ आता है। जब वासना का उफान काफ़ी हद तक शांत हो लेता है और आपस में स्वभाव का टकराव नहीं रहता, उसके बाद के वर्षों में ही आपसी मित्रता का भाव जन्म ले पाता है, किंतु ऐसा होने की संभावनाएं भी क्षीण ही होती हैं; अधिकतर मामलों में वे दोनों एक-दूसरे को अपनी अंतिम सांसें गिनने तक झेलते ही रहते हैं।

मुझे कोई अता-पता नहीं कि मेरे सामने ही वैवाहिक जीवन का शुभारंभ करने वाले सक्सेना दंपत्ति का क्या हुआ? हो सकता है कि अब तक उन्होंने कई नन्हे बाल सक्सेनाओं का दल बना लिया हो। वे फुल टाइम प्रोफ़ेसर के रूप में रोमानी कविता पढ़ाते हों और मौक़ा हाथ आते ही किसी कमउम्र की महिला प्रोफ़ेसर ('मेरी बहन जैसी') या किसी पिग-टैल छात्रा ('मेरी बेटी जैसी') के नाम एक-दो

तुकबंदियां भी कर लेते हों। श्रीमती सक्सेना संभवतः कुत्ते की सी स्वामीभक्ति, निष्ठा, प्रार्थना और किसी साधु महात्मा से मिले तावीज़ के बल पर अपने पति की रुचि बनाए रखने का प्रयास कर रही हों। ऐसे अवसर बहुत ही दुर्लभ होते होंगे, जब सक्सेना जी को पत्नी के साथ सहवास करने की इच्छा उत्पन्न होती होगी, तो उन पलों में, श्रीमती सक्सेना को अपने होंठों पर 'हे राम' के नाम के साथ चरम सीमा पर पहुंचने से पहले, अपने किसी कमउम्र सहकर्मी ('मेरे लिए सगे भाई की तरह') की फैंटेसी का सहारा लेना पड़ता होगा।

सक्सेना दूसरे कई भारतीय दंपत्तियों के मुक़ाबले भाग्यवान हैं, क्योंकि वे अपने परिवारों से काफ़ी दूर रहते हैं और उनके जीवन में गोपनीयता के लिए भी स्थान है। अधिकतर नवविवाहित भारतीय जोड़ों के लिए एकांत व गोपनीयता उतने ही पराए हैं, जितना कि प्यार! उन्हें कभी अपने लिए एक कमरा नहीं मिलता; वधू पति के परिवार की महिला सदस्यों के साथ अलग सोती है और वर की चारपाई अपने पिता व भाइयों की चारपाइयों की क़तार में लगाई जाती है। पोते का मुख देखने की आस में व्याकुल सासू मां कभी-कभार बेटे और बहू के मिलने की व्यवस्था कर देती हैं। इनमें सबसे सामान्य तौर पर कारगर तकनीक यही है कि जब बाक़ी पुरुष सदस्य आसपास न हों, तो बहू को दूध का गिलास देकर बेटे के पास भेज दिया जाए। लड़का इस मौक़े को नहीं चूकता। ऐसा हो ही नहीं पाता कि वे दोनों संभोग के क्षणों का पूरा सुख ले सकें। अनेक भारतीय पुरुष तो यह तक नहीं जानते कि महिलाएं भी चरम सीमा तक पहुंचती हैं; अधिकतर भारतीय महिलाएं भी इस तथ्य से अनजान हैं, क्योंकि वे एक के बाद दूसरी गर्भावस्था के जाल में इस कदर उलझी रहती हैं, उन्हें पता ही नहीं चलता कि सेक्स भी आनंददायी हो सकता है। यह एक ऐसे देश के लोगों के बारे में कहा जा रहा है, जहां काम-कला का ज्ञान देने वाले ग्रंथ 'कामसूत्र' का जन्म हुआ और मंदिरों में बने भित्तिचित्रों ने काम की कला का संबंध अध्यात्म से जोड़ दिया।

संभवतः पूरे संसार में केवल हम भारतीय ही हैं; जो सेक्स के बारे में बहुत ही भ्रमित रवैया रखते हैं। हमारे आदर्श, हमारे सेक्सुअल व्यवहार के ढांचों से कहीं भी मेल नहीं खाते; हमारी फैंटेसियों पर काफ़ी हद तक माइथोलॉजी का प्रभाव होता है, वही हमारे अवचेतन पर छाया रहता है और भ्रम को बढ़ावा देता है, क्योंकि वे परस्पर विरोधाभासी होते हैं। लिंगोपासना करने वालों की भूमि पर यौन संबंधी शुचिता का गुणगान होता है, सेक्स के त्याग व ब्रह्मचर्य की बात की जाती है। एक राष्ट्र के रूप में हमें संपूर्ण रूप से मनोवैज्ञानिक विश्लेषण की आवश्यकता होगी। हमारे शीर्षस्थ साइकियाइट्रिस्ट सुधीर कक्कड़ ने अपनी पुस्तक 'इंटीमेट रिलेशंस : एक्सप्लोरिंग इंडियन सेक्सुएलिटी।' में 'विवाहों से लिए गए दृश्यों' से आरंभ किया है। उन्होंने इसके लिए पिछले वर्षों के दो जाने-माने उपन्यासों को स्रोत बनाया है, राजेंद्र सिंह बेदी का 'एक चादर मैली सी'(जिसका मैंने अंग्रेज़ी में 'आई टेक दिस वूमन' नाम से अनुवाद किया है) और कृष्णा सोबती का 'मित्रो मरजानी'। बेदी का उपन्यास किसानों के उस रीति-रिवाज़ के आसपास घूमता है, जहां बड़े भाई की मौत के बाद छोटा भाई उसकी विधवा को चादर डालकर (चादर अंदाज़ी) अपने संरक्षण में ले लेता है। यहां यह कहानी तीस वर्षीया रानो की है, जिसका पति तिलोका, एक तांगा चलाता है। वह अक्सर शराब के नशे में चूर रहता है और हिंसक भी हो जाता है। रानो की तीन औलादें हैं। उसका देवर (पति का छोटा भाई) मंगल बीस साल का है, वह बचपन में रानो का दूध पीकर पला-बढ़ा। जब एक झड़प में तिलोका मारा जाता है, तो मंगल को रानो से ब्याह के लिए मजबूर किया जाता है, जिसे वह अब तक एक मां के रूप में देखता आया है। पहले तो वे दोनों ही इन हालात के ख़िलाफ़ आवाज़ उठाते हैं, पर आपस में एक हिंसक झड़प के बाद वे दोनों ही पूरे जोश के

साथ शारीरिक संबंध स्थापित कर लेते हैं। देवर के लिए जुनून सोबती के लोकप्रिय उपन्यास का विषय है। सरदारी और उसकी पत्नी मित्रो प्रायः शारीरिक संबंध बनाने के दौरान ही लड़ पड़ते हैं, जैसे-जैसे पुरुष की शक्ति फीकी पड़ने लगती है, तो मित्रो कुंठित हो कर अवैध संबंधों से सुख पाने की तलाश में निकल पड़ती है और ये प्रबंध स्वयं उसकी मां उसके लिए करती है। कक्कड़ कहते हैं –

> मेरे लिए 'मित्रो मरजानी' हिंदू विवाहों के एक मौन, किंतु सबसे शक्तिशाली विषय के रूप में सामने आता है – सांस्कृतिक जटिलता, सही मायनों में पत्नी का एक औरत, एक सेक्सुअल इंसान के रूप में होने का भय और भी सटीक रूप में, यह एक पत्नी के युगों पुराने, किंतु आज भी जारी सांस्कृतिक विखंडन है, जहां पत्नी, एक मां और वेश्या के रूप में सामने आती है, जो कि पति-पत्नी के संबंधों के मूल में है और महिलाओं के बारे में हिंदू दृष्टिकोण को प्रकट करता है, जो प्रायः विरोधाभासी ही होता है।

भारतीय महिलाओं को एक कामांध जीव के रूप में बहुत अपशब्द कहे गए हैं। मनु उसे कामुक, अविश्वसनीय, दुराचारिणी व वासना में लिप्त कहते हैं। कक्कड़ यह जानना चाहते हैं कि भारतीय सिनेमा में भारतीयों की सेक्स संबंधी मानसिकता किस हद तक दिखाई देती है? उन्होंने दो बहुत ही लोकप्रिय फ़िल्में चुनीं – 'राम तेरी गंगा मैली' व 'क़र्ज़'। उन्होंने कहा कि वे फ़िल्में पारंपरिक विषयों के शोषण के कारण ही सफल हो सकीं। उन्होंने प्रतिदिन फ़िल्में देखने वाले 15 मिलियन लोगों के लिए फ़िल्मों को 'सामूहिक़ फ़ैंटेसी' व 'ग्रुप डे ड्रीम्ज़' में बदल दिया। सुधीर इस विषय में ठीक ही कहते हैं कि 'भारतीय सिनेमा का दर्शक ही हिंदी फ़िल्मों के विषयों का वास्तविक लेखक है।' अगर चुंबन देने-लेने की मनाही है, तो फिर बलात्कार भारतीय फ़िल्मों का मुख्य सीन कैसे हो जाता है? ऐसा इसलिए है

कि महिलाओं का अपमान व अनादर भारतीय पुरुषों की लव फ़ैंटेसी का अभिन्न अंग है, तो हमने तीन प्रकार के प्रेमी खोज निकाले – मजनू, कृष्णा व अमिताभ बच्चन, जो कि अच्छा-बुरा नायक है, वह न तो मजनू की तरह ज़रूरत से ज़्यादा भावुक है और न ही कृष्ण जैसे प्रेमी की तरह नटखट! बदले में उसने एक नई प्रकार की नायिका को जन्म दिया, एक पुरुषोचित व्यवहार करने वाली स्त्री। एक कुमारी का टॉमबॉय अवतार!

महात्मा गांधी के बारे में भी सुधीर ने कुछ नए तथ्य दिए हैं। यह सामग्री उनकी आत्मकथा 'सत्य के साथ मेरे प्रयोग' से हट कर है, क्योंकि इसके लिए सुधीर ने उन पत्रों का प्रयोग किया है, जो महात्मा अपनी निकटतम महिलाओं को लिखते थे और अपनी ब्रह्मचर्य की प्रतिज्ञा की जांच के लिए उनका उपयोग (दुरुपयोग) करते थे। गांधी जी स्वीकारते हैं कि वे एक कामुक व ईर्ष्यालु पति थे। उनके पिता पास वाले कक्ष में मरणासन्न थे और वे दूसरे कक्ष में शारीरिक संबंध बना रहे थे, यहीं उन्हें पहला सदमा लगा। वे इंग्लैण्ड में पढ़ाई के दौरान पहले एक वेश्या और फिर एक अंग्रेज़ लड़की से अवैध संबंध बनाते बाल-बाल बचे। दक्षिण अफ़्रीका प्रवास में टॉलस्टॉय पढ़ने के बाद उन्होंने तय किया कि वे ब्रह्मचर्य का संकल्प लेंगे। उन्होंने 37 वर्ष की आयु में यह संकल्प ले लिया और अपनी पत्नी से इस बारे में परामर्श तक लेने की आवश्यकता नहीं समझी।

उन्होंने अपनी कामवासना को घटाने के लिए कई तरह के शाकाहारी खाद्य पदार्थ लेने का प्रयोग किया और युवतियों को अपने साथ लिटाया, ताकि वे जांच सकें कि अपनी प्रतिज्ञा के पालन में कहां तक सफल रहे। उन्होंने इस हिंदू पारंपरिक मान्यता को बल दिया कि वीर्य ही जीवन का सार है; इसे संभोग के दौरान नष्ट नहीं करना चाहिए (पत्नी को गर्भवती बनाने के अलावा); यदि इसे ऊपर की ओर लाया जाए, तो मस्तिष्क तक आने पर यह पुरुष को असीम शक्ति प्रदान करता है। नतीजन, उनके साथ स्वेच्छा से

इन प्रयोगों में भाग लेने वाली महिलाएं मानसिक व शारीरिक रूप से बिखर जातीं और उनका महात्मा का आभामंडल और भी निखर कर जगमगाने लगता।

सुधीर कक्कड़ का यह शोध-पत्र वास्तव में बेजोड़ व उच्चतम स्तरीय है। इससे पहले कि हम महिलाओं को बराबर का दर्जा दें (जो कि जीवन का अद्भुत अनुभव होगा); हमें अपने मन-मस्तिष्क से महिलाओं की सेक्सुएलिटी से जुड़ी अतार्किक सोच व मान्यताओं को सुधारने में कई पीढ़ियां लग जाएंगीं।

14

सेक्स और विवाह

विवाह पुरुष के लिए एक सुविधा है, एक स्त्री के लिए रहने-खाने की निःशुल्क व्यवस्था है या फिर दोनों लिंगों के लिए ही आश्रय है?

रूपिका ने हाल ही में कॉलेज की पढ़ाई पूरी की है। उसके माता-पिता उसके लिए सुयोग्य वर की तलाश में हैं। वे संभावित दामाद के परिवार को अपने घर चाय पर बुलाते हैं, ताकि वे लोग उनकी बेटी को एक नज़र देख सकें। वे लोग शेखी बघारने के लिए एक मर्सीडीज़ बेंज़ में पधारे। जब रूपिका ने चाय परोसी, तो वे दबे स्वरों में उसके गुण-दोषों की परख करते रहे। रूपिका को इस सारी प्रक्रिया से घृणा हो रही थी, इसलिए वह चुपचाप उन्हें ठंडी निगाहों से घूरती रही। उसके माता-पिता उसके इस रवैए से नाखुश हुए और तरह-तरह से बात पर पर्दा डालने की कोशिश करने लगे।

रूपिका अपने अंकल, आंटी, कॉलेज की एक दोस्त अमरीकी लड़की,

एक अंग्रेज़ लड़की और एक महिला वाइल्ड लाइफ फ़ोटोग्रॉफर को ख़त लिखती है और उन्हें बताती है कि किस तरह भारतीय लड़कियों को होने वाले वर व उसके परिवार द्वारा अपमानित किया जाता है। वे खत आपस में भी भेजे जाते हैं, यानी वे सब आपस में एक-दूसरे से पत्र-व्यवहार के माध्यम से जुड़े हुए हैं। इस तरह हमें अरेंज्ड मैरिज बनाम लव मैरिज, दहेज प्रथा, दोनों लिंगों में से कौन कामुक रूप से शक्तिशाली होता है और कौन निर्णय निर्धारण प्रक्रिया में आगे रहता है; जैसे विषयों पर बातचीत व तर्कों को जानने का अवसर मिलता, जिन्हें बहुत ही ख़ूबसूरती से प्रस्तुत किया गया है ।

इसी पत्र-व्यवहार के दौरान रूपिका एयर इंडिया के लिए एयरहोस्टेस चुनी जाती है। उसकी एक उड़ान के दौरान एक युवा हैंडसम यात्री से आंखें-चार होती हैं और वह भी अपनी हामी भर देता है। वह जैसे ही विमान से उतरने लगता है, तो अचानक लंदन में रूपिका का फ़ोन नंबर मांग लेता है। रूपिका कुछ भी सोचे-समझे बिना झट से अपना फ़ोन नंबर उसे दे देती है, फिर होटल के एंकात कमरे में बैठी सोचती है कि क्या सचमुच वह जवां मर्द उसे फ़ोन करेगा? रूपिका के कई घंटों के संशय का अंत उस नौजवान द्वारा किए गए फ़ोन कॉल से होता है, जो वह उसे आइसलैंड की राजधानी रिकजाविक से फ़ोन करता है। कहानी यहीं समाप्त हो जाती है।

मैंने आज से कई साल पहले यह कहानी पढ़ी थी। हालांकि यह एक अच्छा उपन्यास बन सकती थी, पर लेखक आर. डब्ल्यू. देसाई ने इसे पत्रों के संग्रह रूप में ही प्रस्तुत किया – 'फ्रेलिटी, दाई नेम इज़ वूमन' – जिसमें स्त्री-पुरुष संबंधों पर बहुत ही जीवंत चर्चाएं की गई हैं।

'विवाह पुरुष के लिए एक सुविधा है, एक स्त्री के लिए रहने-खाने की निःशुल्क व्यवस्था है या फिर दोनों लिंगों के लिए ही आश्रय है?' रूपिका अपने अंकल से पूछती है। विद्वान अंकल उत्तर देते हैं, 'विवाह की पूरी संस्था स्त्रियों द्वारा किया गया प्रबंध है, ताकि उन्हें अपने

बच्चों के लालन-पालन के दौरान पूरी सुरक्षा और प्रबंध मिल सके। यहां नर हमेशा से ही एक परिव्राजक रहा है और निःसंदेह उसे होना ही था, क्योंकि उसी के सिर पर भोजन की तलाश का भार था। पुरुष के लिए विवाह एक जाल है और स्त्री के लिए एक संपूर्णता है, संतुष्टि है। यहां आपके मनोरंजन के लिए एक चुटकुला प्रस्तुत है – क्या आप जानते हैं कि 'वर्जिन' का शाब्दिक अर्थ क्या है? मैन-ट्रैप! कैसे? लैटिन में 'वर' शब्द का अर्थ होता है 'मैन' (जिससे हमें वर्ली शब्द मिलता है।) और बेशक 'जिन' का मतलब है, 'ट्रैप' यानी मैन ट्रैप (मनुष्य को फंसाने का जाल)!

अंकल राकेश के पत्र नर्गिस के पास जाते हैं, जो कि वाइल्ड लाइफ फ़ोटोग्राफर है। वह इसको और विस्तार से बताने के लिए कहती है। अंकल राकेश जवाब देते हैं, 'महिलाएं जन्मजात रूप से अधिकार जमाने वाली होती हैं। यह दंभ इसी तथ्य से उपजता है कि वे संतान को धारण करती हैं। मां बालक को पूरे नौ माह तक अपने गर्भ में धारण करती है; दूसरे शब्दों में वह बच्चे पर अपना हक़ रखती है; वह बच्चा उसके एक अंग जैसा है; उसके फेफड़ों और गुर्दों की तरह या यूं कहें कि उससे भी ज़्यादा, क्योंकि दो घड़ी को इंसान अपने इन अंगों को तो भूल सकता है, पर वह एक पल के लिए भी अपने भीतर पल रहे शिशु के अस्तित्व को न तो अनदेखा कर पाती है और न ही भुला पाती है। उसका बढ़ता आकार, भार, बेचैनी, मानसिक और भावात्मक बदलाव आदि सब कुछ एक स्त्री होने के नाते, उसकी मानसिकता का एक हिस्सा है और पूरी तरह से उसके तंत्र में प्रोग्राम किए गए हैं। दूसरे शब्दों में, एक औरत होने के नाते, यह आवश्यक नहीं कि वह मां भी हो; दूसरे पर अधिकार रखने की यह भावना सहज होती है। औरत पहले तो अपने पति पर अधिकार रखती है और फिर अपनी संतान पर।

स्वामित्व का अर्थ है कि वह एक स्थायित्व चाहती है, एक ऐसी स्थिति, जो कभी न बदले। किराए के मकानों में रहने वाले लोगों

के मन में उस मकान के लिए वैसी मोह-माया नहीं होती, जैसी कि किसी के मन में अपने मकान के लिए होती है। स्त्री चाहती है कि पुरुष उसे हमेशा, हमेशा और हमेशा प्यार करता रहे। वह जान-बूझ कर उन दो शत्रुओं की तरफ़ से मुंह मोड़ लेती है – समय और परिवर्तन! पुरुष कहीं अधिक यर्थाथवादी होते हैं। वे जानते हैं कि सब कुछ बीत जाता है और फिर भी इन दो लिंगों के बीच इस तनाव से ही सभ्यता उभरी है। यदि यह सब न होता, तो मनुष्य भी दूसरी प्रजातियों की तरह विलुप्त हो गया होता। मैं ऐसा क्यों कहता हूं? क्योंकि मैं इस 'धकेलने' और 'खींचने' को नर व मादा नियमों के रूप में लेता हूं, जो कि दोनों ही मनुष्य जाति की उत्तरजीविता के लिए अनिवार्य हैं।

'पुरुष स्वयं को अपने घर और धरती से परे ले जाना चाहता है, ताकि विवाह के बंधन से बच सके। तभी हमें यात्री, परिव्राजक व खोजी मिले, जो कि सभी मर्द ही थे, जैसे वास्को डि गामा, एमरीगो वैसपुक्की, क्रिस्टोफर कोलंबस, हरनेन फरनेनडोज़ कोर्टिस, सर वाल्टर रालिग, फ्रांसिस ड्रेक, कैप्टन स्कॉट, हिलेरी, हंट, तेंज़िंग वग़ैरह और यह सूची अंतहीन है। आध्यात्मिक पथ के यात्रियों; बुद्ध, जुरथुष्ट्र व मोहम्मद आदि ने अपने-अपने धर्म व संप्रदाय की स्थापना से पहले लंबी दूरी की यात्राएं कीं। व्याकुलता भरी इस विदाई को संभवतः टेनीसन की प्रसिद्ध कविता 'यूलीसिस' में बहुत ही ख़ूबसूरती से व्यक्त किया गया है। जहां नायक, जो कि अब वृद्ध हो चला है, एक बार फिर से किसी यात्रा के लिए निकलता है। यह हिस्सा होमर में नहीं है; यह टेनीसन द्वारा उन्नींसवी और पिछली सदी की आत्मा को सलाम है; जब अंग्रेज़ों ने आस्ट्रेलिया, कनाडा और वेस्टइंडीज़ के क्लाइव और हेस्टिंग्स जैसे लोगों के बल पर धीरे-धीरे भारत पर क़ब्ज़ा कर लिया था। यदि टेनीसन स्वयं एक घुमक्कड़ न होता, तो संभवतः ऐसी कविता न लिख पाता, यह वास्तव में एक उल्लेखनीय कविता है। मैंने इसे

स्कूली दिनों में पढ़ा था और कुछ पंक्तियां यहां देने के लिए आपसे क्षमा चाहूंगा; ये मुझे अब भी अभिभूत कर देती हैं –

आओ मेरे मित्रो, एक नई दुनिया की तलाश के लिए
अभी बहुत देर नहीं हुई, सभी इसे धकेलो और तन कर
बैठ जाओ! हमें सूर्योदय व स्नान से भी कहीं परे जाना
है। मरने तक पश्चिमी तारों तक पहुंचना है। हो सकता
है कि खाड़ियां हमें डुबो दें। यह भी हो सकता है कि
हम हैप्पी आइसेल्स को छू सकें या उन ग्रेट एकीलीज़
(प्राचीन यूनानी वीरों) को देख सकें, जिन्हें हम सब
जानते हैं पर फिर भी एक औरत का खिंचाव भी उतना
ही मायने रखता है।

फिर हम एक और अंकल आनंद से मिलते हैं, जो हमें सेक्स के बारे में अपनी सोच बताते हुए कहते हैं – 'यदि उपयुक्त अवसर मिले, तो मर्द संभावित बलात्कारी हो सकते हैं। सभ्यता व संस्कृति जैसे कारक उन पर रोक लगा देते हैं। मुझे गलत न समझें; मैं नहीं कहता कि यह संभावना बुरी या ग़लत है, बल्कि यह कामेच्छा ही तो मनुष्य जाति को बनाए रखे हुए है। यह भीतर छिपी परम व उदात्त ऊर्जा ही तो पुरुष को विजेता बनाती है। पशु अपनी कामेच्छा को परिष्कृत नहीं कर पाते और वह मैथुन में ही व्यय हो जाती है। वे अपने अस्तित्व की दशा में सुधार का कोई उपाय या प्रयास नहीं करते, अपने पर्यावरण में बदलाव का प्रयत्न नहीं करते, जबकि मनुष्य निरंतर अपने से भी परे जाने के प्रयास में लगा रहता है। वह एक पत्थर फेंक कर ही संतुष्ट नहीं होगा; वह गुलेल बनाएगा, धनुष-बाण और बंदूक बनाएगा। केवल पुरुषों की कामेच्छा को ही सभ्यता नियंत्रित नहीं करती। कहीं न कहीं स्त्री भी अपने साथ बलात्कार चाहती है, हालांकि कोई भी

धीर-गंभीर महिला कभी इसे नहीं स्वीकारेगी। विवाह में औरतों का पक्ष ही ऊपर होता है। औरत जानती है कि उसकी गोद में जो बच्चा है, उसी का है; पर कोई भी पति यह बात दावे से नहीं कह सकता कि उसकी गोद में पल रहा बच्चा उसका है या उसके किसी पक्के दोस्त का। तभी तो पुरुष प्रधान समाज द्वारा कई प्रकार की सावधानियां रखी गईं – जैसे पर्दा, सतीत्व पेटी और हरमों की सुरक्षा के लिए हिजड़ों की नियुक्ति।'

राकेश अंकल पुरुष और स्त्री लैंगिकता के बारे में और भी विस्तार में जाते हुए कहते हैं – 'नर की लैंगिक रचना एक निरंतर परिवर्तनशील कारक है। इस एक अंग के निरतंर बदलते आकार और रूप में ही नर की प्रेम के प्रति अनिरंतरता झलकती है। 'पुरुष आरंभ से ही छलिया रहे हैं', शेक्सपीयर हमें बताते हैं 'एक पांव जमीन पर और एक पांव सागर में' – एक चीज़ कभी निरंतर नहीं रहती। वहीं दूसरी ओर स्त्री शरीर रचना ऐसी बनी है कि वह कभी नहीं बदलती और यहीं से उसकी निरंतरता, उसकी वफ़ादारी व निष्ठा झलकती है। यह भी ध्यान देने योग्य तथ्य है, पुरुष की अंग संरचना ऐसी है कि भाव की चाहे जो भी अवस्था क्यों न हो, इसका प्रदर्शन होता है; इसे छिपाया नहीं जा सकता। नर की कामेच्छा एक ही क्षण में उसके लिंग के आकार से प्रकट हो जाती है, जिसे सार्वजनिक होते देर नहीं लगती। स्त्रियों के साथ ऐसा नहीं होता। उसकी शरीर रचना उसकी भावनाओं की सुरक्षा करती है, उन्हें छिपाती है, जो कि हमेशा गुप्त रह सकती है। पुरुष की तरह उसकी कामलिप्सा लोगों के सामने प्रकट नहीं हो पाती। उसका 'स्व' सदा उसके पास सुरक्षित व अल्लंघनीय रहता है। इस रहस्य की भी अपनी ही सुंदरता है और स्त्री इस रहस्य को अपने भीतर संजोए रहती है, एक ऐसी पहेली, जिसे कोई भी आम व्यक्ति नहीं सुलझा सकता। केवल एक औरत ही दूसरी औरत का मन पढ़ने की योग्यता रखती है; यह कार्य किसी पुरुष के वश का नहीं है।

सरोज आंटी रूपिका को जरमैन ग्रीर के बारे में बताती हैं – 'वे कहती हैं कि लिंग अपने आप में एक अहानिकारक और संवेदनशील अंग है' फिर वे आगे कहती हैं, 'योनि को इस तरह से बनाया गया है कि वह लिंग द्वारा किए गए बुरे-से-बुरे व्यवहार को झेल सके। पुरुष नुक़सान पहुंचाने वाले होते हैं, पर लिंग उनके शरीर का ऐसा अंग है, जो बिल्कुल भी ख़तरनाक नहीं होता। इसके बजाय पुरुष अपने हाथों, पैरों, कोहनियों व घुटनों से ज़्यादा चोट व तकलीफ़ पहुंचाते हैं।' उन्होंने अपने विश्लेषण के आधार पर यह भी कहा है कि बलात्कार का सदमा इतना शारीरिक नहीं होता, जितना कि मानसिक, भावात्मक व यहां तक कि आध्यात्मिक होता है, तो वे बलात्कार की शिकार महिलाओं को आश्वस्त करती हैं कि उनका अपराध-बोध स्वयं उन्होंने ही गढ़ा है।

वे फ्रायड की लिंग-ईर्ष्या के नियम को ठुकराते हुए कहती हैं, 'तुमने कहा कि स्त्री एक कमज़ोर बर्तन की भूमिका स्वीकारती है, क्योंकि यह लिंग-ईर्ष्या के कारण है; बात काफ़ी रोचक लगी। तुमने कहा कि यह काफ़ी एडवांस नियम है और अनेक फ़ेमनिस्टों ने साहित्य में इसके लक्षण देखे हैं, जिनमें शेक्सपियर भी शामिल हैं। मैं काफ़ी हद तक तुमसे सहमत हूं, पर मैं यह भी कहूंगी कि अगर मादा लिंग-ईर्ष्या से आक्रांत रहता है, तो नर भी लिंग-उद्वेग की पीड़ा झेलता है – वह निरंतर उसके आकार व प्रदर्शन की क्षमता के बारे में संदेहग्रस्त व व्याकुल रहता है। हेनरी स्पेंसर एशबी के 'माई सीक्रेट लाइफ़' में एक नौकरानी बड़े ही व्यंग्यपूर्ण स्वर में दूसरी नौकरानी से पूछती है, 'क्या तुमने उसकी वह नन्ही-सी चीज़ देखी?' एक-दूसरे प्रसंग में 'जो' का चक्कर नौकरानी से चल रहा है। वह उसके कपड़े उतारने का प्रयास करते हुए उतावलेपन से कहता है, 'ओह! मुझे देखने तो दो।' वह उन्हें नीचे खींच कर कहती है, 'नहीं, तुमने उस दिन देखा तो था। ये तो वही है; तुम अपना वह दिखाओ?' ये लिंग-ईर्ष्या का अच्छा उदाहरण है। लड़की बहुत ही चतुराई से यह स्वीकारती है कि

उसके पास जो है, 'वह तो पहले जैसा ही है', पर उसे दर्जनों बार भी देखा जाए, तो वह नहीं बदलेगी – 'अरे! तुमने उस दिन देखी तो थी।' वहीं दूसरी ओर जो की वह 'चीज़' एक रोचक वस्तु है, एक खिलौना, जिससे खेला जा सकता है, इसका निरंतर बदलता रूप ही इसे मनोरंजन का साधन बना देता है'

सरोज आंटी पुरुषों के बारे में बहुत अच्छी राय नहीं रखतीं। वे दुनिया को तबाह कर रहे हैं – 'मर्द को ताक़त से प्यार है और मशीनें उन्हें इसके इस्तेमाल का भरपूर मौक़ा दे रही हैं। कार, मोटरबाइक, विमान, समय में वापिस लौटना, घोड़े – ये सब उसके व्यक्तित्व का विस्तार ही तो हैं। हमें यह भी नहीं भूलना चाहिए कि ये सब हठी मादा के प्रशंसनीय विकल्प ही हैं।'

सवार घोड़े या मोटरबाइक की सवारी करता है। ज़रा जनरल मोटर्स के चीफ़ स्टाइलिस्ट, विलियम मिशेल की बात तो सुनें, वे कंपनी द्वारा हाल ही में रिलीज़ किए गए कैडलॉक मॉडल की बात कर रहे हैं – 'जब आप व्हील के पीछे बैठते हैं, आप नीचे झुक कर उस लंबे हुड को देखते हैं और फिर वहां दो हैडलाइट शेप हैं और दो फेंडर कवर्स – आप वहां बैठते ही उत्तेजित क्यों हो जाते हैं?' वह कोई ज़्यादा बात नहीं कर रहे, पर जो भी कह रहे हैं, वह उनकी आत्मा की गहराई से निकल रहा है। ज़रा देखें तो कार निर्माता अपनी कारों के मॉडलों के नाम कैसे-कैसे देते हैं – फाल्कन, मस्टैंग, बाराकूडा, कार्वेट, साबरी, कोगर, ब्रोंको; ये सब वन्य, आदिम व हिंसक जीव हैं।

पुरुष शारीरिक लिहाज़ से स्त्रियों से ताक़तवर होते हैं, जबकि स्त्रियां सेक्स के लिहाज़ से कहीं शक्तिशाली होती हैं। 'वेश्यालय पुरुषों पर महिलाओं के वर्चस्व का उदाहरण है', सरोज आंटी कहती हैं। कैसे? वेश्या के पास आने वाला दो तरह से व्यय करता है। वह पैसा भी भरता है और अपनी शक्ति भी क्षीण करता है, जबकि किसी भी लिहाज़ से उस वेश्या की क्षमता का हनन नहीं कर पाता।

इस तरह चलने वाली यह चर्चा बहुत ही सोचने लायक़ सामग्री देती है। सारे तर्क बहुत ही ख़ूबसूरती से पिरोए गए हैं और पाठक की रुचि अंत तक बनी रहती है।

15

क्लासिक्स में प्रकृति व सेक्स

हमारे पूर्वज सौंदर्य के बारे में बड़ी अनोखी धारणाएं रखते थे – पतली कमर पर भारी वक्षस्थल, मदांध हो कर भागते हाथी के नितंबों से पुष्ट नितंब!

मैं प्रायः अपने देशवासियों को प्रकृति के विषय में उदासीनता व सेक्स के मामले में दोहरे मापदंडों के लिए कोसता हूं; बाहरी तौर पर छद्म संकोच व लज्जा और भीतर से कामुकता का व्यवहार! आज से लगभग 2000 वर्ष पूर्व निश्चित रूप से ऐसा नहीं था। कई वर्ष पहले मैंने डॉ. मनमोहन घोष द्वारा 'चतुरबाणी' का अनुवाद पढ़ा था, जो कि संभवतः 200-350 ई.पू. में लिखी गई थी – 'ग्लिम्पिसिस ऑफ़ सेक्सुअल लाइफ़ इन नंद एंड मौर्या इंडिया' – और मुझे यह देख कर आश्चर्यजनक प्रसन्नता हुई कि लेखक उस क्षेत्र के फ़्लोरा और फ़ॉना की पूरी जानकारी रखता था व कई स्थानों पर सेक्स का विस्तृत व अभद्र वर्णन भी मौजूद था। यद्यपि इसमें ऐसे पात्रों की सूची काफ़ी लंबी है, जो किसी वेश्यालय से लौटते समय एकालाप करते हैं

या राह में मिले किसी व्यक्ति से उन वेश्याओं व उनके संरक्षकों की चर्चा करते हैं। अपने नेत्रों से अमृतवर्षा करती इस 'विलासकुंदिनी' का सौंदर्य संभोग की थकान के कारण अन्य स्त्रियों की तरह और भी प्रिय हो जाता है। उसके होठों की हलकी सूजन और हिंसक कामवासना के चिन्ह ऐसे जान पड़ते हैं, मानो 'गुप्त प्रेम-संबंधों का उत्सव नखचिन्हों से सुसज्जित हो।'

'खिलते हुए कमल के समान उसका मुख है, सफ़ेद पुष्पों की कलियां उसके दांत हैं, ताज़ी नीली कुमुदिनी उसके नेत्र हैं, लाल अशोक पुष्प उसके मादक होंठ हैं, भंवरे की गुनगुन जैसी उसकी वाणी है। पुष्पों के सबसे सुंदर गुलदस्तों जैसा वक्षस्थल है, मस्तक पर सजे पुष्प उसके आभूषण हैं। पुष्पों से ही उसके वसन हैं और पुष्पमालाएं उसकी चमचमाती मेखला हैं। कुंजलता, जो कि वसंत की दुल्हन है, मानो उसने अपने विविध पुष्पों से ही एक स्त्री का रूप ले लिया है।' यहां उभयलिंगी की प्रशंसा की जाती है, क्योंकि उसके स्तन प्रगाढ़ आलिंगन में बाधा नहीं देते। वह दूसरी स्त्रियों की भांति नहीं। माह के उन निश्चित दिनों में भी कामसंबंध बनाने से इंकार नहीं करती, फिर गर्भधारण का भी कोई भय नहीं रहता, जो कि निश्चित रूप से शारीरिक आकर्षण व युवावस्था की प्रगति का बैरी है – वे जो भी कहना चाहते हों।

हमारे पूर्वज सौंदर्य के बारे में बड़ी अनोखी धारणाएं रखते थे – पतली कमर पर भारी वक्षस्थल, मदांध हो कर भागते हाथी के नितंबों से पुष्ट नितब!

और इसी तरह। जब वेश्या की बात आती है, तो पत्नी उसकी तुलना में हीन ही ठहराई जाती है, 'जो एक बार वेश्या के नितंब रूपी रथ का सारथी हो जाता है, क्या वह स्वेच्छा से पत्नी के पास जाता है?' एक नाटक का लेखक यह प्रश्न करता है और उत्तर देता है, 'कोई भी व्यक्ति अपनी इच्छा से रथ की सवारी को छोड़ कर बैलगाड़ी में नहीं बैठना चाहेगा।'

16

ब्रह्मचर्य व सतीत्व

हमारे जैसे पैतृक समाजों में ब्रह्मचर्य की दीक्षा लेने वाली स्त्री को विचित्र माना जाता है, जो कि क़िस्मत से, अच्छे समय में, जल्दी ही अपनी भूल को जान सकती है।

मैंने हमेशा ही काम संयम को प्राकृतिक नियमों के विरुद्ध माना है, क्योंकि इससे मानसिक तनाव व उग्र व्यवहार सामने आता है। वहीं दूसरी ओर यह भी संभव है कि यदि आप काम ऊर्जा को दूसरी रचनात्मक गतिविधियों में खपा दें, तो यह स्वयं निर्मित टॉनिक का काम करती है। मेरे मन में यह विचार आते ही बापू गांधी, मोरार जी देसाई, मदर टेरेसा व उन धार्मिक संस्थाओं के उदाहरण आ जाते हैं, जिन्होंने ब्रह्मचर्य व सतीत्व का आनंद उठाया।

गांधी व देसाई ने कई वर्षों तक कामसुख भोगने के बाद ब्रह्मचर्य का संकल्प लिया। मदर टेरेसा ने अपनी किशोरावस्था में ही यह संकल्प

ले लिया था और उन्हें कभी इसके लिए पश्चाताप नहीं हुआ। उनकी ओजस्वी ऊर्जा को तो देखें, तो उसी के बल पर उन्होंने असंभव को भी संभव कर दिखाया। जहां तक मेरी जानकारी है – इस्लाम धर्म, सिख धर्म व यहूदी धर्म ब्रह्मचर्य की हिमायत नहीं करते। बौद्ध, जैन व ईसाई धर्म ने इसे मान्यता दी है। कुछ हिंदू संप्रदाय – यदि आप उन्हें हिंदू संप्रदाय कह सकते हैं, जैसे ब्रह्मकुमारीज़, वे भी चाहते हैं कि उनके महिला व पुरुष सदस्य सेक्स के प्रति संयम रखें। मैंने इस बारे में उन पर कभी कोई सवालिया निशान नहीं लगाया।

फिर कैथोलिक चर्च के संगठित भाईचारे वाले ब्रह्मचारियों की बात आती है। कैथोलिक पादरी, साधु व नन्स अवविवाहित रहने व सेक्स के प्रति संयम रखने की वचनबद्धता को कैसे प्रकट करते हैं? इस विषय में बहुत कुछ लिखा गया है –

'सेलीबेट' शब्द लैटिन के 'सेलिब' शब्द से लिया गया है, जिसका अर्थ है – 'अकेला'। हालांकि अकेले रहना एक अलग बात है और कैथोलिक ब्रदर व नन्स, बौद्ध भिक्षु, जैन साधु व ब्रह्मकुमारीज़ ऐसा नहीं करते; वे मठों, ननरीज़, या आश्रमों में रहते हैं। काम-भावना से परे वे एक स्नेहमयी शारीरिक हाव-भाव की भाषा बना लेते हैं, जिसमें कामुकता का लेशमात्र भी नहीं होता।

अमरीकी कवि, लेखक व ध्यानी सूसन ग्रिफ़न इच्छा के प्रकटीकरण के बारे में कहते हैं – 'काम-भावना किसी भी व्यक्ति को उस भोलेपन की अवस्था में ले जाती है, जब संस्कृति ने हमें शरीर ज्ञान को भूलने की शिक्षा नहीं दी थी। किसी से प्रेम करने का अर्थ है कि आप फिर से एक नवजात बन रहे हैं। हम दूसरे जीव के शरीर को अपने मुख से टटोलते हैं, जिस पर हम भरोसा करते हैं, जो हमें अपनी बांहों में भर लेती है। हम इस प्रिय के साथ झूमते हैं। हम वाणी से भी कहीं परे चले जाते हैं। हमारा शरीर अतीत में सीखे गए सभी प्रकार के नियंत्रणों से परे चला जाता है। हम आनंदातिरेक में चिल्लाते हैं। हम उस प्राकृतिक दुनिया में लौट जाते हैं, जब संस्कृति

ने हमारे प्राकृतिक अनुभवों को मिटा देने का प्रयास नहीं किया था। इस संसार में किसी दूसरे को स्पर्श देने का अर्थ है, प्रेम को प्रकट करना; इसके अतिरिक्त कोई और उपाय नहीं है, जो एक साथ हमारे मन व शरीर दोनों को आंदोलित कर सके।'

हमारे जैसे पैतृक समाजों में, ब्रह्मचर्य की दीक्षा लेने वाली स्त्री को विचित्र माना जाता है, जो कि क़िस्मत से, अच्छे समय में, जल्दी ही अपनी भूल को जान सकती है –

एक मज़बूत औरत वह औरत है, जिसके दिमाग़ में
लगातार एक ही बात गूंजती रहती है। मैंने कहा था न
– भद्दी बुरी लड़की, कुतिया, डायन, तीक्षण चुड़ैल,
तुझे कभी कोई प्यार नहीं करेगा। तू स्त्रैण क्यों नहीं है?
तू नरम, मुलायम और शांत क्यों नहीं है, तू मरी हुई
क्यों नहीं है?

– मार्ज़ पेरसी (Marge Piercy)

हैना वार्ड अपने लिए अविवाहित रहने के चुनाव के बारे में बेहिचक साफ़ शब्दों में कहती हैं, 'मैं एक नन हूं, क्योंकि मैं एक नन के रूप में आनंद पाती हूं।' कहा गया है कि जब एक नारी अपना शरीर पाती है, तो उसे अपनी सेक्सुएलिटी का पता चलता है और वह इसे अपने ही तरीक़े से अभिव्यक्त करना चाहती है। हैना वार्ड कहती हैं – 'एक नन के रूप में ही मैंने अपने शरीर को पाया और अपनी सेक्सुएलिटी को भी!' वह क्या है, इसके बारे में वे स्पष्ट रूप से कुछ नहीं कहतीं, किंतु अनुमान लगाया जा सकता है कि वे मानवता के प्रति स्नेह व समाजसेवा की बात कर रही हैं।

किंतु ब्रह्मचारियों को अपने ब्रह्मचर्य की नुमाइश के लिए अलग तरह के वस्त्र क्यों पहनने होते हैं? कैथोलिक ब्रदर लंबे चोग़े पहनते

हैं, नन्स अपने संप्रदाय के अनुसार काले या सफ़ेद वस्त्र पहनती हैं, बौद्ध भिक्षु व भिक्षुणियां केसरिया रंग पहनते हैं, जैन साध्वियां ढीले सफ़ेद वस्त्र पहनती हैं, ब्रह्मकुमारियां सफ़ेद साड़ियां पहनती हैं और मदर टेरेसा के मिशनरीज़ ऑफ़ चेरिटी में नीली किनारी वाली सफ़ेद साड़ी पहनी जाती है। क्या वे आम लोगों की तरह जीते हुए अपने संकल्पों व प्रतिज्ञाओं का पालन नहीं कर सकते?

मैं इसका उत्तर नहीं जानता, किंतु अपने तर्क की पुष्टि के लिए हैना वार्ड के शब्द देना चाहूंगा – 'मेरी फ्रांसिस्कन बहनों में से एक, कोच से सफर कर रही थी। उसके सामने एक मां अपनी छोटी बेटी के पास बैठी थी। वह अपने सामने इस विचित्र-सी लगती स्त्री से काफ़ी हद तक प्रभावित हुईं, काफ़ी देर तक सीट से तांक-झांक चलती रही, बड़ी ही परेशान नज़रों से देखा गया और फिर आपसी कानाफूसी के बाद शर्मिंदा मां ने बच्ची को बताया कि वह एक नन थी। नन्ही लड़की की जिज्ञासा अभी शांत नहीं हुई थी। उसने एक बार फिर सीटों के बीच से झांका और मेरी बहन से पूछा, 'एक्सक्यूज़ मी! क्या आपकी छातियां हैं?'

17

प्रेम करने की कला

आज भी 'हिंदीवाले' किसी औरत को बिस्तर तक ले जाने के लिए 'भोग लगाना' शब्द का ही प्रयोग करते हैं – जैसे कि भगवान को भोग लगाया जाता है।

यदि इसका शीर्षक 'सेक्सः एक कला' या फिर 'सहवासः प्रेम का अंतिम लक्ष्य' रखा जाता, तो कहीं बेहतर लगता या फिर प्रेम और वासना की कोई दूसरी आसक्ति भी हो सकती थी, जैसे कि हठयोग में आसन हैं। भारतीय उर्वर मस्तिष्क के पास लैंगिक परिचालन द्वारा वीर्य की अंतिम बूंद तक को भी निकाल देने की असीम क्षमता है, जिसे संसार में जाने कितने मनुष्य, यूं ही कुछ भी सोचे-समझे बिना व्यर्थ कर रहे हैं। एक प्रोफ़ेसर अग्रवाल इस प्रक्रिया को और भी कई चरण आगे ले जाते हैं। वे इस अनूठे भारतीय जुनून व संगम के आनंददायक समय बिताने के साधन के वर्णन को लोक-गाथाओं के

मूल, छिपे प्राचीन ग्रंथों, हिंदू मंदिरों के कामुक भित्तिचित्रों व प्रतिमाओं की परख के साथ प्रस्तुत करते हैं। इस प्रकार यह सादी-सी लगने वाली गतिविधि कई हज़ार शब्दों की के विद्वतापूर्ण व गूढ़ शोध में बदल जाती है।

यहां आरंभ करने से पूर्व हमें मैथुन व मिथुन के गूढ़ अंतर को जान लेना होगा। इन दोनों की वर्तनी में ज़रा-सा ही अंतर है, जहां मिथुन का अर्थ है, स्त्री-पुरुष का जोड़ा, वहीं मैथुन का अर्थ है; स्त्री-पुरुष का शारीरिक संबंध। वर्तनी के इस अंतर को मिटा कर मिथुन को मैथुन में बदल दें, तो स्त्री-पुरुष ऐसी ऊर्जापूर्ण गतिविधि में लिप्त दिखते हैं, जहां मन व शरीर दोनों एकाकार हो जाते हैं। शैली इसी प्रकार के रहस्यमय अनुभव को व्यक्त करते हैं –

एक धुंध छाई थी, एक व्याकुल गहरी व अवाक,
प्रसन्नता की मूर्च्छा घट सकती है। जब दो अविभाजित
आत्माएं इस धरती की दुरूह व विवर्ण निद्रा से एक
साथ छलांग लगाती हैं।

हमारे देश में प्राग-ऐतिहासिक समय से ही काम पर प्रचुर मात्रा में लिखा गया है। तंत्र का मूल यद्यपि अभी पता नहीं चल सका, किंतु बौद्ध व जैन ग्रंथों तथा वेदों व पुराणों में तंत्र साधनाओं का विवरण मिलता है। वात्सयायन के कामसूत्र व कोकशास्त्र से भी बहुत पहले हमारे पास कामशास्त्री थे, जो इस विषय में पूरी पकड़ रखते थे। कुछ वाम क्यों कहलाए, यह तो अभी तक जाना नहीं जा सका, किंतु आधुनिक युग के मनोवैज्ञानिकों ने लक्ष्य किया है कि भारतीय पुरुष स्त्री के गुप्तांगों को बाएं हाथ से ही उत्तेजित करते हैं और अपवित्र मानने के कारण ही उस हाथ से स्पर्श नहीं करते, जिस हाथ से भोजन करते हैं।

प्रोफेसर लिखते हैं कि भारत में काम को धार्मिक कर्म के समान

ही प्राथमिकता दी जाती थी। वे छांदोग्य उपनिषद से एक संदर्भ देते हैं, जिसमें हमारे पूर्वजों का इसी तरह का विवरण मिलता है – 'यह वामदेव मंत्र यौन-संबंधों के लिए लिखा गया है। जो इसे जानता है, वह दीर्घायु पाता है, उत्तम संतान, पशु संपदा व कीर्ति पाता है। व्यक्ति को कभी किसी स्त्री के साथ संयम नहीं बरतना चाहिए। यही नियम है।'

आज भी 'हिंदीवाले' किसी औरत को बिस्तर तक ले जाने के लिए 'भोग लगाना' शब्द का ही प्रयोग करते हैं – जैसे कि भगवान को भोग लगाया जाता है। (बहुत लोगों को यह एहसास नहीं है कि अंग्रेज़ी ने दुनिया को 'फ़क (fuck)' शब्द नहीं दिया, यह हमारे ही पूर्वजों का काम था, यह भोग का ही अंग्रेज़ी विकृत रूप है)। सेक्स के छोटे से दिखने वाले कार्य से ले कर यह प्रक्रिया मंदिरों में देवी-देवताओं व मनुष्यों के मैथुनरत भित्ति-चित्रों व भक्तों को मिलने वाली देवदासियों तक जाती है। प्रोफ़ेसर ने उपासना स्थलों पर अश्लील ग्रंथों के वर्णन से जुड़े अनेक मत प्रकट किए हैं। डॉ. कुमारस्वामी इस विषय में ठीक ही कहते हैं – 'केवल इसलिए, क्योंकि विलासपूर्ण आनंद भी जीवन में उतना ही स्थान रखता है, जिन्होंने जीवन में इसका विश्लेषण किया, वे कलाकार थे।

18

पुरुष, स्त्री व सेक्सुएलिटी

यदि कोई महिला एक बार भी मेरे ऊपर नाराज़गी या गुस्सा ज़ाहिर करती, तो मैं उसे नकार देता। मेरे अंदर इस चीज़ के लिए तो बिल्कुल भी दया-माया नहीं है। पूर्ण विराम! न ही मैं ऐसी औरतों को सह सकता हूं, जिनके मुंह से सड़ी बदबू आती हो।

'क्या तुम बाग़ में नहीं आओगी? मैं चाहूंगा कि मेरे गुलाब तुमसे मिलें।' क्या आप किसी भी स्त्री के लिए इससे भला प्रशंसात्मक वाक्य सोच सकते हैं? मैं इन्हें झट से अपनी कोटेशंस बुक में उतार लेता हूं। ये शब्द आर.बी. शेरीडन द्वारा लिखे गए। एक बेहद ही वाहियात क़िस्म की दिखने वाली किताब पढ़ने के दौरान मुझे वे शब्द मिले। यह थी – 'व्हाट मेक्स द वूमन सेक्सी – जूलिया ग्रीस', परंतु जब मैंने इसे उठा कर पढ़ना शुरू किया, तो क़सम से, पूरी किए बिना छोड़ा ही नहीं गया।

यह कुछ इसी तरह की थी, जैसे अमेरिकी लेखक कामुक विषयों पर लिखते हैं; दिखावा करते हैं कि उन्होंने सालों के शोध व अध्ययन के बाद नतीजे निकाले हैं कि स्त्री-पुरुष के संबंधों में पुरुष किन बातों से उत्तेजित होते हैं या स्त्री से विमुख होते हैं। उदाहरण के लिए; कितने प्रतिशत पुरुष आंखों, छोटी नाक, छातियों, छरहरी देहों, भारी-भरकम नितंबों, सुडौल टांगों या पैरों आदि से आकर्षित होते हैं।

मैंने जूलिया के निष्कर्षों की तुलना उन युवतियों से की, जिन्हें मैं अपनी युवावस्था से जानता था। वे तो हर प्रकार के आकार-प्रकार में थीं; झक सफ़ेद से ले कर आबनूसी काली, बड़े वक्षस्थलों से ले कर चपटी छातियों वाली, हाथी जैसे नितंबों वाली और लड़कों जैसे छोटे नितंबों वाली। मुझे उनकी रिसपांसिवनेस, यानी प्रत्युत्तर देने की तत्परता से उत्तेजना मिलती थी। सामान्य रुचियां, हाज़िरजवाबी से भरपूर बातचीत व खिलंदड़ापन रिश्तों को बनाए रखता। खीझ हमारे संबंधों की अवधि को छोटा कर देती थी। अचानक गुस्से का विस्फोट या फिर मुंह से आती बदबू मेरी ओर से संबंध का अंत होते। यदि कोई महिला एक बार भी मेरे ऊपर नाराज़गी या गुस्सा ज़ाहिर करती, तो मैं उसे नकार देता। मेरे अंदर इस चीज़ के लिए तो बिल्कुल भी दया-माया नहीं है। पूर्ण विराम! न ही मैं ऐसी औरतों को सह सकता हूं, जिनके मुंह से सड़ी बदबू आती हो।

प्रतिष्ठित व्यक्तियों के यौन जीवन से भी उनकी विविध रुचियों का परिचय मिलता है। रचनात्मक लेखक, कवि, चित्रकार व कंपोज़र्स बहुत ही आकर्षक लिखते हैं। कोलिन विल्सन ने अपनी 'द मिसफिट्सः ए स्टडी ऑफ़ सेक्सुअल आउटसाइडर्स' में ऐसे ही कुछ लोगों की सूची दी है।

विक्टर ह्यूगो सत्तर की उम्र में भी सत्ताइस साल की कपड़े धोने वाली से संबंध बनाए हुए थे, जबकि पहले ही दो जानी-मानी मंच अदाकाराओं से चक्कर चल रहा था। तिरासी वर्ष की आयु में, अपनी

मृत्यु से छः माह पहले, उन्होंने अपनी डायरी में विभिन्न महिलाओं से रखे गए यौन-संबंधों का ब्यौरा दर्ज किया।

पाखंडी लिओ टॉलस्टॉय, जिन्होंने कामवासना की हेय दीवानगी से मुक्त होने के लिए ब्रह्मचर्य का उपदेश दिया, उन्होंने उन्नासी साल की आयु में भी अपनी पत्नी से पूरे आवेग के साथ शारीरिक संबंध बनाए। जीवन के अंतिम वर्ष में ही वे अपनी कामवासना से मुक्त हो सके।

दार्शनिक व नोबल लॉरियट बर्ट्रेंड रसल ने चार बार विवाह किया, अंतिम विवाह जब हुआ, तो उनकी आयु अस्सी वर्ष थी। एल्डस हक्सले अपने उपन्यास 'जीनियस एंड द गॉडेस' में स्वयं की ऐसे बूढ़े विलासी के रूप में निंदा करते हैं, जिसकी युवा पत्नी अपने जीनियस पति का यौन मनोबल बनाए रखने के लिए चोरी-छिपे एक कम उम्र का प्रेमी रखती है।

समरसेट मॉम जीवन में कई स्त्रियों से संबंध रखने के बाद सत्तर की उम्र में 'गे' हो गए और 41 वर्षीय प्रेमी पाल लिया। मॉम 84 साल तक जीए और तब तक दोनों के बीच काम संबंध बनते रहे।

पाबलो पिकासो के अपनी रखैल से संतानें भी थीं, पर उन्होंने अस्सी वर्ष की आयु में भी उसे धोखा दे कर दूसरी स्त्रियों से संबंध बनाए। वे काम संबंधी रोमांच को कलाकार के रूप में अपनी सृजनशीलता के लिए प्रेरक मानते थे।

शिक्षा –

सभी महापुरुषों के जीवन हमें यही स्मरण कराते हैं कि हम भी अपने जीवन को महान बना सकते हैं और समय की रेत पर अवैध संतानें छोड़ सकते हैं।

19

आचार्य रजनीश और सेक्स

धर्मगुरु कहते हैं कि ईश्वरत्व प्राप्ति के अनेक मार्ग होते हैं। आचार्य रजनीश उनसे सहमत नहीं, उनका कहना है कि इसका, तो केवल एक ही उपाय है और संभोग उस दिशा में पहला चरण है।

मैं रजनीश की अनेक बातों से पूरी तरह से सहमत हूं, जिनमें सेक्स भी शामिल है, जो लोग ब्रह्मचर्य का संकल्प ले कर अपनी कामेच्छा को दबाते हैं, वे शीघ्र ही इसके लिए एक आवेग या जुनून सा पैदा कर लेते हैं, जो उनके दिमाग़ पर हावी हो जाता है। यदि वह इनके दिमाग़ को भी बेक़ाबू कर दे, तो वे मानसिक रोगी, अधीर, प्रतिशोधपूर्ण, हठी, दुराग्रही व दूसरों के प्रति क्रूर भी हो सकते हैं।

'दमन के सभी रूप केवल दो प्रकार के आधारभूत भय से पहचाने जा सकते हैं – मृत्यु का भय तथा सेक्स का भय!' आचार्य रजनीश कहते हैं। इन्हीं उद्वेगों से क्रोध, ईष्या, जलन, वासना व भय जैसे

भाव जन्म लेते हैं। उन्होंने मृत्यु के भय से आक्रांत व्यक्तियों के लिए यही चिकित्सा बताई कि उन्हें ऐसे अनुभव दिए जाएं, जो काफ़ी हद तक मौत जैसा भय उत्पन्न करें। ऐसे रोगियों को उकसाया गया कि वे किसी-न-किसी रूप में अपने मन की भड़ास निकालें, एक-दूसरे को अपशब्द कहें या उनके लिए ख़ासतौर पर बने कमरों में हाथापाई करें; जहां चारों तरफ़ पैड लगाए जाते थे, ताकि किसी को किसी भी तरह की शारीरिक क्षति न हो। कामेच्छा दमन के लिए वे तांत्रिक तकनीकों की मदद लेने की हिमायत करते हैं। बीस के क़रीब लोग अपनी इच्छा और फ़ैंटेसी के अनुसार वे कामभावनाएं प्रकट करते हैं, जिन्हें वे माता-पिता, समाज व धार्मिक नियमों द्वारा लादे गए अपराध बोध के कारण कभी व्यक्त नहीं कर सके। लोगों की कल्पना थी कि जिस तरह प्लेब्वॉय जैसी पत्रिकाओं में रंगरलियां मनाते समूह चित्र प्रस्तुत किए जाते हैं, वे लोग भी वैसे ही होंगे, पर ऐसा नहीं था। इसके विपरीत, रजनीश के तांत्रिक सत्र की तस्वीरों में दिखाए जा रहे दृश्य ऐसे दिखते थे, मानो लड़कियां पीड़ा व दुख से चिल्ला (या संभवतः आनंद से) रही हैं और प्रत्येक सहभागी मृत्यु के दूत की तरह घिनौना दिखाई दे रहा है।

किंतु पूरी तरह से मनोवैज्ञानिक उपचार जैसी तकनीक का ईश्वर और धर्म से क्या लेन-देन है? आचार्य अपने शब्दों में इसका उत्तर देते हुए कहते हैं – 'ईश्वर के सिवा किसी का भी अस्तित्व नहीं होता।' फिर वे आगे कहते हैं, 'मनुष्य को कभी भी उसकी संपूर्णता के साथ नहीं स्वीकारा गया। पश्चिम ने केवल शरीर को चुना और आत्मा को भूल गया। इसे हम रहित होने की संस्कृति कहते हैं। पूर्व केवल आत्मा की तरह जीने का प्रयास करता है और पश्चिम केवल शरीर की तरह जीने का प्रयास करता है, मैं लोगों को एक सामान्य जीवन जीने की शिक्षा देता हूं। मैं एक भौतिकवादी अध्यात्मविद् हूं।'

मैं निश्चित तौर पर तो नहीं कह सकता कि इन पद्धतियों ने वास्तव में कोई प्रभाव दिखाया या नहीं, किंतु रजनीश के तेज़ी से

बढ़ते शिष्यों की संख्या इस बात की साक्षी है कि ये सब कुछ प्रभावी है और मैं उनकी बात मानने को तत्पर हूं। बस, मेरी इतनी-सी इच्छा है कि वे थोड़े और प्रसन्न व जीवंत दिखें व सहज भाव से स्वीकारें कि वे भय से मुक्त हो चुके हैं। वैसे मुझे उनके केसरिया चोगे, गले में रजनीश के नाम के पेंडेंट और अटपटे से लगते नाम समझ में नहीं आते, जहाँ रॉबर्ट बर्नबॉम, स्वामी प्रेम अमिताभ, वेंडी व्याट, मा प्रेम कर्मा और मेरा दोस्त सैयद सत्तार कृष्ण मुहम्मद हो जाता है।

धर्मगुरु कहते हैं कि ईश्वरत्व प्राप्ति के अनेक मार्ग होते हैं। आचार्य रजनीश उनसे सहमत नहीं, उनका कहना है कि इसका तो केवल एक ही उपाय है और संभोग उस दिशा में पहला चरण है। उनका कहना है कि धर्म के नाम पर झूठ का प्रचार किया गया और इसके प्रचारक शैतान के दूत थे। उन्होंने प्रेम का मान घटा दिया और हमें जीवन का निषेध करना सिखाया। धर्म का दर्शन सदा से ही जीवन केंद्रित होने के बजाय मृत्यु पर केंद्रित रहा है, फिर वे कहते हैं – 'मैं धर्म को जीने की कला कहता हूं। धर्म जीवन को हीन बनाने के लिए नहीं होता; यह एक माध्यम है, जिसके द्वारा आप अस्तित्व के रहस्यों की गहराइयों में उतर सकते हैं। धर्म जीवन से मुंह मोड़ने का दूसरा नाम नहीं है; यह तो इसका सामना करने का साधन है। धर्म जीवन से बच कर भागने का साधन नहीं; धर्म का अर्थ है, जीवन को पूरी तरह से अंगीकार करना। धर्म जीवन की पूर्ण अनुभूति है।'

चूंकि प्रेम सभी धर्मों का सार है और काम प्रेम का सार है, इसलिए आप अपनी खोज की यात्रा में इस प्रक्रिया की उपेक्षा नहीं कर सकते। रजनीश लिखते हैं, 'काम प्रेम की यात्रा का आरंभ है। मूल प्रेम रूपी गंगा की गंगोत्री है काम, आवेग और प्रत्येक इसके शत्रु की तरह पेश आता है। प्रत्येक संस्कृति, प्रत्येक धर्म, प्रत्येक

गुरु, प्रत्येक संत ने इस गंगोत्री, इस स्रोत पर आक्रमण किया है और नदी का मार्ग रोक दिया है। बस, चारों ओर से यही स्वर सुने गए हैं – सेक्स एक पाप है। सेक्स अधार्मिक है। सेक्स तो एक ज़हर है, किंतु हमें कभी इस बात का एहसास नहीं होता कि अन्ततः काम ऊर्जा ही तो यात्रा करते हुए आंतरिक प्रेम सागर तक पहुंचती है। प्रेम काम ऊर्जा का ही तो रूपांतरण है।

सेक्स को हमेशा ही बुरा मान कर उसका दमन किया गया, इसलिए यह अपने आप में एक जुनून, एक रोग और एक वर्जित फल बन गया। रजनीश हमें सुझाव देते हैं कि हमें 'सेक्स को पूरे आनंद के साथ स्वीकारना चाहिए... इसकी पवित्रता को मान देना चाहिए...। जब एक व्यक्ति अपनी पत्नी के पास जाए, तो उसके मन में ऐसा पवित्र भाव होना चाहिए, मानो वह किसी मंदिर में जा रहा है। इसी तरह जब पत्नी पति के पास जाए, तो उसके मन में वैसी ही भावना होनी चाहिए, जैसी प्रभु के समीप जा कर उत्पन्न होती है। काम के क्षणों में प्रेमी मैथुन के क्षणों से गुजरते हैं और यह अवस्था काफ़ी हद तक ईश्वर के मंदिर जैसी होती है, जहां वे रचनात्मक निराकार रूप में उद्घाटित होते हैं।' वे कहते हैं कि मनुष्य को संभोग के दौरान ही पहली बार 'समाधि' की झलक मिली होगी, क्योंकि उस समय वही चरमसीमा होती है, जब मन विचारों से शून्य हो जाता है। इस प्रकार विषयानंद (मैथुन का आनंद) व ब्रह्मानंद (ईश्वर से एकाकार होने का आनंद) काफ़ी सीमा तक एक से ही हैं; इनमें से एक नश्वर है तथा दूसरा शाश्वत है।

सभी प्रकार के काम-संबंधों से दिव्यता की अनुभूति नहीं होती। इसके लिए आपको सबसे पहले अपने अहं से छुटकारा पाना होगा – 'जब तक मैं स्वयं को विलीन नहीं कर लेता, तब तक दूसरा मुझसे एकाकार कैसे हो सकता है? वे पूछते हैं। प्रेम हमेशा देता है, अहं सदा से ही लेने व छीनने वाला रहा है; प्रेम उद्देश्यहीन है, जबकि अहं सदा प्रेरित होता है; केवल अहं ही लेने की भाषा समझता है,

देने की भाषा प्रेम है। यहां दूसरी शर्त के बारे में कहा गया है कि समयहीनता का बोध भी होना चाहिए। 'चरमसीमा में, समय का बोध अस्तित्वहीन हो जाता है। कोई अतीत, कोई भविष्य नहीं बचता, केवल वर्तमान क्षण ही शेष रहता है।'

आचार्य ने कामुकता के प्रति अस्वस्थ आवेग रखने वालों के लिए कुछ व्यावहारिक परामर्श दिए हैं। बच्चों को जहां तक संभव हो सके, घर में निर्वस्त्र रहने की अनुमति दी जानी चाहिए, ताकि उनके भीतर अपने शरीर के गुप्त अंगों के प्रति किसी तरह का कौतूहल या जिज्ञासा न रहे। उन्हें यह भी सिखाया जाना चाहिए कि वे प्रतिदिन एकांत में एक घंटे तक ध्यान (यह नहीं कहा कि किसका ध्यान) करें। इससे पहले कि वे बड़े हो कर सेक्स की गतिविधियों में शामिल हों, उन्हें इसके बारे में बताया जाना चाहिए। वे लिखते हैं – 'सेक्स बहुत ही रहस्यमय, बहुत ही गहन तथा क़ीमती और साथ ही ऐसा विषय भी है, जिस पर बहुत कम बात की जाती है; हम इसके बारे में पूरी तरह से अनभिज्ञ हैं। हम इस महत्वपूर्ण तथ्य पर कभी पूरी तरह से ध्यान ही नहीं देते। एक व्यक्ति प्रायः आजीवन मैथुन के क्षणों को भोगने के बावजूद नहीं जानता कि वह क्या है।'

आचार्य दावा करते हैं कि उन्होंने अपने पिछले जीवन में पूरी तरह से काम संतुष्टि पा ली थी, तभी उनका मन दीक्षा के लिए तैयार हो पाया; वे अपने पास आने वालों को बताते हैं कि वे किस तरह मैथुन से श्रेष्ठ परिणाम पा सकते हैं। हममें से बहुत लोग तत्काल मिलने वाले सुखों के इतने आदी हो जाते हैं कि नतीज़न अंत में कुंठा ही हाथ आती है और हम उसी चीज़ को पाने के लिए और भी तरसने लगते हैं। उनका कहना है कि मैथुन के क्षणों को जितना संभव हो सके, दीर्घ होना चाहिए। तकनीक के रूप में वे सुझाव देते हैं कि व्यक्ति को अपनी श्वास गति धीमी करते हुए, नेत्रों के मध्य चेतना में ध्यान केंद्रित करना चाहिए, जहां अग्निचक्र का स्थान होता है। यदि आप संभोग के पलों को एक घंटे तक ले जा सकते हैं, तो

आपको आजीवन सेक्स के बारे में सोचने की आवश्यकता नहीं होगी; यदि आप इसे तीन घंटे की अवधि तक ले जा सकें, तो आप आने वाले जन्मों के लिए भी कामुकता से मुक्त हो जाएंगे। तीसरी और अनिवार्य शर्त यह है कि आपको पूरे आदर-मान के साथ सेक्स को अपनाना है। सेक्स या काम-संबंधों को अपने जीवन में एक पवित्र स्थान दें। मैथुन के क्षणों में हम ईश्वर के निकट होते हैं।

आचार्य ने हमें कहा है कि कोणार्क, खजुराहो और पुरी के मंदिरों के बारे में लिखे गए, प्राचीन काम संबंधी ग्रंथ काम के विषय में बिल्कुल उचित रवैया रखते हैं। हमारे पास सारे भारत में ऐसे मंदिर होने चाहिए। तांत्रिक भी बिल्कुल सही रास्ते पर थे; धर्म सिद्धांतों के उपदेशकों ने उनका दमन कर दिया, फिर वे अंत में निष्कर्ष निकालते हैं – 'काम की यात्रा भी राम तक की ही यात्रा है। लालसा व वासना की यात्रा ही प्रकाश की भी यात्रा है। काम के प्रति विलक्षण आकर्षण ही उस परम की खोज भी है।'

यह निर्णय ले पाना कठिन है कि आज के वातावरण में कोई रजनीश को किस गंभीरता तक ले सकता है, पर चाहे उन्होंने जो भी लिखा हो; उसमें से 'फ्रॉम सेक्स टू सुपर कांशस' वास्तव में पठनीय व बेजोड़ है।

20

सेक्स वार्स

'तक़रीबन मर्द अपनी पत्नियों या रखैलों के लिए बेवफ़ा होते हैं।'... वे लोग तब तक विवाह के नियमों के अनुसार चलते हैं, जब तक कि वे व्यभिचार का विशुद्ध आनंद नहीं पा लेते।'

शोभा डे के पास वह सब कुछ सबसे बेहतर रूप में है, जो कोई भारतीय महिला पाने की चाह रख सकती है।

पुलिस कमिश्नर की बेटी, बहुत ही ख़ूबसूरत, दो पैसे वाले मालदार पति और उनके बीच सैंडविच बना एक फ्रैंच डिप्लोमेट, तीन पत्रिकाओं की संपादिका, अनेक पुस्तकों की लेखिका, जिनमें से प्रत्येक प्रकाशित होते ही बेस्टसेलर की सूची में आ जाती है और अब मुंबई के एक आलीशन और भव्य अपार्टमेंट में अपने दूसरे पति व छः बच्चों के साथ रहती हैं – वे बच्चे उनके पति के, उनके और उन दोनों के हैं ।

आप ये न समझें कि शोभा डे उस तरह की चिड़चिड़ी औरतों में से हैं, जो अपनी लंबी बेहूदी थीसिस में इस मुद्दे पर ज़हर उगलती

हैं कि सभी मर्द हरामी क्यों हैं, परंतु उन्होंने अपनी पुस्तक 'सरवाइविंग मैन : द स्मार्ट वूमंस गाइड टू स्टे ऑन टॉप' में यही तो किया है।

यह उनकी पहली नॉन-फ़िक्शन किताब थी और अपनी थीम के कारण ज़बरदस्त बेस्टसेलर लिस्ट में रही, क्योंकि इसमें भी उनके उपन्यासों की तरह, सेक्स और ढेर सारे सेक्स की चर्चा थी और तक़रीबन हर पेज पर यही शब्द छाया हुआ था। उन्होंने मेल शैवीनिज़्म पर जिस तरह की उग्र और प्रचंड बातें कही हैं, वे मैंने भी पढ़ीं।

मैंने इसे कचरा समझ कर रद कर दिया होता, पर मैंने ऐसा नहीं किया, क्योंकि ये काफ़ी खिझाने की हद तक विचारोत्तेजक और पढ़ने लायक़ थीं।

आइए, जरा डे के विचारों पर एक नज़र मारें – 'किसी युवती के लिए सेक्स अपील उसके साथी के बटुए में छिपी होती है।' वे लिखती हैं। हो सकता है कि इसमें कुछ सच्चाई छिपी हो। हमें हमेशा ही कहा जाता है कि पैसे में बड़ी ताक़त होती है, पर ये तो मर्द और औरत दोनों पर समान रूप से लागू होता है। अगर कोई पैसे वाला मोटा आदमी किसी महिला को ख़ूबसूरत फक्कड़ से ज़्यादा आकर्षक दिख सकता है, तो पुरुष को भी फटे चीथड़ों में लिपटी सुंदर सिंड्रेला से ज़्यादा हीरों से लदी बुढ़िया भाएगी।

शोभा इस बात पर जोर देती हैं कि पुरुषों को अपने दांतों व मुंह की साफ़-सफ़ाई पर पूरा ध्यान देना चाहिए – सांस की बदबू से रोमांस हवा हो जाता है। वे लिखती हैं – 'कपल्स हू फ्लॉस टुगेदर स्टे टुगेदर' (जो जोड़े एक साथ दांत साफ़ करते हैं, वे साथ रहते हैं)। मैं इस बात से सहमत हूं, पर मैं उनकी इस बात से पूरी तरह से सहमत नहीं हूं कि 'पुरुष अपने गुप्तांगों के बारे में बहुत चिन्तित रहते हैं, जबकि महिलाएं इस ओर पूरी तरह से निश्चिंत होती हैं।' या 'पुरुष लिंग का स्थिरीकरण करते हैं' और 'उनके लिए गुप्तांगों को खुजाना किसी ध्यान से कम नहीं होता।'

हो सकता है कि वे इस बारे में ठीक ही कहती हैं कि अधेड़ आयु में पुरुष प्रायः अपने पौरुष के बारे में दुविधा में रहते हैं, परंतु महिलाओं को भी तो इस बात की चिंता लगी रहती है कि वे मेनोपॉज़ के बाद कैसी दिखेंगी।

क्या पुरुष महिलाओं से अधिक नीच होते हैं? या उनमें भावनाओं का अभाव होता है? शोभा ऐसा ही सोचती हैं।

उनके अनुसार तो पुरुषों की भावनाएं किसी कुत्ते या केंचुओं से अधिक नहीं होतीं। वे महिलाओं के शरीर पर लगी सुगंध के बजाए उनके शरीर से आती चाइनीज़ स्वीट एंड सॉर डिशेज़ जैसी गंध से उत्तेजित होते हैं। कोई भी पुरुष किसी महिला की ओर उसकी सुंदरता के कारण आकर्षित नहीं होता, यह काफ़ी हद तक उपलब्धता पर निर्भर करता है। कोई औरत जितनी इच्छुक होगी, मर्द उसकी ओर उतनी जल्दी खिंचेगा। वे पुरुषों के लिए एक औसत महिला की भूमिका को तीन शब्दों में प्रकट करती हैं – खाना, पीना और देना!

'तक़रीबन मर्द अपनी पत्नियों या रखैलों के लिए बेवफ़ा होते हैं।' वे इस बात पर बल देती हैं कि 'वे लोग तब तक विवाह के नियमों के अनुसार चलते हैं, जब तक कि वे व्यभिचार का विशुद्ध आनंद नहीं पा लेते।'

तो ऐसे में कोई औरत किसी मर्द को प्यार कैसे कर सकती है? कुत्तों और पौधों को प्यार करना कहीं आसान है। इंसानों से प्यार करना ज़्यादा थकाने वाला काम होता है।

वे एक और मिथ खोज कर सामने लाती हैं कि 'कपल्स हू स्लीप टुगेदर, स्टे टुगेदर' (साथ सोने वाले जोड़े ही साथ रहते हैं')। वे अलग बाथरूम, अलग सोने के कमरों और अलग अवकाश मनाने की सिफ़ारिश करती हैं। अपने सोने के पलंग के लिए पुरुष का रवैया कुछ ऐसा ही होता है, मानो, युद्ध का मैदान! वे कभी फ़ोरप्ले की परवाह नहीं करते, जो किसी महिला को सेक्स के लिए तैयार करता है; उन्हें हमेशा ही अपना मक़सद पूरा करने की जल्दी रहती है।

यहां तक कि मैथुन के क्षणों में भी वे पीपीएमए (फ़िज़ीकली प्रेज़ेंट और मेंटली एबसेंट) होते हैं, यानी उनका शरीर भले ही यहां हो, पर मन कहीं और ही विचरता है, वे श्रीदेवी या माधुरी दीक्षित के बारे में फैंटेसी बुन रहे होते हैं। वे किसी औरत के साथ संबंध बना ही नहीं सकते, जिसका वे सम्मान करते हों। नतीजन किसी औरत के लिए सेक्स 'एक बोर और कोर (उबाऊ और रूटीन कार्य) बन कर रह जाता है।

पुरुष बुरे पति, पिता और होमकीपर्स होते हैं। छुट्टियों में वे तो और भी ज़्यादा दुख देते हैं, किसी भी हॉलीडे रिज़ॉर्ट के कमरे में पहुंचते ही वे सबसे पहले अपने कपड़े उतार कर तैयार हो जाते हैं। शोभा कहती हैं कि पुरुष और स्त्री में प्लेटोनिक संबंधों जैसी कोई चीज़ नहीं होती। केवल प्लेटो ही ऐसा व्यक्ति था, जिसने प्लेटोनिक मित्रता की थी। पैसा और ताक़त; ये दोनों ही किसी मर्द को औरत के लिए लुभाने वाली चीज़ बना देते हैं। राजीव गांधी अपने लुक्स और पैसे के बावजूद डे के टेस्ट पर खरे नहीं उतरते, क्योंकि वे 'स्पेनियल आंखों वाली एक सॉफ़्टी थे।'

किसी भी महिला की सराहना पाने के लिए आवश्यक है कि नेता में भय उत्पन्न करने की शक्ति हो। गांधी ऐसा करने में असफल रहे, इसलिए उनमें सेक्स अपील की कमी थी। जिन्ना अपने कड़े रवैए के कारण ही औरतों का ध्यान अपनी ओर खींचने में सफल रहे। क्लिंटन डे के टेस्ट में खरे उतरते हैं, क्योंकि उनके पास अच्छी लुक और ताक़त दोनों ही हैं, जिसके बल पर वे विरोधियों को करारी मात देते हैं। बेशक सभी मर्द मां से गहरा जुड़ाव रखते हैं। शोभा राय देती हैं कि औरतों को कभी अपनी सास से नहीं उलझना चाहिए, वरना वे मुंह की खाएंगीं। वैसे वे यह भी मानती हैं कि औरतों को मर्दों की ज़रूरत है। वे अपनी बहनों को सलाह देती हैं कि मर्दों से गधों की तरह पेश आया जाए, जैसे उन्हें गाजर और छड़ी से संभाला जाता है। बस, वे तो यही चाहते हैं – फूड, बूज़ और सेक्स! जब वह बहुत

ज़्यादा हठ करे, तो उसे 'न' बोल दो और फिर वह किसी कुत्ते की तरह टांगों में पूंछ दबाए लौटेगा और भी ऐसा बहुत कुछ...।

यह थीं, आपके लिए शोभा डे। आपका उनके बिना गुज़ारा ही नहीं चल सकता। वे जो भी लिखती हैं, आपको पढ़ना ही होगा, फिर आपके हाथ में भी खुजली होगी कि आप उनके चपटे पिछवाड़े पर एक चपत जमाएं, जैसे के.पी.एस. गिल ने रूपन देओल बजाज के पिछवाड़े पर जमाई थी।

21

वेश्यावृत्ति और क़ानून

जिनके पास भरपूर आत्मविश्वास होता है, वे किसी को भी लुभा कर बिस्तर तक ले आते हैं और जिनमें यह क्षमता नहीं होती, वे व्यावसायिक सेवाओं की मदद लेते हैं।

यदि श्रीमती विदेश जाएं, तो उनके लिए 'शॉपिंग' का जो महत्व है, वही महत्व देश से बाहर जाने वाले श्रीमान के लिए 'वेश्यावृत्ति' या बोलचाल की भाषा में कहें, तो 'रंडीबाज़ी' के लिए होता है। यह कार्य उनकी प्राथमिकता सूची में सबसे ऊपर होता है। विदेश जा कर शॉपिंग करना इतना कठिन नहीं है, क्योंकि बाज़ार में दिल लुभाने के बहुत से साधन हैं, चीज़ें ख़ूबसूरती से सजी हैं और दाम पहले से तय हैं। वहीं दूसरी ओर वेश्यावृत्ति करना थोड़ा मुश्किल होता है। पकड़े जाने व बेइज़्ज़त हो जाने का भय रहता है; संप्रेषण की समस्या के अतिरिक्त यौन रोग होने का भय तो है ही! वैसे जो भी हो,

भारतीय मर्द पावलोव के कुत्ते की तरह होता है, जहां हड्डी दिखी नहीं कि बस, लार टपकाना शुरू कर देता है। जैसे ही उसकी जेब में पासपोर्ट, वीज़ा और हवाई-टिकट आता है, तो उसके शरीर में जैसे हिलोरें उठने लगती हैं। चूंकि किसी को लुभाने के काम में तो समय लगता है और थोड़ी शालीनता भी दिखानी पड़ती है, इसलिए वह वेश्यालयों की मदद लेता है। मैंने इंग्लैण्ड, फ्रांस, यूएस व कनाडा के वर्षों प्रवास के दौरान इस तथ्य को देखा व जाना है, मुझे वहां जाने वाली हस्तियों के मनोरंजन का प्रबंध देखना होता था। वे अनिवार्य रूप से रंडीबाज कैसे बन जाते हैं?

लंदन के एक जाने-माने मनोविश्लेषक ने कहा है कि राह चलती रंडियों के लिए पुरुषों में पाई जाने वाली अदम्य लालसा एक तरह के पलायनवाद का ही दूसरा रूप है। 'खतरा जितना अधिक होगा; गतिविधि उतनी ही आकर्षक जान पड़ेगी।' 'ये लोग तनाव व दबाव से बचने के लिए ही इसका सहारा ले रहे हैं।' बोलोनी के शब्दों में 'तनाव व पलायनवाद का इससे कोई लेना-देना नहीं है। यह व्यक्ति के जीवन में सेक्स की विविधता से जुड़ा है। वे अपने जीवन में सेक्स को विविध रूप में पाना चाहते हैं, क्योंकि यह उनके लिए जीवन का नया रंग है। जिनके पास भरपूर आत्मविश्वास होता है, वे किसी को भी लुभा कर बिस्तर तक ले आते हैं और जिनमें यह क्षमता नहीं होती, वे व्यावसायिक सेवाओं की मदद लेते हैं।

इस मामले में मर्द चूहों से कुछ कम नहीं हैं। चूहों पर शोध करने वालों ने पाया कि किसी भी नई चुहिया के संपर्क में आते ही चूहे की सेक्स क्षमता में अचानक वृद्धि हो जाती है और वह नए-नवेले दूल्हे की तरह जोश व उमंग से भर उठता है। पुरुष भी ऐसे ही होते हैं। हनीमून के बाद उनकी क्षमता में अचानक कमी आती है, यदि कोई दूसरी स्त्री उपलब्ध हो जाए, तो इसे फिर से बरक़रार होते देर नहीं लगती। इसे कोलंबस प्रभाव के नाम से जाना जाता है – कुछ नया पाने व खोजने का उल्लास। फल के लिए वर्जना जितनी अधिक

होगी, उसका स्वाद उतना ही मीठा होगा। यदि आप अपनी प्रतिष्ठा की आड़ बनाए रखना चाहते हैं, तो ख़तरा मोल लेने की इच्छा व समाज द्वारा बनाए गए क़ायदे-क़ानूनों को पार करना असहनीय रूप से कठिन हो जाता है। आप उस तरह की लड़कियों (जो टेलीफ़ोन बूथों में अपना प्रचार करती हैं) को फोन करने के बजाय या होटल के कमरे में वेटर द्वारा लड़की बुलवाने (लगभग हर प्रकार के होटल में यह सुविधा उपलब्ध होती है) के बजाय रेडलाइट एरिया में जाते हैं और स्वयं को पुलिस द्वारा पकड़ लिए जाने के ख़तरे के सामने पेश कर देते हैं।

वह समय आ गया है, जब हमें वेश्यावृत्ति के ख़िलाफ बने क़ानूनों को मिटा देना होगा। वेश्याएं युगों से अनिवार्य सामाजिक क्रिया का संपादन करती आ रही हैं। आप उन्हें रेडलाइट एरिया से निकालेंगे, तो वे आपके चुने हुए आवासीय इलाकों में आ बसेंगी। समाज इनके प्रति यही कर्तव्य निभा सकता है कि इस पेशे में ऐसी लड़कियों को न लाया जाए, जो यह नहीं करना चाहतीं या अभी नाबालिग़ हैं। हमें उनके लिए नियमित रूप से मेडिकल जांच का प्रबंध कराना चाहिए, ताकि वे किसी भी तरह के यौन रोगों से ग्रस्त न हों। पुलिस को चाहिए कि इन अभागी औरतों को न सताए, उनका पैसा न लूटे और कोठों पर छापे मारने में अपना समय व्यर्थ न करे। वे हमेशा कॉल-गर्ल व वेश्याओं को ही निशाना बनाते हैं; उन व्यक्तियों तक पहुंच कर सज़ा नहीं दे पाते, जिनके साए में वे पलती हैं।

लव और लस्ट

इश्क़-ए तबीयत ने ज़ीस्त का मज़ा पाया
दर्द की दवा पाई, दर्द-ए-बे दवा पाया

भाव – मैंने प्रेम के माध्यम से जीवन का परमानंद पा लिया। एक दर्द का इलाज हो गया, पर एक रोग लाइलाज लगा लिया।

– मिर्ज़ा ग़ालिब

22

प्यार क्या है?

प्रेम के रोमानी भवन के रूप में सेक्स तो होता ही है, वही उसकी आधारशिला बनता है। यदि एक बार वह बीच से निकल जाए, तो प्यार कुछ और ही रूप ले लेता है – दोस्ती, सहयोग या फिर कोई भी नाम दे दें।

यह क्या है; यह बताने की अपेक्षा, यह कहना कहीं आसान है कि यह क्या नहीं है। हो सकता है कि आपके पास कुछ ऐसी भावनाएं हों, जिसका इससे कोई लेना-देना नहीं है, आप कई तरह के प्रेमों के ख़िलाफ़ हो सकते हैं, जो कि आपस में बिल्कुल एक से नहीं होते। आप अपने ईश्वर, अपने देश व माता-पिता से प्रेम कर सकते हैं, किंतु आपको एहसास होगा कि इस तरह के प्रेम व उस तरह के प्रेम में ज़मीन-आसमान का अंतर होता है, जो लगभग एक ही आयु के स्त्री-पुरुष को परस्पर सहवास के योग्य बनाता है। एक अमेरिकी मनोवैज्ञानिक डोरोथी टोनोय ने इस तरह के प्रेम को परिभाषित करते

हुए कहा है – 'किसी दूसरे व्यक्ति के लिए आवेग से भरपूर मनोदशा; जो जाने कहां से फूटती है और जीवन को अनिश्चित्ता का नर्क बना देती है, यद्यपि इसमें बीच-बीच में परमानंद के क्षण भी होते हैं।' उन्होंने स्त्री-पुरुष के इस प्रकार के संबंध को 'लिमरेंस' कहा है।

उनकी परिभाषा अपने आप में काफ़ी अच्छी है, पर इससे यह प्रकट नहीं होता कि जुनून अचानक कैसे सामने आता है, कैसे उसकी गहनता समाप्त हो जाती है और कई बार यह घृणा में क्यों बदल जाती है?

दो विपरीत लिंगी एक-दूसरे के प्रति क्यों व कैसे आकर्षित होते हैं? इस विषय में कभी पूरी तरह से पता नहीं लगाया गया। निःसंदेह शारीरिक खिंचाव अधिक होता है, क्योंकि यह प्रायः स्वयं को यौनावस्था में प्रकट करता है। ऐसा भी होता है कि शरीर की चाह में कोई मानसिक या भावनात्मक लगाव शामिल नहीं होता। नर तथा मादा दोनों ही ऐसे दौर से गुज़रते हैं; जब शरीर की मांग इतनी विस्फोटक होती है कि वे सामने वाले व्यक्ति से किसी भी प्रकार की आत्मीयता या स्नेह के बिना ही अपने शरीर की मांग पूरी करने के लिए प्रस्तुत हो जाते हैं। यह प्रेम नहीं वासना है। प्रेम वासना से कहीं गूढ़ होता है। जहां आप वासना के विस्तार से वासना की पूर्ति कर सकते हैं, वहीं प्रेम में संपूर्णता से कहीं अधिक कुंठा प्राप्त होती है।

दो लोग एक-दूसरे के प्रेम में क्यों पड़ते हैं, इसे जानने के लिए हमें उनकी मानसिकता को समझना होगा। माना जाता है, तक़रीबन लोग अपने जैसे लोगों के प्यार में ही पड़ना पसंद करते हैं। कम्प्यूटर द्वारा जोड़ों के मिलान से यह बात सामने आ चुकी है। यदि ऐसा है, तो हम मान सकते हैं कि व्यक्ति के चुनाव में नार्सिज़्म का काफ़ी गहरा हाथ होता है। यह भी पाया गया है कि कई युगल प्रेम में एक-दूसरे के भाई-बहन से जान पड़ते हैं, किंतु यह भी उतना ही सच है कि शारीरिक रूप से विपरीत व्यक्ति भी एक-दूसरे के प्रति आकर्षित होते हैं। इसे आप नार्सिज़्म का नकारात्मक पहलू कह सकते हैं।

यह भी साफ़ है कि प्यार पहले शारीरिक आकर्षण से आरंभ होता है और आंखों से जन्म लेता है। शारीरिक आधार पर ही मानसिक व शारीरिक संबंध बनता है। यहां तक कि भावनात्मकता को भी ऐसे ही दावों से वज़न मिलता है, जो अनिवार्य रूप से शारीरिक ही होते हैं – 'तुम इस दुनिया के सबसे ख़ूबसूरत इंसान हो।' आदि। प्रेम किसी मनुष्य के लिए आदर्शवादी हेलेन की तृष्णा नहीं है; यह एक लड़की को उस स्तर तक उठाता है, जो कि हेलेनिस्टिक ऊंचाइयों तक जाने के लिए प्रस्तुत है। तभी तो पुरुष अपनी स्वप्न सुंदरी की तलाश में पूरी दुनिया में भटकने के बजाय पड़ोस में रहने वाली लड़की पर ही आशिक़ हो जाते हैं। वह वहां उपलब्ध है, दूसरी नहीं है। इस तत्व को 'समानता' का नाम दिया गया – प्रेम में व्यक्ति वही पाते हैं, जिसके वे सही मायनों में हक़दार होते हैं। यद्यपि प्रेम चाहे कितना भी आदर्शवादी क्यों न हो; उसकी परिणति यौन संबंधों पर ही आ कर समाप्त होती है। कवि डोन ने निम्नलिखित शब्दों में इस सार को व्यक्त किया है –

> **जो कोई प्यार तो करता है, पर उसका इसरार नहीं करता। उसके प्यार का अंत, उसी व्यक्ति की तरह होता है, जो केवल बीमार होने के लिए ही समुद्र में जाता है।**

प्रेम के रोमानी भवन के रूप में सेक्स तो होता ही है, वही उसकी, आधारशिला बनता है। यदि एक बार वह बीच से निकल जाए, तो प्यार कुछ और ही रूप ले लेता है – दोस्ती, सहयोग या फिर कोई भी नाम दे दें।

जिन परिस्थितियों में कोई युगल एक-दूसरे से मिलते हैं, प्रायः वे ही उन्हें प्रेम में पड़ने के लिए विवश कर देते हैं। हो सकता है कि वही जोड़ा किसी दूसरे हालात में एक-दूसरे की ओर ताकता भी

नहीं! अपने नॉवलों में से एक में रोज़ामंड लेहमन ने प्रसंग दिया है कि किस तरह दो बच्चे समुद्र के किनारे एक साथ खेलते समय एक पक्षियों के झुंड को असीम आकाश से नीचे उतर कर सागर में डुबकी लगाते देखते हैं। जब वे कई वर्षों बाद मिलते हैं, तो उन्हें एक-दूसरे के प्रेम में पड़ते देर नहीं लगती, क्योंकि उन्होंने बचपन में एक रहस्यमय अनुभव को एक साथ बांटा था। मुझे इसमें कोई संदेह नहीं कि अगर कोई भारतीय पर्वतारोही भारत की ओर से एवरेस्ट पर चढ़े और दूसरी ओर से आती किसी चीनी लड़की से भेंट हो जाए, तो निश्चित रूप से वे दोनों एक-दूसरे के प्रेम में पड़ जाएंगे। यह प्रेम 'हिंदी-चीनी, भाई-भाई' व 'भाई-बहन' के रूप में नहीं होगा।

अमेरिकी शोधकर्ताओं ने यह भी पता लगाया है कि शांत व सहज अवस्था के बजाय उत्तेजित व्यक्ति प्रेम में आसानी से व शीघ्र ही पड़ जाता है। प्रत्यक्षतः उत्तेजना के कारण उसके रक्त व रक्त-नलिकाओं में रसायनिक परिवर्तन आते हैं, जो कि भावात्मक उद्दीपन का कारण बनते हैं। ठीक इसी तरह ऊंचे स्थानों पर भी ऐसे ही प्रभाव पाए जाते हैं; जैसे विमान की किसी एयरहोस्टेस व सहयात्री के बीच विवाह की घटना। अमेरिकनों ने यह भी पता लगाया है कि यदि व्यक्ति को अस्वीकृति जैसे दुखदायी अनुभव से गुज़रना पड़े, तो उसके भीतर कुछ निश्चित प्रकार के पूरक खाद्य पदार्थों की भूख अधिक हो जाती है; जैसे चॉकलेट।

मैं अपने निजी अनुभव के आधार पर कह सकता हूं कि प्यार की यह थ्योरी मूर्खतापूर्ण है। लोग हमेशा, हर तरह के स्थानों पर प्यार में पड़ते रहते हैं और प्रायः असंभव लगने वाले मेल बनाते हैं। प्यार के बारे में कुछ विशिष्ट नहीं होता, क्योंकि लोग एक ही समय में, कई लोगों के साथ गहनता के विविध स्तरों पर प्यार में पड़ सकते हैं। मैं नहीं जानता कि कोई व्यक्ति नकारे जाने पर दुखी अनुभव करता है या नहीं; जहां तक मेरा सवाल है, मुझे तो मुक्ति का अनूठा एहसास होता है।

प्यार की बात करते समय मुझे एक भारतीय मित्र की याद आ रही है, उसने मेरे स्तंभों में प्यार व वासना के बारे में लिखे गए शब्दों को पढ़ा और समरसेट मॉम के 'द समिंग अप' के कुछ अंश मुझे भेजे। हालांकि मैंने समरसेट के लिखे सभी नावॅल व लघु कथाएं पढ़ी हैं व उन्हें उनके समय के श्रेष्ठ कहानीकारों में भी गिनता हूं, किंतु मैंने उन्हें कभी एक स्टाइलिस्ट या चिंतक के रूप में इतनी मान्यता नहीं दी। मुझे जो अंश भेजा गया, वह अपने आप में बहुत ही ज़बरदस्त तो नहीं कहा जा सकता, किंतु प्यार के इस विषय पर अच्छा प्रकाश डालता है। मैं यहां पूरा अंश ज्यों का त्यों देना चाहता था, पर यही सोच कर संकोच कर गया कि पाठक मुझे स्तंभों में दूसरों की कही बातें भरने का दोषी ठहराते हुए धोखेबाज़ मानेंगे, तो मैं आपको उनके शब्दों का सार देते हुए, उन पर अपनी राय व्यक्त करूंगा।

इससे पहले कि मैं अपनी बात आरंभ करूं, मैं पहले ही स्पष्ट कर दूं कि हम यहां ईश्वर, राजा, देश, माता-पिता, संतान, प्रकृति, संगीत व साहित्य आदि के प्रति प्रेम को शामिल नहीं कर रहे। यहां विशेष रूप से एक व्यस्क पुरुष व स्त्री के बीच होने वाली प्रेम की बात है। इस सीमित संदर्भ में मॉम का मानना है कि प्रेम का अर्थ दो चीज़ों से है – कामुक प्रेम व दयालुता से प्रेम। यह बहुत अधिक मौलिक नहीं होता। प्लेटो दोनों तरह के प्रेम में भेद मानते हैं; एक में सेक्स शामिल होता है, तो दूसरा प्रेम काम से परे स्वर्गिक माना गया है। मॉम ने इसे प्लेटोनिक लव के बजाय 'लविंग कांइडनेस' कहा गया है – 'प्यार बीत जाता है, प्यार मरता है। प्यार की सबसे बड़ी त्रासदी यह नहीं कि मनुष्य नश्वर है, किंतु वह प्यार करना छोड़ देता है। यदि कोई किसी से अपने प्रेम का प्रतिदान पाना बंद कर दे, तो वह मनुष्य सचमुच सहायता पाने का अधिकारी है। मैं तो किसी भी रूप में उसकी सहायता करना चाहूंगा। यहां एक व्याख्या भी दूंगा कि जब प्रिया प्रेम से मुंह मोड़ ले, तो इस छल से मिली पीड़ा से

अधिक दुख व ठेस आपके अहं को लगता है। कुछ समय बाद जब दर्द मिट जाता है, तो आप नए सिरे से किसी दूसरी के प्रेम में पड़ने के लिए तैयार होते हैं।

मॉम का कहना है कि यौन संबंधों की इच्छा ही वह इमारत है; जो प्रेम को ऊंचा उठाती है। मैं यहां उनके कहे का पूरा समर्थन करता हूं। वे लिखते हैं – 'भले ही लोग इस तथ्य को नकारें या गुस्से से ठुकरा दें, इसमें कोई संदेह नहीं कि प्यार यौन ग्रंथियों के निश्चित स्राव पर निर्भर करता है। ये हमेशा एक सी वस्तु से उत्तेजित नहीं होतीं, समय व्यतीत होने के साथ-साथ इनमें काफ़ी परिवर्तन आते हैं। लोग इस मामले में सच सुनने को बिल्कुल तैयार नहीं होते। वे स्वयं को इस तथ्य से निरंतर छलते रहते हैं कि वे इस प्यार को एक ठोस व आत्मीय स्नेह के रूप में प्रकट कर सकते हैं। स्नेह का प्यार से कोई लेना-देना नहीं होता! स्नेह तो किसी आदत, सामुदायिक रुचियों, सुविधा व सहज मित्रता की इच्छा से विकसित होता है।'

किसी व्याकरण के ज्ञाता ने कहा है कि प्रेम एक ट्रांज़िट क्रिया है। यह एक से दूसरे व्यक्ति की ओर अपना केंद्र बदलता रहता है। टॉलस्टॉय लिखते हैं – 'यह कहना कि आप किसी एक व्यक्ति को पूरा जीवन प्यार कर सकते हैं, यह कुछ ऐसा ही होगा, मानो कि एक मोमबत्ती तब तक जलती रहेगी, जब तक आप जीवित रहेंगे।' विवाह में आए मतभेद ही उन्हें अलग कर देते हैं। एलन की ने लिखा है – 'प्यार हमेशा से ही एक विवाह प्रथा के साथ संघर्ष करता आया है।'

मॉम इसे और भी स्पष्ट कर देते हैं – 'हम सब जीव परिवर्तन से जुड़े हैं... हम इस साल वही व्यक्ति नहीं हैं, जो पिछले साल थे और न ही वे वैसे हैं, जिन्हें हम प्यार करते हैं। यह एक सुखद प्रसंग होगा कि हम एक निरंतर बदलते व्यक्ति से भी प्रेम करते रहें। प्रायः हम उस बदले व्यक्ति को प्यार देने का प्रयत्न करते हैं, जिससे हमने कभी प्यार किया था। जब प्रेम की शक्ति बलशाली हो

कर, हम पर क़ाबू पा लेती है, तो हमें लगता है कि यह आजीवन साथ रहेगा। जब यह नहीं रहता, तो हम लज्जा अनुभव करते हैं और अपनी दुर्बलता के लिए स्वयं को दोषी ठहराते हैं, जबकि हमें इस परिवर्तन को भी हमारी मानवता के प्राकृतिक प्रभाव के रूप में स्वीकार लेना चाहिए।'

मॉम 'लविंग कांइडनेस' को एक तरह के नृत्य के रूप में ख़ारिज़ करते हैं – 'कोई भी लय-ताल के आनंद के लिए नृत्य करता है और यह आवश्यक नहीं कि व्यक्ति अपने साथ नाचने वाले के साथ बिस्तर पर भी जाना चाहेगा।'

मॉम ने प्यार को जिस रूप में समझा है (मैं भी सहमत हूं), बालज़ाक ने उसे 'इंद्रियों का काव्य' कहा है। प्लेटोनिक लव में तर्क को पूरा मान मिलता है और किसी तरह का आवेग नहीं होता। प्रेम अपने साथ कामुक अर्थ भी लाता है। कवि डोन ने निम्नलिखित शब्दों में इस सार को व्यक्त किया है –

> जो कोई प्यार तो करता है, पर उसका इक़रार नहीं करता। उसके प्यार का अंत, उसी व्यक्ति की तरह होता है, जो केवल बीमार होने के लिए ही समुद्र में जाता है। जहां सेक्स नहीं होता, वहां प्यार नहीं होता।

23

प्यार मर चुका है

...और आप सोचते हैं कि अपने पति, पत्नी या प्रिय से थोड़ा झूठ बोल लेने में कोई हर्ज नहीं है। आप पहले से कहीं आत्म-केंद्रित हो जाते हैं, स्वयं को किसी भी चीज़ के लिए मनाही नहीं कर पाते और मन ही मन सफ़ाई देते हैं कि मेरा तो इस पर हक़ बनता था।

बुद्धि पूर्ण वाक्य अकसर अटपटे स्थानों पर ही मिलते हैं। मैंने जो पढ़ा, उसे कुछ साल पहले अपनी एक यात्रा के दौरान लॉस एंजेल्स एयरपोर्ट के ट्रांज़िट लाउंज के शौचालय की दीवार पर खुदा देखा था – 'प्यार बुनियादी तौर पर लेना और देना ही है – जिस हद तक तुम दे सकते हो और जिस हद तक मैं ले सकता हूं।'

मैंने वहां अपना ब्लैडर ख़ाली करते हुए उन शब्दों पर विचार किया और इस नतीजे पर पहुंचा कि इसके अनुसार प्यार मर चुका

है – बिना किसी अपेक्षा के अपना सब कुछ दे देने का भाव ही तो प्रेम है। यह तो स्वयं ही अपने आप में एक पुरस्कार होता है। यह तथ्य अब झूठा पड़ने लगा है। जैसे ही प्यार विवाह नामक संस्था में बदलता है या प्रेमी-रखैल के संबंध में बदलता है, तो यह दो पार्टियों के बीच अनुबंध से ज़्यादा कुछ नहीं रहता। साथी और प्रेमी किसी व्यवसाय की तरह साझेदार हो जाते हैं और फिर वही व्यवसाय उनके संबंध पर हावी होने लगता है। हर कोई अधिक-से-अधिक पा लेना चाहता है और बदले में कुछ भी देने से कतराने लगता है। उनके बीच निश्चित रूप से एक 'लैज़र साइकोलॉजी' विकसित हो जाती है, वे लगातार इसी बात का संतुलन साधते रहते हैं कि उन्होंने क्या दे कर बदले में क्या पाया, ताकि अपने लिए विशुद्ध लाभ का आंकड़ा निकाल सकें। आपको ऐसे असंख्य उदाहरण मिल जाएंगे, जहां एक समय में अपनी अंतरंगता और आत्मीयता के लिए जाने गए संबंध बाज़ार की भेंट चढ़ गए और प्यार का समीकरण व्यापार के समीकरण में बदल गया। इनमें से यू.एस. का मामला सबसे विवादित स्कैंडल रहा। कुछ साल पहले, तत्कालीन कांग्रेसमैन जॉन जेनरेटे की पत्नी रीटा ने अपनी शादी टूटने के बाद, अपने प्रेममय जीवन के अंतरंग व आत्मीय पलों के ब्यौरे को प्लेब्वॉय पत्रिका और एक टेलीविजन नेटवर्क को बेचना आरंभ कर दिया। तभी उसके पति ने अपनी भूतपूर्व पत्नी पर दावा ठोंक दिया कि वह जिन प्रेममय क्षणों को बेच कर नोट कमा रही थी, वह उन दोनों के निजी क्षण थे, इसलिए उस रक़म में उसका भी हिस्सा बनता है। मेरीलिन बार्नेट काफ़ी लंबे समय तक टेनिस चैंपियन बिली जीन किंग की लेस्बियन साथी रही। जब बिली ने उसे नीचा दिखाते हुए एक मर्द से ब्याह कर लिया, तो उसने 'गैलीमनी' की मांग की, जब उसकी मांग ठुकरा दी गई, तो मेरीलिन ने वे सब प्रेमपत्र बेचने के लिए बाज़ार में डाल दिए, जो कभी बिली ने उसे लिखे थे।

मनोवैज्ञानिकों का मानना है कि प्यार समाज के बदलते मूल्यों

की भेंट चढ़ गया है। ये विश्वास पर आधारित था और अब कोई भी, किसी पर भी भरोसा नहीं करता। अविश्वास का रंग इतना गहरा है कि प्यार लगभग मृतप्राय हो गया है। विश्वास की इस कमी का कारण क्या है? जिस समाज में भ्रष्टाचार का बोलबाला हो, वहां ऐसा होना स्वाभाविक ही है। जब आप राजनेताओं और कालाबाज़ारियों को लाखों-करोड़ों की चांदी कूटते सुनते हैं, तो आपको आयकर रिटर्न भरने में थोड़ी हेराफेरी करने में ज़रा भी हिचक नहीं होती, न ही आप कस्टम पर थोड़ी चालाकी दिखा कर शराब की एक फ़ालतू बोतल की तस्करी करने से बाज़ आते हैं। जल्दी ही छलने की यह मानसिकता निजी संबंधों में भी दिखने लगती है और आप सोचते हैं कि अपने पति, पत्नी या प्रिय से थोड़ा झूठ बोल लेने में कोई हर्ज नहीं है। आप पहले से कहीं आत्म-केंद्रित हो जाते हैं, स्वयं को किसी भी चीज़ के लिए मना नहीं कर पाते और मन-ही-मन सफ़ाई देते हैं कि मेरा तो इस पर हक़ बनता था।

अविश्वास अनुभव से सीखा जाता है। जब आपका कोई भरोसेमंद आपको नीचा दिखा कर भरोसा तोड़ता है, तो आप बाक़ी सब पर भी भरोसा खो देते हैं। अमेरिका में यह एक तरह का वैयक्तिक पर्ल हारबर अनुभव है। हम सभी अपने जीवन में ऐसे अनुभवों से दो-चार होते हैं। जब तक हम इसके विनाशकारी प्रभावों से बाहर नहीं आते, तब तक हम प्यार के बारे में संदेहग्रस्त ही रहते हैं और किसी प्रसंग में जानबूझ कर शामिल होने की मंशा के बिना ही क्षणिक अंतरंगता के पलों को प्राथमिकता देने लगते हैं। यह भी कह सकते हैं कि सबसे अधिक व्यभिचार के मामले इसलिए नहीं होते कि वे लोग विवाह से नाखुश होते हैं, किंतु व्यभिचार करने के सुरक्षित अवसर का लालच हावी हो जाता है। अगर कोई ऐसा मौका हाथ आए, जब व्यक्ति की असलियत खुलने का कोई ख़तरा न हो, तो ऐसे में तक़रीबन व्यस्क स्त्री व पुरुष इस अवसर को पाना चाहेंगे। उस समय उनके सामने दो ही विकल्प होंगे कि वे हाथ आया मौक़ा

गंवा कर बाद में मूर्ख साबित हों या उस क्षणिक अपराध बोध से मुक्त हो कर, हाथ आए मौक़े को जाने न दें। तक़रीबन लोग यही चाहेंगे कि वे बाद में मूर्ख साबित न हों।

एक भरे हुए ब्लैडर से कितने गूढ़ विचार प्रस्तुत किए जा सकते हैं!

24

प्रेम व लालसा

दिन में एक पल ऐसा भी आता है, जब आप सुबह के समय अपने पन्ने लिख लेते हैं। दोपहर को पत्राचार पर नज़र मार लेते हैं और फिर करने के लिए कुछ नहीं रहता। तभी वह क्षण आता है, जब आप ऊबने लगते हैं और वही पल सेक्स के लिए होते हैं।

इंग्लैण्ड में मेरे कॉलेज के पहले वर्ष के दौरान रीजेंट पार्क ज़ू ने उन जीवों को दिखाया, जिनका अध्ययन रात में ही अच्छी तरह हो पाता था। एक घास का टीला आकर्षण का केंद्र था, जिस पर हज़ारों जुगनू एकत्र थे। सचमुच यह एक दर्शनीय व अद्भुत दृश्य था, इंद्रधनुष से चमकते हरे बिंदु और रोशनी से जगमगाता एक नन्हा-सा टीला! उस बाड़े के आसपास काफ़ी भीड़ थी। मैंने अपना शक्ति प्रदर्शन करते हुए थोड़ा आगे आना चाहा, तो एक रखवाले ने आराम

से मुझे पीछे धकेल दिया, ताकि वहां आने वाली हस्तियां आगे आ सकें। मैंने उनमें से एक को पहचान लिया, वे वैज्ञानिक सर जूलियन हक़सले थे, जो मेरे कॉलेज में प्रोफ़ेसर थे। दूसरा व्यक्ति काफ़ी बेनाम, गठे शरीर का व मध्यम लंबाई का पुरुष था, जो जाने क्यों काफ़ी जाना-पहचाना-सा लगा। मैं अख़बारों में उसकी तस्वीरें देख चुका था। वह एच.जी. वेल्स निकला।

क़रीब दो साल बाद, प्रोफ़ेसर जी.एस. मार्विन (मैं उनके यहां रह रहा था) मुझे एच.जी. वेल्स के बेटे के घर चाय पर ले गए, वह पास में ही एक प्यारे से कॉटेज में रहता था, जिसमें से एक नाला हो कर निकलता था। मैंने बड़े जोश से उसे उसके पिता और अपनी मुलाक़ात के बारे में बताया पर उसने बात पलट दी। प्रोफ़ेसर ने बाद में मुझे इस बात के लिए लताड़ा, क्योंकि एंथोनी वेल्स और रिबेका वेस्ट की अवैध संतान था और अपने माता-पिता, दोनों से ही नफ़रत करता था। वह खुलेआम अपनी मां की निंदा करता। जब वह यू.एस. चला गया, तो वहां जा कर उसने अपनी आत्मकथा लिखी। हांलाकि रिबेका ने इंग्लैण्ड में उसकी बिक्री नहीं होने दी, पर मुझे एक तस्करी की गई प्रति मिल ही गई। मैं यह देख कर हैरान रह गया कि एंथोनी ने उसे एक असंवेदनशील, स्वार्थी और आत्म-केंद्रित औरत के रूप में दर्शाया था। वह अपने पिता के लिए फिर भी थोड़ा समझदारी भरा रवैया रखता था।

क़रीब तीस साल बाद, मैं एडिनबर्ग की एक लेखक कांफ़्रेंस में रिबेका वेस्ट से मिला। वह साठ के लपेटे में आने के बावजूद एक दिलकश महिला थी और शाही अंदाज़ के साथ थोड़ी चिड़चिड़ी जुबान की थी। मैं नाज़ी मुक़दमों की रिपोर्टिंग के सिलसिले में उसे काफ़ी सराह चुका था, उसके भूतपूर्व प्रेमी और नाजायज़ बेटे से मिल चुका था, इसलिए उससे मिलने की भी बेताबी थी। मैं उसे लंच के लिए न्यौता देने में सफल रहा, पर बाद में उसने पति की तबीयत ठीक न होने का बहाना बना कर इंकार कर दिया।

फिर उस महान आदमी ने अपने ही प्रेम प्रसंगों का संस्करण निकाला, 'एच.जी. वेल्स इन लव'। पुस्तक के कुछ पन्ने भारतीय समाचार-पत्रों में भी प्रकाशित हुए, पर किसी ने भी प्रेम और लालसा पर वेल्स के विचारों का विश्लेषण करने की ज़हमत नहीं उठाई। आख़िर वह क्या था, जिसने वेल्स को एक ज़बरदस्त व्यभिचारी बना दिया? उसके बयान पढ़ने के बाद मुझे पूरा यक़ीन हो गया कि उसने कभी किसी से प्रेम नहीं किया, सिवाय अपने! वह इसे प्रेमी का साया कहता है, जो कभी इंसान को नहीं छोड़ता। जब भी उसके मन में वासना उत्पन्न होती, तो जो भी सामने आता, वह उसे स्वीकार लेता। उसने चार्ली चैप्लिन के सामने साफ़ शब्दों में अपने दिल की बात कही थी, जो सचमुच उल्लेखनीय है – 'दिन में एक पल ऐसा भी आता है, जब आप सुबह के समय अपने पन्ने लिख लेते हैं। दोपहर को पत्राचार पर नज़र मार लेते हैं और फिर करने के लिए कुछ नहीं रहता। तभी वह क्षण आता है, जब आप ऊबने लगते हैं और वही पल सेक्स के लिए होते हैं।'

उसकी पहली शादी एक ही साल में टूट गई, जब वह उस औरत के साथ भागा, जो उसकी दूसरी बीवी बनी। उसे वेल्स के प्यार करने के तौर-तरीक़े कुछ ख़ास पसंद नहीं आए। जैसे कि वेल्स ने बताए भी हैं (वह अपने जानदार प्रदर्शन द्वारा दो पलंग तोड़ने की डींग हांकता है), फिर कुछ समय तक वह एक फोटो-असिस्टेंट के साथ रहा, 'एक खुशदिल और पहले से ही अनुभवी युवती', फिर साहित्य में रुचि रखने वाली ब्ल्यू स्टॉकिंग्स आईं, जिनमें वह आस्ट्रेलियाई युवती भी शामिल थी, जो शरीर पर और कोई वस्त्र न पहन कर केवल एक रेनकोट में उससे मिलने आई थी। उनमें से कुछ रिबेका जैसी थीं, उसने रिबेका को उसकी अदम्य काम-लालसा के लिए 'पैंथर' का नाम दिया, वह गर्भवती हो गई (दूसरी ही मुलाकात में), उसे अलग जगह रखना पड़ा। कुछ को गर्भपात कराने के लिए मना लिया गया और फिर उनसे जान छुड़ा ली गई। वह इस बात को

क़बूल करता है कि उसे मुक्त, महत्वाकांक्षी और आत्मनिर्भर औरतों का चस्का पड़ गया था, जो उससे शारीरिक संबंध बनातीं और अपनी राह लेतीं। कभी-कभी तो वह अलग-अलग शहरों में तीन-तीन तक रखैलें संभालता था और अपनी पूरी क्षमता के साथ कोशिश करता था कि वे संतुष्ट रहें व कभी एक-दूसरे से न टकरा जाएं। वेल्स समरसेट मॉम के सामने क़बूल करता है, 'इस काम-लालसा को संतुष्ट करने की इच्छा का प्रेम से कोई लेना-देना नहीं था।' उसे कभी कोई अपराध बोध भी नहीं हुआ – 'मुझे अपनी' काम-संबंधी अनियमितताओं के लिए कभी कोई पछतावा नहीं रहा। वे काफ़ी मनोरंजक और ताज़गी से भरपूर रहीं, काश! मेरे कुछ और युवतियों से संबंध बन पाते!' कोई यह सोच सकता है कि वेल्स को इतना ख़तरा मोल लेते हुए, परेशान होने की क्या आवश्यकता थी, वह वेश्याओं के पास भी तो जा सकता था, इससे पैसा और समय दोनों की ही बचत होती, परंतु वेल्स अपनी साथी औरतों से प्रेम और सराहना चाहता था, पर बदले में वासना के सिवा उसके पास देने के लिए कुछ नहीं था और न ही वह देने की इच्छा रखता था।

वेल्स ने खुद को एक कामुक बकरे में ढाल लिया था। कई पुरुष और स्त्रियां प्रायः इतनी आसानी से अपने संबंधों का खुलासा नहीं करते और इस मामले में तो दोनों ही काफ़ी हद तक एक से ही होते हैं। संक्षेप में, जब मानवीय संबंधों की बात आती है, तो 'मरते दम तक प्यार करने की क़सम' कोई मायने नहीं रखती। एक नया प्रेमी किसी पुराने प्रेम के लिए, पुराने प्रेमी की मौत से कहीं घातक सिद्ध होता है।

25

प्रेम और विवाह

जीवन में दो व्यक्तियों का संपूर्ण शारीरिक मिलन – यह अपने-आप में एक दुर्लभ वस्तु है और यदि यह टेलीफोन की घंटी बजने पर ही टूट जाए, तो इसे आप वास्तविक नहीं कह सकते।

गद्य की ऐसी बहुत पुस्तकें नहीं हैं, जिन्हें मैं दोबारा पढ़ने का आनंद उठा सकता हूं। कविता; जी हां? पहली बार की तुलना में इसे बार-बार पढ़ने से हर बार कुछ नया हाथ आता है। शेक्सपीयर, गोथे व सी.बी. फ़्राई के कुछ नाटक भी इसी श्रेणी में आते हैं, क्योंकि उनमें बहुत सारे काव्यांश होते हैं। यदि गद्य लुघ कथा या उपन्यास के रूप में हो, तो मैं दोबारा नहीं पढ़ता। हो सकता है कि उसमें कुछ अच्छे रोचक मोड़ हों, कुछ अच्छे वाक्य, थोड़ा शब्दों का कौशल, कुछ ख़ूबसूरत वर्णनात्मक पैराग्राफ; बस इससे ज़्यादा कभी कुछ नहीं! केवल कुछ सूत्रों के संग्रह ही इसका अपवाद हो सकते हैं, जो प्रायः

सोचने पर विवश कर देते हैं। इस शैली में दो नाम मुझे बहुत प्रिय हैं, आन्द्रे गाइड्'स का 'फ्रूट्स ऑफ़ द अर्थ' और पालीन्यूरस का 'अनक्वाइट ग्रेव'। गाइड के संदर्भ तो मैं अकसर देता ही रहता हूं। आज मैं पालीन्यूरस का फिर से परिचय देना चाहूंगा।

मैं याद नहीं कर सकता कि मुझे कब और कहां से 'अनक्वाइट ग्रेव' की प्रति मिली। यह क़रीब दो दशक तक मेरी किताबों में दबी रही, इसके बाद ही मेरे मन में इसे खोल कर देखने का विचार आया। दरअसल मेरी अरुचि का एक कारण यह भी था कि मेरे अनुसार यह किसी प्राचीन ग्रीक का लेखन था, जो क्राइस्ट के आगमन से भी पहले रहा होगा। पालीन्यूरस ग्रीक पुराणकथाओं का एक पात्र था, एक समुद्री पायलट जो सोते-सोते डूब गया था, पर उसे तीन दिन बाद बचा लिया गया और फिर उस द्वीप के वासियों द्वारा मार दिया गया, जहां उसने शरण ली थी। जब मैंने किताब पढ़ी, तो मुझे उसमें पास्कल, फ्लाबर्ट, गोथे, बाउदूलेयर, चैमफोर्ट और अन्य कई फ्रेंच, जर्मन व अंग्रेज़ लेखकों के संदर्भ मिले। पालीन्यूरस किसका छद्‌म नाम था?

जैसे कि मेरी आदत है, जब भी कोई किताब मन को भाती है, तो मित्रों को मजबूर करता हूं कि वे भी उसे पढ़ें फिर वह कभी लौट कर नहीं आती। मेरी पूरी तरह से रेखाकित 'अनक्वाइट ग्रेव' की वह प्रति जाने कहां ग़ायब हो गई, कह नहीं सकता, मानो हमेशा के लिए मुझसे बिछुड़ गई, अचानक मैंने अपने मित्र क्रूम जॉनसन से इसका ज़िक्र किया, जो भारत में ब्रिटिश कौंसिल के प्रमुख रहे। वे इस बारे में सब जानते थे। लेखक का असली नाम था 'साइरल कोनोली' (1903-1974)। वे इटोन और बेलियॉल की उपज थे, हॉरीज़न के संपादक, स्तंभकार, साहित्यिक आलोचक व अनेक पुस्तकों के लेखक थे। इस पुस्तक को उन्होंने डायरी में नोट की गई बातों के आधार पर लिखा, उस दौरान दूसरा विश्व युद्ध हो रहा था। वे उन दिनों गहरी निराशा से जूझ रहे थे, क्योंकि विवाह में दरार आ

रही थी और वे पेरिस नहीं जा सकते थे, जिसे वे सभी शहरों से ज़्यादा चाहते थे। वे पहले ही निबंध में अपने निजी संबंधों में आ रही टूटन का ज़िक्र करते हैं – 'दो प्रेमी एक-दूसरे को जैसा दर्द दे सकते हैं, कोई भी दूसरा दर्द उसका मुक़ाबला नहीं कर सकता। ऐसे संबंधों के आरंभ करने वालों को पहले ही सब बता कर अगाह कर देना चाहिए। इस दर्द से बचाव ही बुद्धि का आंरभ होगा, क्योंकि यह हमारे शेष जीवन को संक्रमित करने की भी ताक़त रखता है। इसे कुछेक नियमों के पालन से काफ़ी हद तक बेअसर कर सकते हैं, वे नियम लगभग किसी क्रिश्चयन विवाह जैसे होते हैं। जब हम अपने ही प्रिय पात्र को चोट देने लगते हैं, तो हमारे भीतर जो अपराध-बोध पैदा होता है, वह असहनीय हो जाता है। चूंकि हम जिसे भी प्यार करते हैं, वह धीरे-धीरे हमारा ही एक अंग बन जाता है, इसलिए जब हम उनमें अपनी घृणा दर्शाते हैं, तो उनके साथ-साथ स्वयं को भी प्रताड़ित करते हैं। प्रेम करने का लक्ष्य ही है प्रेम से मुक्ति। हम कई दुर्भाग्यपूर्ण प्रेम-प्रसंगों के माध्यम से इसे पाते हैं ।

जीवन में दो व्यक्तियों का संपूर्ण शारीरिक मिलन – यह अपने आप में एक दुर्लभ वस्तु है और यदि यह टेलीफ़ोन की घंटी बजने पर ही टूट जाए, तो इसे आप वास्तविक नहीं कह सकते।

मैं उनसे सहमत हूं, पर कह नहीं सकता कि उनके इस कथन में कितनी सच्चाई है – हम प्रेम करते हैं, परंतु केवल एक बार ही उस प्रेम के योग्य हो पाते हैं और भी ऐसे अवसर आते हैं, जब हमें लगता है कि हम पूरी तरह से प्यार में पड़ गए हैं, तो सिंतबर का एक दिन (चाहे छह घंटे छोटा ही होता है) जून की दोपहरी जैसा लगने लगता है और वह पहला सच्चा प्रेम प्रसंग क्या आकार लेगा, यह हमारे जीवन के ढांचों पर निर्भर करता है।

यहां मैं विवाह के बारे में उनके विश्लेषण से भी थोड़ा असहज हूं। वे कहते हैं – 'विवाह में दो प्रकार के भय होते हैं; अकेलेपन व बंधन का भय! जब अकेलेपन का भय भयंकर होने लगता है, तो

हम विवाह करते हैं। जो व्यक्ति भयभीत होता है, वह उन भय को बांध देता है, जो मुक्त होने से डरते हैं। हालांकि आज़ादी के लिए प्रेम भी एक जुनून है और विवाहित व्यक्ति प्रायः गुप्त रूप से इसकी इच्छा रखते हैं। उन क्षणों में वे मानसिक रूप से निर्भर नहीं होते, किंतु तब तक बहुत देर हो चुकी होती है; बैल हिरण नहीं बन पाता और न ही मुर्गीबाज़ बन पाता है।

कोनोली संभवतः यही मानते हैं कि पहला प्यार ही सबसे बड़ी बात होती है और यह काफ़ी हद तक घातक भी हो सकता है। वे प्रेम और विवाह के बीच एक गहरा अंतर भी बताते हैं –

'पहला प्यार एक सार्थक भावना है, जबकि श्रेष्ठ विवाह दूसरे नंबर पर आता है, क्योंकि हम तभी विवाह करते हैं, तब स्वतंत्र रहने की इच्छा समाप्त हो चुकी होती है; तब तक उस व्यक्ति को यह भी नहीं पता होता कि वह उन लोगों में से है, जो गृहस्थी बसा सकते हैं। सबसे अधिक त्रासदी पूर्ण टूटन उन दम्पत्तियों के संबंधों में आती है, जो कम आयु में ही विवाह कर लेते हैं और सात साल तक विवाह का आनंद ले चुके हैं और उसके बाद जुनून व आज़ादी की आग का कोटा समाप्त हो जाता है और फिर एक-दूसरे से प्यार करने के बावजूद वे जाने क्यों दोनों के ही विनाश की भूमिका रच लेते हैं।'

प्रेम के अंत से जुड़े उनके निष्कर्ष; उन लोगों के दिलों में उदास स्मृतियों को जीवित कर सकते हैं, जो इन सबसे जूझ चुके हैं – जब कोई प्रेम-प्रसंग टूटता है, तो सबसे ज़्यादा चोट उसके अहं को लगती है, जो पीछे अकेला छोड़ दिया गया है। इस प्रकार माना जा सकता है कि जब कोई प्रेम प्रसंग संतोष का महानतम स्रोत हो सकता है, तो बिखरने पर अहं को भी हानि पहुंचा सकता है। वर्तमान में जीने के लिए शोकातुर के मन में भी परस्पर आकर्षण के लक्षण पहले उत्पन्न होंगे।

26

ऑब्सीनिटी, पोर्नोग्राफ़ी, इरोटिका

पोर्नोग्राफ़ी के बारे में बहुत कुछ कहा जाता है कि यह समाज को भ्रष्ट कर रही है, ख़ासतौर पर युवाओं का चरित्र भ्रष्ट कर रही है। ऐसा कभी सिद्ध नहीं हो सका है। इसके बजाय इस कथन के विपरीत प्रभाव को सिद्ध करने के लिए अनेक मनोवैज्ञानिक साक्ष्य उपस्थित हैं

मुझ पर प्रायः आरोप लगाया जाता है कि मैंने साहित्य को वल्गर बनाया है। बेशक मैं एटीमोलॉजिकल (व्युत्पत्ति विषयक) आधार पर दोषी हूं। फ्रेंच भाषा में वल्गराइज़ेशन शब्द अपने मूल लैटिन अर्थ 'पॉपुलराइज़ेशन' के नज़दीक है। इस तरह यह इसे लोगों के और समीप लाता है, किंतु जब यह दोष ऑब्सीनिटी, पोर्नोग्राफ़ी व इरोटिका तक आता है, तो मैं हलका-सा विरोध प्रकट करता हूं। मेरे निंदक इन शब्दों के सही अर्थ नहीं जानते और इन्हें आपस में गूंथ कर केवल

एक ही शब्द में पिरो कर भारतीयकरण कर दिया है 'इनडीसेंट'। मैं इन सभी शब्दों का विश्लेषण प्रस्तुत करना चाहता हूं, ताकि उनके मस्तिष्क में बसे कुछ भ्रमों के ताले खोल सकूं।

पोर्नोग्राफ़ी शब्द, ग्रीक शब्द 'पार्न' से लिया गया है, जिसका अर्थ है – 'वेश्या'। पहले-पहले दसवीं सदी ई. में रोम सरकार में वेश्याओं के प्रभाव के संदर्भ में किया जाता था। ऑब्सीनिटी शब्द लेटिन भाषा के 'ऑब्सीन्स' शब्द से आया है, जिसका अर्थ होता है – 'गंदा, घृणास्पद व घृणित'। इरोज़ से इरोटिक, यह प्रेम के देवता, क्यूपिड का ही दूसरा नाम है; इस प्रकार इरोटिका में साहित्य, चित्रकला, या भित्ति चित्र आदि शामिल होते हैं, जो प्रेम या सेक्स के विषय पर आधारित होते हैं। यद्यपि प्रयोगों ने तीनों के विशिष्ट अर्थों को धुंधला दिया है। हमें यह बात पूरी तरह से स्पष्ट होनी चाहिए कि हम किस बारे में बात कर रहे हैं और क्या समाज पर उनका अनुचित प्रभाव पड़ रहा है?

इरोटिका एक कलात्मक अवधारणा है। स्वयं को कामुक भित्ति चित्रों के माध्यम से प्रकट करने वाले कलाकार (खजुराहो आदि) या चित्र (जैसे तांत्रिक व राजस्थानी मिनीएचर) और काम संबंधों का सुव्यक्त वर्णन आदि पर कभी भी पोर्नोग्राफ़ी होने का दोष नहीं लगाया जा सकता। आप सेंसर से भयभीत हुए बिना इस विषय पर सैंकड़ों किताबें ले सकते हैं। लेखन के साथ भी ऐसा ही है। यदि 'लेडी चैटर्लीज़ लवर' व 'लोलिता' आदि को पुस्तकों में स्थान मिल सकता है, तो इसी तरह के लेखन को पत्रिकाओं में थोड़ा-सा स्थान दिए जाने में भी तर्क दिखाई देता है।

पोर्नोग्राफ़ी में साहित्यिक या कलात्मक अभिरुचियां नहीं झलकतीं, किंतु यह काफ़ी अधिक तक देखने वाले के मन (या कह सकते हैं कि उरु मूल) पर निर्भर करता है। ये इस तरह से बनाई जाती हैं कि आप 'एक हाथ में किताब ले कर इन्हें पढ़ सकें।' यदि आप

इन्हें पूरे मनोयोग से देखते हैं, तो इंद्रियों की उत्तेजना के लिए कहीं जाने की आवश्यकता नहीं रहती।

आजकल सिगरेट, कॉस्मेटिक व कपड़ों आदि के विज्ञापन विशेष रूप से यौन-केंद्रित होते हैं। शॉ के शब्दों में – 'केवल टेलीफोन बुक को छोड़ कर, पोर्नोग्राफ़ी किसी भी पुस्तक में पाई जा सकती है।' और प्यूरिटन ऐसी अशुद्ध चीज़ें खोज सकते हैं, जो कोई दूसरा नहीं खोज सकता। हालांकि पोर्नोग्राफ़ी भी दो अर्थों में सामने आती है, एक बिल्कुल ही निम्न स्तर की है और एक नहीं है। ग्रीक के क्लासिकल युग में, 'पोरनायर' निम्नस्तरीय वेश्याएं थीं, जो पैसा ले कर सेक्स देती थीं; 'एनलीट्रायड्स' दरबारों में मनोरंजन करती थीं। पहले वाली औरतें नीची नज़र से देखी जाती थीं और दूसरी तरह की औरतों को सम्मान दिया जाता था।

कुल मिला कर विश्लेषण यह रहा कि व्यक्ति जिसे पोर्न कहता है, वह काफ़ी हद तक उसकी मंशा पर भी निर्भर करता है और यह परिभाषा अनिवार्य रूप से उसकी रुचियों को प्रकट करती है, तो कोई भी परिभाषा संतोषप्रद नहीं मानी जा सकती। लेडी चैटर्लीज़ लवर के लेखक लिखते हैं – 'आप सेक्स व मानवीय आत्मा के प्रति अपमान के भाव से पोर्नोग्राफ़ी को पहचान सकते हैं।'

पोर्नोग्राफ़ी के बारे में बहुत कुछ कहा जाता है कि यह समाज को भ्रष्ट कर रही है, ख़ासतौर पर युवाओं का चरित्र भ्रष्ट कर रही है। ऐसा कभी सिद्ध नहीं हो सका है। इसके बजाय, इस कथन के विपरीत प्रभाव को सिद्ध करने के लिए अनेक मनोवैज्ञानिक साक्ष्य उपस्थित हैं – यह फैंटेसी की दुनिया में ले जाने में सहायक होती है। निःशुल्क व आसानी से मिलने वाले पोर्नोग्राफ़िक साहित्य के कारण ही सेक्स अपराधों के मामले घटे हैं।

इसके अतिरिक्त मैंने नग्नता व भाषा के शोषण में एक निश्चित प्रकार की कौशल चातुरी का भी निरीक्षण किया है। मुझे एक व्यक्ति द्वारा शर्त लगाने की बात याद आ रही है, उसने शर्त लगाई थी कि

वह अपनी विक्टोरियन मेज़बान के सामने ही 'मलाशय' जैसे वल्गर शब्द का तीन बार उच्चारण करेगा। उसे अच्छी तरह पता था कि नाश्ते में 'ही सोल्स' (कुकरजीवी) परोसे जाने वाले थे। उसने उन्हें देखते ही कहा – 'आह सोल्स! आर सोल्स इन सीज़न? ये सोल्स ही हैं, हैं न?'

27

प्यार ही प्यार

वैसे कई स्थानों पर प्रेम को अभिव्यक्त करते समय वासना का भी संकेत मिला – 'तुम उत्तेजित कर देने वाला प्यारा-सा गीत हो' और यह एडोरेबैला के नाम 'जो अद्वितीय रूप से अमूल्य है, स्वादिष्ट रूप से वांछनीय है और लंपटतापूर्वक पूजनीय है।

द टाइम्स (लंदन) के क्रॉसवर्ड पज़ल पर नज़र मारते-मारते, अचानक मेरी नज़र साथ ही छपे सेंट वेलेंटाइन संदेश पर पड़ी। वहां पूरे भरे हुए छः कॉलम थे, प्रत्येक कॉलम में प्यार के नाम सैंकड़ों संदेश थे। मुझे यह जान कर निराशा हुई कि प्रेमियों ने अपने स्नेह को अभिव्यक्त करने में कोई ख़ास तरक़्क़ी नहीं की थी। 500 से अधिक संदेश ऐसे थे, जिनमें केवल तीन शब्दों 'आई लव यू' से अधिक कुछ नहीं कहा गया था या पुरानी पंक्तियां दोहराई गई थीं – 'रोज़ेज़ आर रेड, वॉयलेट आर ब्ल्यू, डिज़ी डार्लिंग आई लव यू।' कुछ

लोग तो इतनी भी ज़हमत नहीं उठा सके कि ये कह सकें। कुछ ने बड़ी ही मूर्खतापूर्ण शैली अपनाई – 'ही-ही-टी-ही टर्न टी, डिड आई से आई लव यू?' और –

हैफालम्पस फॉर ब्रेकफास्ट, हैफालम्पस फॉर टी
हैफालम्पस फॉर एवर, वैन दिस वीक यू मेरी मी

कईयों ने प्राइवेट भाषा का प्रयोग किया था –

बेबी बियर लव्स हॉरिड हैजपिग!'

भारतीय प्रवासियों ने भी इंग्लैण्ड के प्रेम-पत्रों में स्थान पा लिया है। श्रीमती के नाम एक संदेश में लिखा था – 'तुम मेरे खुशियों से भरे सपनों की मीठी-सी गुलाबजामुन हो।' और एक श्रीमान की तरफ से – 'प्रिय पेनी! यदि तुम नहीं जानतीं कि क्या करना है, तो पीठ के बल लेट कर अपने इंडियन के बारे में सोचो। कई भाषाओं का प्रयोग किया गया था, यहां तक कि फ़ारसी भाषा भी मौजूद थी – 'बा हज़ारां बोसे' (एक हज़ार चुंबनों के साथ)।

वैसे कई स्थानों पर प्रेम को अभिव्यक्त करते समय वासना का भी संकेत मिला – 'तुम उत्तेजित कर देने वाला प्यारा-सा गीत हो' और यह एडोरेबैला के नाम 'जो अद्वितीय रूप से अमूल्य है, स्वादिष्ट रूप से वांछनीय है और लम्पटतापूर्वक पूजनीय है।' फिर नैंसी थंडरथाइज़ के छद्म नाम से एक महिला ने लिखा था – 'एक भौंरा फूल का रस चूसना पसंद करता है; तुम मेरे फूल हो पर मैं भौंरा नहीं... मैं चाहूंगी...'

जब दूसरे लोगों की कही बातें चुराने की बारी आती है, तो लोग अब भी शेक्सपीयर या ब्राउनिंग को ही चुनते हैं –

प्यार मानो घंटी की खनक, प्यार जैसे तुम्हारा जादू,
प्यार मानो अंधा, प्यार है अस्थिर और हंसिए-सा तीखा,

प्यार है, जलन और उमंग से भरा, प्यार है कमज़ोरी
और प्यार है निष्ठा!

किसी ने कहा – 'मेरे लिए तुम्हारा प्यार अन्ननास की तरह है; मीठा, दुर्लभ और परिभाषा से परे!' और किसी ने लिखा – 'तुम्हारे लिए मेरा प्यार अमेरिकी हिरण की पुकार से भी सुंदर है।' केवल एक ही एंट्री मेरे दिल को छू सकी –

तुम्हारा रूप संध्या की बयार से भी मनोहर है और
हज़ारों सितारों की सुंदरता में लिपटा है।

मेरे पास इस तरह की शैली का अपना ही संकलन है। इसमें शेक्सपीयर की (क्या मैं उसकी तुलना ग्रीष्म के एक दिन से करूं...) इन पंक्तियों से ले कर डेस्डीमोना से भेंट पर ऑथेलो का विस्फोट भी शामिल है – 'यदि प्रत्येक लालसा पूरी होने पर शांत हो जाती है... तब मेरी आत्मा इतनी संतुष्ट है, इतनी परिपूर्ण है कि अनजानी क़िस्मत में भी किसी भी तरह का सुख इसका मुक़ाबला नहीं कर सकता। हाल ही में मैंने इसमें डोन की पंक्तियां भी लिखी हैं –

बाक़ी सभी वस्तुएं विनाश की ओर जाती हैं। केवल
तुम्हारे प्यार का कभी नाश नहीं होता। इसका न तो
आने वाला कल है और न ही बीता हुआ कल। यह
हमसे कभी दूर नहीं भाग सकता और यह हमेशा अपने
पहले दिन को ही ऐसा दिन बनाए रखता है, जो कभी
समाप्त नहीं होगा।

एक समय था, जब डोवसंस की सयनारा मेरी प्रिय थी, क्योंकि वह इसमें अपनी ही शैली में वफ़ादारी का स्मरण करता है।

अब मैं कुछ और बेहतर निकाल लाया हूं –

**जब प्रेम शक्तिशाली हो, तो शब्द दुर्बल होते हैं।
आओ इस मौन को ही बोलने दें। जीवन छोटा–सा है,
परंतु यह प्यार बहुत लंबा है। फ़सल के बाद सोने को
बहुत समय होगा। अब तो बोने व काटने का समय है,
किंतु शब्द दुर्बल हैं।**

28

प्यार की भाषा

चाहे इसकी जो भी सीमाएं हों, चाहे इसकी जो भी कुंठाएं हों; प्यार सबसे महान है, यह जीवन का सबसे आल्हादकारी अनुभव है।

पूरे संसार की सभी भाषाओं में केवल प्यार ही एक ऐसा विषय है, जिस पर दिल खोल कर लिखा गया है। कोई भी दूसरा विषय इसके मुक़ाबले नहीं ठहरता, परंतु फिर भी इसकी परिभाषाएं बहुत ही भ्रामक हैं, क्योंकि यह अपने भीतर इतने भावों को संजोए रहता है, जो अपने आप में एक-दूसरे से बिल्कुल ही अलग होते हैं। एक मां का अपने बच्चे के लिए स्नेह, बच्चे का मां से लगाव; एक मनुष्य का अपने प्रभु, गुरु व देश से प्रेम; यह सब उस प्रेम से पूरी तरह अलग हैं, जो एक औरत और मर्द को एक-दूसरे का साथ पाने व शारीरिक तौर पर एकाकार होने के लिए लालायित कर देता है। यह आयु, जाति, धन, विद्या व रंग-रूप आदि सभी तरह के मतभेदों को नकार देता है।

प्यार में किसी भी तरह का जोड़-तोड़ नहीं होता; न ही सामाजिक क़ायदे-क़ानूनों और नतीजों से कोई लेना-देना होता है। बर्ट्रेंड रसल लिखते हैं – 'सावधानी के सभी तरह के रूपों में से, प्यार में रखी गई सावधानी संभवतः सच्ची प्रसन्नता की राह के लिए अधिक हानिकारक होती है।'

प्रेम, दुख व आनंद, संपूर्णता व कुंठा, अनिश्चितता, बैर, ईर्ष्या व अत्यधिक घृणा पैदा कर सकता है। इन सभी भावों ने गद्य व पद्य में स्थान पाया है।

जो कोई व्यक्ति प्यार करता है / करती है, उसके पास प्यार के बारे में अपने मनपसंद वाक्य या कथन अवश्य होते हैं। मेरे पास भी अनेक उदाहरण हैं, जो मैंने विविध पुस्तकों से लिए हैं – जैसे; 'लवलैटर्स', एंतोनिया फ्रेज़र द्वारा संकलित; 'लव', वाल्टर डि ला मारे द्वारा संपादित; 'द ब्रिटिश इन लव', जिली कूपर; 'द बॉडी ऑफ़ लव', डेरेक स्टेनफोर्ड द्वारा संपादित; 'पोयम्स फ्रॉम संस्कृत', जॉन ब्रो द्वारा अनूदित; किंतु इस अध्याय में मेरे मनपसंद उर्दू (इसे आप सर्वाधिक आकर्षित करने वाली भाषाओं में से एक जानें), संस्कृत, फ्रेंच व अंग्रेज़ी कविताओं के उदाहरण शामिल हैं।

ये प्यार कहा जाने वाला तत्व सही मायनों में है क्या? यह कैसे उत्पन्न होता है? इसे भाव प्रकट करने का अवसर कैसे मिलता है? हम सबके पास इस बारे में अपने-अपने ही सिद्धांत होते हैं, जो हमारे व्यक्तिगत अनुभव और दूसरों के ज्ञान पर आधारित होते हैं। मेरे पास भी हैं और वे हैं...

हम किसी दूसरे के प्यार में पड़ने को राज़ी होते हैं, उसका प्रमुख कारण यह होता है कि हम बिल्कुल अकेले हैं। गरट्रयूड स्टेन ने इसे शून्य आंतरिक अकेलापन कहा है। मैं इसे आंतरिक एकांत कहना पसंद करूंगा। पूरे संसार में अकेला होने का भाव! कई बार हम इसे इतना गहराई से महसूस करते हैं कि यह शारीरिक पीड़ा से भी अधिक कष्टकर हो जाता है। यह अचानक बिना कुछ कहे, कोई

चेतावनी दिए बिना ही सामने आ सकता है – जैसे सुबह-सुबह के कुछ घंटे या फिर काली अंधेरी रात में जाने कहां से आने वाली और कहां को जाने वाली रेलगाड़ी का स्वर दिल में हूक-सी जगा देता है। शाम के धुंधलके में असीम आकाश में अकेले उड़ते एक पक्षी को देख कर भी यही भाव पैदा हो सकता है। यह भीतरी एकांत अपने आप में एक विरोधाभास है। कभी यह इतना पीड़ादायी होता है कि हम किसी दूसरे का स्नेह, उसके प्यार की गरमाहट पाने के लिए तड़प उठते हैं, तो कभी यह ऊंची चारदीवारी वाले क़िले में बदल जाता है, जहां लिखा रहता है कि 'बाहर रहो'। जब दो लोग मिलते हैं, तो क्या होता है, इसे हम इस रूप में दर्शा सकते हैं कि मनुष्य संकेंद्रित वृत्तों की श्रेणी है, जो कि एक-दूसरे में स्थित हैं। सबसे भीतरी वृत्त को आंतरिक एकांत का वृत्त कह सकते हैं। जब दो लोग एक-दूसरे से मिलते हैं व एक-दूसरे को चाहने लगते हैं, तो वे आमंत्रित करते हैं कि दूसरा उनके भीतरी वृत्त तक पहुंच बना ले। उनके भीतरी एकांत को बांट ले। ऐसे में संकेंद्रित वृत्तों के दो जोड़े एक-दूसरे में विलय होने लगते हैं।

वास्तविक जीवन में इसकी पूर्ति शारीरिक व भावात्मक संबंध से होती है। तेरहवीं सदी के फ़ारसी कवि जलालुददीन रूमी ने कहा है 'प्रेम इच्छा रखता है कि उसके रहस्य को प्रकट कर दिया जाए।' 'यदि कोई दर्पण कोई प्रतिबिंब ही नहीं दिखाता, तो उसका लाभ क्या है?' आदर्श समीकरण तब होता है, जब दोनों वृत्तों के जोड़े आपस में पूरी तरह घुल-मिल जाते हैं, दो मनुष्यों का शारीरिक व भावात्मक स्तर पर पूरी तरह से मिलाप हो जाता है। यह आदर्श समीकरण एक-दूसरे को जानने की प्रक्रिया में प्रायः नहीं होता (एक-दूसरे के भीतरी एकांत को लांघने का कार्य), संघर्ष उत्पन्न हो सकता है। हो सकता है कि एक-दूसरे के धार्मिक या राजनीतिक विचारों को न मानें; एक-दूसरे की अशिष्टता से खीझ जाएं; उसके शरीर या मुंह से आती बदबू को सहन न कर सकें। ऐसा ही कोई भी कारण हो सकता है। इस

तरह परस्पर मिलने वाले दो लोग अपने-अपने बचाव में एक नोटिस लिख कर लगा देते हैं – बस, इससे आगे नहीं! वे दूसरे व्यक्ति को बाहर भी खदेड़ सकते हैं। कोई व्यक्ति जिस हद तक सामने वाले को अपने आंतरिक वृत्त में प्रवेश करने देता है, उसी हद तक उसके साथ प्रेम या भावात्मक लगाव महसूस करता है। अपने आप में संपूर्ण प्रेम जैसी कोई अवधारणा नहीं होती। हम विभिन्न लोगों के साथ प्रेम की विविध अवस्थाओं में जीते हैं।

इसकी जो भी सीमाएं, कुंठाएं हैं; ये महान हैं। जीवन का सबसे प्रसन्नतादायक अनुभव है। पंद्रहवीं सदी के सूफ़ी रहस्यवादी नूर-उ-द्दीन ज़ामी कहते हैं – 'जिस दिल में प्यार का दर्द नहीं बसता; वह दिल नहीं है। जिस शरीर में प्यार की तड़प नहीं, वह केवल नींबू और पानी है। यह तत्व ही तो पूरे ब्रह्माण्ड को गतिशील बनाए रखता है, इसी के नशे में तो सारी दुनिया झूमती है।'

पश्चिम के लिए मनुष्य की हेलेन के प्रति इच्छा ही प्रेम का प्रतीक है। पूर्व में यही इच्छा लैला मजनू की अमर कथा से दर्शाई जाती है। एक दिन मजनू बैठा हाथों से रेत उलीच रहा था। पूछा गया – 'इन रेत के कणों में क्या तलाशते हो?' उसने कहा – 'मैं लैला को खोजता हूं।' 'तो तुम्हें क्या लगता है कि इस तरह लैला को पा लोगे? क्या ऐसे अनमोल सौंदर्य की धनी भी कहीं धूल में मिल सकती है?' उससे पूछा गया। 'मैं उसे हर जगह, इस उम्मीद में खोजता हूं कि एक न एक दिन, कहीं न कहीं तो पा ही लूंगा।'

प्रेम का जन्म कैसे होता है

विलियम शेक्सपीयर को इस विषय में कोई संदेह नहीं था कि लोग अपनी आंखों के माध्यम से प्यार में बंधते हैं –

मुझे बताओ कि कल्पना या रुचि का जन्म कहां
होता है? दिल में या फिर दिमाग़ में? यह कैसे पोषित
होते हैं, बताओ? उत्तर दो – ये आंखों में जन्म लेते हैं
और आंखों से ही इनका समापन भी होता है।

एक उर्दू शे'र भी उनके कहे की हिमायत करता है –

होता है राज़-ए-इश्क-ओ-मुहब्बत इन्हीं से फ़ाश
आंखें ज़ुबां नहीं हैं, मगर बेज़बां नहीं

भाव – आंखों से ही मन की इच्छा और प्रेम ज़ाहिर होते हैं। आंखों की कोई ज़ुबान नहीं होती, पर वे बोलती अवश्य हैं।

इन कवियों को संभवतः यह नहीं पता कि अंधे लोग भी किसी न किसी से प्यार करते हैं।

जब किसी को इश्क का रोग लग जाता है, तो उसका सबसे पहला लक्षण यही होता है कि वह बार-बार अपने प्रिय या प्रिया का नाम लेना चाहता है। नाम चाहे कितना भी सामान्य क्यों न हो; प्यार उसे एक जादुई विशेषता दे देता है और व्यक्ति इसे मंत्र की तरह जपना चाहता है। *ट्वेल्थ नाइट* में शेक्सपीयर अपनी प्रिया के नाम ओलीविया को इसी तरह से, प्यार से पुकारता है।

मुझे अपने गेट पर एक शरपत (वृक्ष) केबिन बनाने दो
और फिर मेरी आत्मा को पुकारो, घर के भीतर और
उन्हें गाओ ज़ोरों से, यहां तक कि रात मरने लगे।...
और बनाओ हवाओं की तुतलाहट भरी गप्पबाज़ियां।
पुकारो, 'ओलिविया!'

प्रिय पात्र का नाम जपने के बाद वह अवस्था आती है, जब व्यक्ति उसके रंग-रूप की प्रशंसा करने की इच्छा प्रकट करता है। कई सालों तक इस श्रेणी के लिए बायरन मेरे प्रिय रहे –

उसकी सुंदरता मानो बादल विहीन तारों से भरा
आकाश और उससे भी जो गहरा व उजला है
वह उसके पहलू और आंखों से झलकता है।

क्रिस्टोफ़र मार्लो बायरन से भी आगे निकल जाते हैं –

तुम्हारा रूप संध्या की बयार से भी मनोहर है
और हज़ारों सितारों की सुंदरता में लिपटा है।

जब आप प्यार में होते हैं, तो अपने प्रिय के अतिरिक्त कुछ सोच तक नहीं पाते। यह एक जुनून बन जाता है और आप अपने कार्य पर एकाग्र नहीं हो सकते। बस, यही खेल खेलते रहते हैं – 'वह मुझे चाहता है, वह मुझे नहीं चाहता।'

शेक्सपियर प्यार के विविध रूपों को प्रकट करने की क्षमता रखने वाले महान कवि थे। एक लेख में तो उनकी यह प्रतिभा अतुलनीय जान पड़ती है। मैं अक्सर अवसाद के क्षणों में उनका वही सॉनेट सुनाता हूं, वे प्रिय की उन्नत संभावनाओं के बारे में लिखते हैं –

जब मैं भाग्य और मनुष्य की आंखों में गिर जाता हूं,
तो अकेला ही अपनी इस अवस्था पर विलाप करता हूं।
मेरे क्रंदन को सुन वह बहरा स्वर्ग भी मेरी ओर ताक
कर, मेरे भाग्य को कोसता है। मैं एक और धनी बनने
की आशा रखता हूं, मित्रों की खूबियों में से कुछ पाना
चाहता हूं, जैसे इस व्यक्ति की कला तो उस व्यक्ति

का क्षेत्र। हालांकि मैं जो भी आनंद पाता हूं, उससे पूरी
तरह संतुष्ट नहीं होता। इन विचारों के बीच ही मुझे
उसका ध्यान आता है और फिर मैं अपनी अवस्था के
बारे में सोचता हूं। जिस तरह सूर्योदय के समय, धरती
से उड़ कर आकाश में जाता लार्क पक्षी स्वर्ग के द्वार
पर स्तुति-गान करता है, उसी तरह उसका मधुर प्रेम
मेरे लिए किसी संपदा से कम नहीं और फिर मैं अपनी
अवस्था को किसी राजा के साथ बदलने की भी अवज्ञा
करता हूं।

जब डेस्डीमोना समुद्र की राह से ओथेलो तक पहुंचती है, तो वह जो कुछ भी कहता है, वह परिपूर्णता के प्रकटीकरण के लिए मेरा प्रिय है —

यदि प्रत्येक झंझावत के बाद ऐसी शांति आती है,
तो हवाओं को तब तक बहने दो, जब तक वे मौत को
न जगा दें और परिश्रमी किश्ती को ओलंपस जैसे समुद्र
में उतरने व तैरने दो। जैसे कि नर्क से स्वर्ग तक। यदि
इसे मरना भी हुआ, तो वह सबसे प्रसन्न होगी। मुझे
लगता है कि मेरी आत्मा इस समय संपूर्ण रूप से संतुष्ट
है और किसी अज्ञात भाग्य में ऐसा कोई भी सुख कभी
सफल नहीं होता।

बार्ड का यह मानना कि सच्चे दिलों का प्यार शाश्वत व अमर होता है; किसी भोलेपन से कम नहीं —

मैं नहीं समझता कि सच्चे दिलों का प्यार कभी बाधाएं

मानता है। यदि प्यार परिवर्तन सामने आते ही बदल
जाए, तो प्यार कैसा? या फिर किसी के झुकाने से झुक
जाए! नहीं, यह इतना ठोस नहीं होता कि झंझावात से
भी न हिले, परंतु यह भटकती बार्क के लिए सितारे का
काम करता है, जिसकी क्षमता अनजानी है,
यद्यपि उसकी ऊंचाई छीन ली गई है। प्यार समय के
हाथों का खिलौना नहीं, यद्यपि गुलाबी होंठ व गाल
उसके प्रभाव में आते हैं। प्यार उसके संक्षिप्त घंटों व
सप्ताहों में नहीं बदलता, किंतु सब कुछ क़यामत के
दिनों तक झेलता है। यदि यह ग़लत है और मुझ पर
सिद्ध होता, तो मैं यह कभी न लिखता और न ही कभी
कोई मनुष्य प्रेम करता।

समस्या यह है कि जब कोई किसी से प्यार करने लगता है, तो एक आदर्शवादी बन जाता है और इसे समझ नहीं सकता कि संभवतः दूसरा उसके प्रति उतने गहन प्रेम का अनुभव न कर रहा हो। मैथ्यू आर्नोल्ड्'स 'डॉ व बीच' में हमेशा सच्चे बने रहने की क़सम खाते हैं –

ऐ प्रेम! आओ, हम दोनों एक-दूसरे के लिए सच्चे हो
जाएं। उस दुनिया के लिए, जो हमारे सामने सपनों की
धरती की तरह बिछी है। कितनी विविध, कितनी सुंदर,
कितनी नई, यहां न आनंद है, न प्रेम और न ही प्रकाश।
न प्रसन्नता, न शांति और न ही दर्द के लिए कोई
सहायता और हम यहां हैं, मानो किसी अंधेरे मैदान में,
संघर्ष व युद्ध की भ्रमित चेतावनियों से खदेड़े हुए,
जहां अज्ञानी सेनाएं रात को टकराती हैं।

दुर्भाग्यवश जीवन में ऐसे लोगों का मिल पाना कठिन है, जो केवल एक बार ही प्रेम करते हैं और मौत आने पर ही साथ छोड़ते हैं। उनमें से तक़रीबन हमेशा प्यार को ज़िंदा बनाए रखते हैं और आशा रखते हैं कि बदलते हालात व प्रसंग पिछलों से कहीं बेहतर साबित होंगे। यदि विवाहित लोग विवाहेत्तर संबंधों से जुड़ जाएं, तो वे उमर ख़य्याम की ये पंक्तियां दोहरा सकते हैं –

ऐ मुहब्बत, अगर मैं और तुम भाग्य के इस निष्ठुर
षड्यंत्र को बदल पाते, तो इन बातों की अफ़सोसनाक
दशा को बदल देते। तब हम यूं टुकड़े-टुकड़े हो कर न
बिखरते और उसे अपनी हार्दिक इच्छा के अनुसार नए
साचे में ढाल देते।

मेरी प्रेम कविताओं के समग्र के नवीनतम संस्करण, उनमें से कुछ में मैंने पाया गहन आकर्षण। आजकल मैं क्रिस्टोफ़र फ़्राई के नाटक फिर से पढ़ रहा हूं। प्रेम काव्य के संकलन से उसका एक उदाहरण लें। 'द लेडी इज़ नॉट फ़ॉर बर्निंग' से इसका उदाहरण लें –

...और यदि अस्तित्व ही एक पुरुष को सौंदर्य से
सताएगा, तो वह अपनी दो नंगी भुजाओं से उस पर
सीमाएं लगाने में कैसे सहायक हो सकता है।

मैं नहीं जानता कि इन पंक्तियों का गहन अर्थ क्या है, पर फिर भी मुझे भाती हैं –

गहरा क्या है, जितना प्रेम गहरा है, मैं बहुत गहरा
रखूंगा। अच्छा क्या है, जितना अच्छा मैं रखूंगा।

प्रेम संपूर्ण आत्मसर्मपण के रूप में

सबसे यादगार पंक्तियां बाइबिल से मिलती हैं। रूथ की प्रार्थना पर ध्यान दें – ...'मुझे स्वयं से अलग मत होने दो। जहां तुम जाओगे, मैं जाऊंगी; जहां तुम रहोगे, वहीं रहूंगी – तुम्हारे लोग, मेरे लोग होंगे और तुम्हारा ईश्वर, मेरा ईश्वर होगा : जहां तुम मरोगे, वहीं मैं भी मर जाऊंगी और वहीं दफ़नाई जाऊंगी – हे ईश्वर, मेरी इतनी विनती सुन लेना और हो सके, तो मृत्यु तक मुझे स्वयं से अलग मत होने देना...'

बहुत से अंग्रेज़ कवि ऐसे नहीं मिलेंगे, जो ऐसे सम्पूर्ण आत्मसमर्पण को प्रेम की अभिव्यक्ति के रूप में स्वीकारते हैं। रॉबर्ट ब्राउनिंग ने इसे स्वीकारा है और वे लिखते हैं – 'मैं जितनी भी लेटिन जानता हूं, वह यही है, 'एमा – आई लव!' वे प्रेम में स्त्री व पुरुष की पारंपरिक भूमिकाएं भी स्वीकारते हैं, जहां पुरुष जिज्ञासु है और स्त्री तलाश –

मुझसे दूर, कभी नहीं प्रिये! जबकि मैं मैं हूं और तुम तुम
हो। जब तक यह संसार हमें एक साथ रखता है। यदि
एक छ्ले भी, तो दूसरे को सब जारी रखना चाहिए।

उर्दू में भी प्रेम के विभिन्न पहलुओं पर तरह-तरह के शेर मिलते हैं। जैसे मीर तक़ी मीर की अबूझ प्यास को ही लें –

जैसे नसीम, हर सहर;
तेरी ही करू हूं जुस्तजू

ख़ाना-ब-ख़ाना, दर-ब-दर,
शर-ब-शहर, कूबा-ब-कू

भाव – हर सुबह हवा की तरह मैं तुम्हें खोजने निकलता हूं। एक घर से दूसरे घर, एक दर से दूसरे दर, एक शहर से दूसरे शहर और एक गली से दूसरी गली।

आग़ा हश्र कश्मीरी ने भी ख़ूबसूरत पंक्तियां लिखी हैं –

सब कुछ खुदा से मांग लिया
तुझ को मांग कर;
उठते नहीं हैं हाथ मेरे
इस दुआ के बाद

भाव – मैंने तुम्हें मांग कर ईश्वर से सब कुछ पा लिया। अब यह मांगने के बाद कुछ भी मांगने की इच्छा नहीं रही।

शायर अपने दिल की दुआ कबूल होने पर, न केवल ख़ुदा, बल्कि अपनी माशूक़ा का भी शुक्र अदा करता है। मजरूह सुलतानपुरी के शब्दों में –

मुझे सहल हो गई मंज़िलें
ये हवा के रूख़ बदल गए
तेरा हाथ हाथ में आ गया
के चिराग़ राह में जल गए

भाव – मुझे आसानी से मंज़िल दिखने लगी। हवाओं ने मेरा रास्ता आसान कर दिया। जब तेरा हाथ मेरे हाथ में आया, तो रास्ते के चिराग़ भी रोशन हो गए।

फिर मोमिन ख़ान मोमिन अपनी बेवफ़ा रखैल को याद दिलाते हैं –

वो जो हममें तुममें क़रार था,
तुम्हें याद हो कि न याद हो
वही यानी वायदा निबाह था
तुम्हें याद हो कि न याद हो

भाव – हम दोनों ने मिल कर जो क़सम खाई थी। जाने तुम्हें याद भी है या नहीं? एक-दूसरे के लिए सच्चे रहने का जो वादा था, वह तुम्हें याद है या भूल गई हो?

वो जो लुत्फ़ मुझ पे थे पेशतर,
वो करम के था मेरे हाल पर
मुझे सब है याद ज़रा-ज़रा,
तुम्हें याद हो के ना याद हो

भाव – कुछ समय पहले जो तुम्हारा मेरे लिए लगाव था, मेरे लिए जो परवाह थी, मुझे तो अब भी कुछ-कुछ याद है। जाने तुम्हें याद भी है या नहीं?

प्रेमपत्र

कुछ ऐसे लोग भी हैं, जो अपने प्रियजन से मिलने की अपेक्षा उससे दूर जाना अधिक पसंद करते हैं, ताकि वे उन्हें प्रेमपत्र लिख सकें। कविताओं के बाद गद्य में लिखे इन प्रेमपत्रों का भी अपना ही

आनंद होता है। यदि 'मुझे तुमसे प्यार है' के विषय से परे जा कर कुछ अच्छे प्रेमपत्रों का उदाहरण लेना चाहें, तो जीन-जैकस रूसो का काउंटेस सोफ़ी डि हॉडेटॉट के साथ हुआ पत्राचार पढ़ें। 1757 के ग्रीष्म में उसने एक ख़त में कहा –

> आओ सोफ़ी! ताकि मैं तुम्हारे इस अन्यायी दिल को सता सकूं। हो सकता है कि तुम्हें मैं ज़ालिम लगूं, पर जब तुमने मेरा विवेक, आदर और जीवन सब कुछ छीन लिया है, तो मुझे भी ऐसा ही करने का पूरा हक़ है। मैं तुम्हारे दिनों को सुख से क्यों बीतने दूं, जबकि तुमने मेरे दिनों को बरदाशत से बाहर कर दिया है। ओह! इससे तो बेहतर होता कि तुम मेरे जिगर में कोई ख़ंजर उतार देतीं, तुम्हारे इस वार ने तो मुझे अधमरा कर दिया, देखो, मैं पहले क्या था और आज क्या हूं; देखो, तुमने मुझे किस कदर बदल दिया। जब तुम मेरे पास आईं, तो मैं एक मनुष्य से कहीं अधिक था और अब जब तुमने स्वयं से दूर किया है, तो मैं इंसानों से भी गया-गुज़रा हो गया हूं। मैं अपनी सारी बुद्धिमानी, सारी समझ व सारा साहस खो चुका हूं, यदि एक वाक्य में कहूं, तो मैं अपना सब कुछ गंवा चुका हूं।

रॉबर्ट शूमान कंपोज़र था और प्रायः अपनी पत्नी को ख़त लिखने का आनंद लेता था; कभी-कभी तो वह एक ही दिन में कई-कई पत्र लिखता था। एक ख़त में लिखता है –

> पिछले क्रिसमस ईव से अब तक मिले तुम्हारे पत्रों ने मुझे कितनी प्रसन्नता दी है! मैं तुम्हें दुनिया के सबसे प्रिय नामों से पुकारना चाहूंगा, किंतु फिर भी प्रिया जैसे सादे शब्द से ज़्यादा प्यारा शब्द कोई नहीं है। बस, इसे कहने का ख़ास

अंदाज़ चाहिए। मेरी प्रिया! मैं यह सोच कर ही खुशी से रो देता हूं कि तुम मेरी हो और अकसर सोचता हूं कि क्या मैं तुम्हारे लायक़ हूं। कोई सोच सकता है कि एक ही दिन में एक आदमी के दिल और दिमाग़ में इतनी बातें कहां से आ जाती हैं। ये हज़ारों विचार, इच्छाएं, दुख, खुशियां और आशाएं एक ही दिन में कहां से आ जाते हैं? दिन आता है, दिन जाता है, यह मेला लगा रहता है, पर मैं कल और उससे पहले भी खुद को कितना हलका और मुक्त मन महसूस कर रहा था! तुम्हारे ख़तों से इतनी नेक आत्मा, इतना विश्वास और इतना प्रेम झलकता है कि क्या कहूं! मैं तुम्हारे प्यार के लिए क्या-क्या नहीं कर सकता, मेरी अपनी क्लारा!

नाथानियल हॉथोर्न पद्य लिखने के साथ-साथ काव्यात्मक गद्य भी लिख सका –

प्रिये! काश मेरे पास कविताएं लिखने की प्रतिभा होती, जब से मैं तुमसे मिला हूं, मेरे दिल और दिमाग़ में कविता ही बसी है। तुम एक कविता हो, पर कैसी कविता? कोई महाकाव्य? न, मुझ पर रहम करो। एक सॉनेट? नहीं; ये बड़ी मेहनत का काम होगा और कृत्रिम दिखेगा। तुम तो एक तरह की मीठी, सादी, प्रसन्नता-पूर्ण व भावात्मक गाथा-गीत हो, जिसे प्रकृति कभी आंसुओं के साथ गाती है, तो कभी हंस कर और कभी उसके संगीत में हंसी और आंसू दोनों ही छिपे होते हैं।

नेपोलियन बोनापार्ट एक सिपाही से अधिक प्रेमपत्रों के लेखक के रूप में जाना जाता है। उसने जोसेफ़ीन के नाम बड़े ही हृदयस्पर्शी पत्र लिखे –

मैंने तुमसे प्रेम किए बिना एक दिन भी नहीं बिताया। तुम्हें गले से लगाए बिना एक रात भी नहीं बिताई; मैंने अपने आप को, अपनी महत्वाकांक्षा व घमंड को कोसे बिना एक प्याला चाय तक नहीं पी, जो मुझे मेरे जीवन की प्रेरक आत्मा से इतना दूर ले आए। अपने कर्तव्यों के बीच भी; चाहे मैं सेना का प्रमुख बनूं या कैंपों के निरीक्षण पर रहूं, मेरी जोसेफ़ीन मेरे हृदय में बिराजी रहती है, मेरी सोच और मेरे दिल पर छाई रहती है। अगर मैं रॉन टॉरेंट की गति से तुमसे दूर जा रहा हूं, तो केवल इसलिए कि तुम्हें दोबारा जल्दी से जल्दी देख सकूं, तुमसे मिल सकूं। अगर मैं आधी रात को उठ कर काम करता हूं, तो केवल इसलिए कि मेरी प्रिया के पास आने के दिन थोड़े नज़दीक आ जाएं।

विक्टर ह्यूगो ने एडली फ़ोचर के नाम एक लंबे ख़त में मानवीय प्रेम की प्रकृति व इसकी पूर्णता में सेक्स की अहम भूमिका का विस्तार से वर्णन किया है –

एक शब्द है, एडली; अब तक जिसके प्रयोग से हम बचते आ रहे थे, प्रेम! बेशक मैं तुम्हारे लिए जो महसूस कर रहा हूं,वह प्यार ही है; अब बस, यही जानना बाक़ी है कि तुम मेरे लिए जो महससू करती हो, वह प्यार है या नहीं...

जब एक लंबी तलाश के बाद दो आत्माएं एक-दूसरे को पा लेती हैं, जब वे यह जान लेती हैं कि वे एक-दूसरे के लिए अनुकूल हैं, तब उनके बीच एक ऐसा संबंध विकसित होता है, जो उनकी तरह ही जोश से भरपूर व पवित्र होता है, एक ऐसा मिलन जो इस धरती से आरंभ हो कर आकाश तक निरंतर बना रहता है। यह मिलन अपने आप में एक सच्चा प्रेम है और बहुत कम लोग ही इसे पाने की योग्यता

रखते हैं; यह उनके लिए एक ऐसा धर्म बन जाता है, जिसे वे पूरी श्रद्धा व आस्था से जीते हैं और जिसके लिए बड़े से बड़ा त्याग भी मीठा जान पड़ता है।

एडली, संसारी व्यक्ति इस तरह के प्रेम को नहीं समझते, यह मेरे-तुम्हारे जैसे कुछ लोगों की ही प्रसन्नता का कारण बनता है। दुनिया के लिए प्यार एक दैहिक भूख से अधिक नहीं है...

इस बिंदु पर यह ध्यान रखना चाहिए कि किसी भी चीज़ को अति तक नहीं ले जाना चाहिए। मैं ऐसा कोई दावा नहीं करता कि हमारे शरीर ऐसे बंधन में कोई मायने नहीं रखते। मैं समझता हूं कि शारीरिक आत्मीयता के बिना, आत्माएं भी घनिठ नहीं हो सकतीं, क्योंकि जो दो लोग एक-दूसरे को प्रेम करते हों, उन्हें एक हद तक अपने विचार व कर्म भी बांटने चाहिए। यही कारण है कि ईश्वर ने एक लिंग का दूसरे लिंग के प्रति आकर्षण बनाया, जो कि विवाह की दिव्यता का एकमात्र सूचक है।

संस्कृत की प्रेम भाषा

संस्कृत काव्य में काफ़ी हद तक परिष्कृत काव्य के साथ-साथ लौकिक प्रेम काव्य भी पाया जाता है। रामायण से हमें संदर्भ मिलता है कि प्रेमी इस तथ्य से आनंदित है कि वह उसी हवा में सांस ले रहा है; जिसमें उसकी प्रिया सांस लेती है –

ए पवन! तू वहां तक बह कर जा। जहां मेरी प्रिया है।
उसे स्पर्श करके आ और फिर मुझे स्पर्श कर।

मैं तेरे माध्यम से उसके कोमल स्पर्श का अनुभव
करूंगा और चंद्रमा के प्रकाश में उसका सौंदर्य देखूंगा।
ये सब एक प्रेमी के लिए बहुत मायने रखते हैं।
एक व्यक्ति इन्हीं के सहारे जीवित रह सकता है
कि वह और उसकी प्रिया एक सी वायु में सांस लेते हैं
और एक ही धरती पर वास करते हैं।

भर्तृहरि स्वीकार करते हैं –

जब कोई युवती अपने दीपक जैसे काले नेत्रों से उसे
ढांप देती है, तो पुरुष की विवेचन-क्षमता की उज्ज्वल
ज्वाला दम तोड़ देती है।

वह प्रिया की सुंदरता के अधिक बखान के लिए दूसरे कवियों की निंदा करते हैं –

न तो उसका मुख चंद्रमा है
और न ही उसके नेत्र जुड़वां कमल
और न ही उसकी भुजाएं स्वर्ण की बनी हैं।
वह मांस, मज्जा और अस्थियों से बनी है।
कवि कितना झूठ बोलते हैं!
ओह, किंतु हम उससे प्रेम करते हैं
और कवियों की झूठी बातों पर विश्वास करते हैं।

वे किसी स्त्री के शरीर की सुंदरता का वर्णन एक लैंडस्केप के रूप में करते हैं –

यदि उसके बाल घने वन हैं,
तो वे तुम्हें उस भूमि की खोज का निमंत्रण देते हैं
और उसके वक्ष ऊंचे पर्वत हैं,
तो पर्वतारोही, वे तेरे हाथों को लुभाते हैं।
इससे पहले कि बहुत देर हो जाए –
ठहर जा! प्रेम, बटमार तेरी राह देखता है।

अवैध संबंधों के विषय में इतनी बुरी धारणाएं नहीं थीं। धर्मकीर्ति एक विवाहित युवती को प्रोत्साहित करते हैं कि वे अपने अवैध संबंध बनाने के लिए अपने प्रेमी से मिलने जाए –

राह ऊबड़-खाबड़ है और चंद्रमा अपनी पूरी रोशनी
बिखेर रहा है। मान लो मेरे पति को पता चल गया, तो
लोग बातें बनाएंगे, पर क्या मैं आज रात अपने प्रेमी की
निराशा सह सकूंगी? तो वह एक-दो डग भरती है और
फिर लौट आती है।

अमरू ने भी यही संदेश दिया है –

तुम इतनी गहरी काली रात में कहां जा रही हो? मैं
अपने प्रेमी से मिलने जाती हूं, जो मेरे लिए जीवन भी है
और मृत्यु भी! तुम्हें अकेले जाते भय नहीं सताता? नहीं,
मैं अकेली कैसे हो सकती हूं? मुझे प्रेम का सहारा जो
है।

शूद्रक के शब्द तो और भी गहरे वार करते हैं –

बादलों की गर्जना! मुझे तो तुम दुष्ट जान पड़ते हो। तुम जानते हो कि मैं प्रेमी से मिलने जाती हूं और फिर भी पहले तुमने मुझे अपनी आवाज़ से भयभीत किया और अब तुम वर्षा रूपी हाथों से मुझे गले लगाना चाहते हो?

अमरू ने इन शब्दों में एक वियोगी प्रेमी का बहुत ही हृदयस्पर्शी वर्णन किया है –

दीपक अभी जल रहे थे, रात काफ़ी बीत चुकी थी। मैं अपने प्रेमी के साथ थी। वह बहुत अच्छी तरह जानता था कि प्रेम कैसे किया जाए, किंतु उसे ज़रा संभलना पड़ा, क्योंकि हम जिस जर्जर पलंग पर लेटे थे, उसमें दरार आ गई व कितना कुछ कहना बाक़ी रह गया।

वासना की भाषा

जॉन डोन ने ठीक ही तो कहा है कि किसी भी प्रसंग का अंतिम उद्देश्य दो शरीरों का मिलन ही होता है। रेमी डि गॉरमोंट 'नेचुरल फ़िलॉसफ़ी ऑफ़ लव' में लिखते हैं –

प्रकृति प्रत्येक प्रजाति को दो प्रमुख उपकरण तलवार और म्यान देती है और यह उनकी कल्पना पर छोड़ दिया जाता है कि वे उसे किस रूप में बेहतर इस्तेमाल करेंगे।

कवि व लेखकों ने नारी शरीर को विविध रूपों में देखा है। वे कहीं उसे आंखों के लिए भोज कहते हैं, तो कहीं कामुक पहाड़ियों का लैंडस्केप और कहीं वास्तुकला के नमूनों का प्रयोग किया जाता है। सांग ऑफ़ सोलोमन, ओल्ड टेस्टामेंट में कवि उसका वर्णन करते हुए कहता है – चांद की तरह उजली, सूर्य की तरह चमकीली और हाथों में ध्वजा थामे सेना जैसी भयंकर,' फिर कहते हैं –

उसका उदर मानो लिलीज़ के साथ रखे गेहूं का ढेर
उसके दो स्तन, मानो दो नन्हे गुलाब, जो कि जुड़वां हैं।

ओल्ड टेस्टामेंट में सचमुच काफ़ी मादक क़िस्म का प्रेमकाव्य मिलता है। 'सांग ऑफ़ सांग्स' में से, मुझे यह अंश सर्वाधिक प्रिय है –

मेरे प्रिय ने कहा कि मेरे प्यार उठो और मेरे साथ
आओ! अरे, अब तो सर्दियां भी बीत गईं। वर्षा भी हो
चुकी है।
धरती पर फूल खिल रहे हैं। पक्षियों के गाने का समय
हो चला है और हमारी धरती पर कछुए के स्वर सुनाई
देने लगे हैं। अंजीर के पेड़ पर हरे अंजीर लग गए हैं।
अंगूरों की बेलों से भीनी सुगंध आने लगी है। उठो, मेरे
प्यार, मेरी गोरी उठो... मुझे अपना मुख देखने दो, मुझे
अपना स्वर सुनने दो, क्योंकि वह स्वर कितना
मधुर और चेहरा कितना कमनीय है। हमें अंगूरों के कुंज
से नन्ही लोमड़ियों को निकालना है, क्योंकि हमारी बेलें
अब फूलने लगी हैं। मेरा प्रिय मरा है और मैं उसकी
हूं, वह अपने साथियों के साथ अपना रेवड़ चराता है।
जब तक कि दिन डूब नहीं जाता और साये नहीं गहराने

लगते, वापिस मुड़ो, मेरे प्रिये...! रात को मैं बिस्तर में उसे तलाशती हूं, जिसे मेरी आत्मा चाहती है। मैं उसे तलाशती हूं, पर खोज नहीं पाती।

भले ही सेक्स के बारे में चर्च की कितनी भी वर्जनाएं क्यों न रही हों, अनेक ईश्वर भीरु व आस्थावान व्यक्तियों के पत्रों में भी इसका विस्तार से वर्णन मिलता है। जॉन मिल्टन निम्न पंक्तियों में इसके बारे में कहते हैं –

भले ही पाखंडी; शुद्धता, पवित्रता व निर्दोषिता के बारे में कितना ही कठोर क्यों न कहें, उसे अशुद्ध कह कर निंदा करें, जिसे ईश्वर ने स्वयं पवित्र माना है और कुछ को आदेश दे कर सबके लिए मुक्त छोड़ा है। हमारे निर्माता बोली में वृद्धि करते हैं, जो स्वयं बोली से संयम रखते हैं, किंतु हमारा विध्वंसक, ईश्वर व मनुष्य का शत्रु है।

यदि कामुक आनंद के लिए स्वयं को समर्पित करने की बात आए, तो जॉन डोन का कोई मुक़ाबला नहीं कर सकता –

मेरे घुमक्कड़ भटकते हाथों को घूमने का लाइसेंस दो।
उन्हें आगे, पीछे, बीच में, ऊपर व नीचे जाने दो।

और फिर अमेरिकी वाल्ट विटमैन की बारी आती है, जो एक संपूर्ण मैथुन के स्वर्गीय आनंद का वर्णन करते हैं –

...प्रेमरूपी मांस, सूजन और बहुत ही मीठा दर्द, विशाल और ऊष्मा से भरपूर प्रेम के असीम निर्मल जीस्ट, प्रेम

> की स्पंदित जैली, श्वेत–बहाव और उन्मादी रस, प्रेम की रात धीमे से उभरते भोर में आराम से अपना काम करती है और एक मीठे से दिन में कहीं खो जाती है....।

यह समझा जा सकता है कि महिला लेखक इस आत्मीयता के प्रकटीकरण के विषय में सीमित रहती है, किंतु ज्यूडिथ राइट के मन में इस तरह की कोई स्त्रैण वर्जना नहीं दिखती –

> हे मेरे प्रिय, मुझमें प्रवेश करो, क्योंकि अब सूर्य को उदय होना चाहिए। वह सूर्य; जो तुमहारी आंखों की पलकों पर खुलेगा। हे प्रिय, मुझमें जागो, दिन का चाक़ू इतना उजला है, जो कि उन धागों को काट सकता है, जो तुम्हें रात के अंधेरे में बांधते हैं।

प्रेम, ओ प्रेम!

यह वास्तव में एक अद्भुत-सा एहसास है, यह प्रत्येक आयु के मनुष्य पर कभी-न-कभी अपना असर दिखाता ही है। प्यार की कोई परिभाषा दे पाना आसान नहीं होता। आप इसे वर्णित करना भी चाहें, तो केवल यही कह सकते हैं कि आपको महसूस हो रहा है; आप जिस भावना को अनुभव करने जा रहे हैं, उसे आपने कभी महसूस नहीं किया। ये कोई बहुत सहायक नहीं जान पड़ती, तो हम इसके प्रारंभिक लक्षणों पर ध्यान देते हैं। इसका पहला लक्षण यही है कि आप किसी ख़ास इंसान की सोहबत में रहना चाहते हैं। इसके बाद, उस व्यक्ति के साथ रहने की इच्छा, उस पर निर्भरता में बदल जाती है – उसके साथ खुशी मिलती है और उसके साथ न होने

से ख़ालीपन का एहसास होता है। निर्भरता की यह अवस्था निश्चित रूप से चाहने वाले की स्थिति बदल देती है।

प्रेमी जन अपने प्रेमपात्र की सेवा करने को तत्पर रहते हैं, क्योंकि इस संसार में प्रिय से अधिक प्रिय कोई नहीं होता। बर्नाड शॉ ने इसी भाव को एक प्रेमी व आम आदमी का अंतर कहा है। प्रेमी जन अपनी मर्यादा की परवाह नहीं करते और न ही उन्हें समाज की कोई परवाह होती है। प्यार में दूसरे के साथ लगातार वचनबद्धता निभाने का तत्व शामिल होता है, जिसमें आने वाले खतरों की भी गणना नहीं की जाती।

प्यार कभी भी, कहीं से भी; जीवन में चुपचाप सेंध लगा सकता है। यह धन, राष्ट्रीयता, धर्म व आयु के अंतर को फलांग कर विपरीत जान पड़ते संबंधों में भी हो सकता है। मैं कह नहीं सकता कि यहां मार्लो का कहना उचित है या नहीं, जिस किसी ने भी प्यार किया है, वह पहली नज़र का प्यार नहीं होता,' किंतु वह इस बारे में तो सत्य के निकट जान पड़ते हैं, जब वे उसी सॉनेट की पहली पंक्तियों में कहते हैं –

> **यह हमारी अपनी शक्ति पर निर्भर नहीं करता है कि हम प्रेम करें या घृणा, क्योंकि हमारे भीतर की इस इच्छा पर भाग्य का क़ब्ज़ा होता है।**

दो लोग एक-दूसरे के लिए खिंचाव क्यों महसूस करते हैं, यह आज तक पहेली बनी हुई है। जब लोग किसी युवती को सफ़ेद बाल वाले अपने पिता की आयु के व्यक्ति के साथ प्रेम-संबंध में देखते हैं, तो यह अवश्य पूछते हैं – 'इसने उसमें क्या देखा?' हो सकता है कि वह स्वयं इसका उत्तर न जानती हो और कहे कि उसने उसमें फ़ादर-फ़िगर को पाया या कोई ऐसा दिखा, जिस पर भावात्मक समस्याओं का बोझ डाला जा सकता था, पर जब वे प्रेम

में मग्न हो जाते हैं, तो बाक़ी सब भूल जाता है और उन्हें एक-दूसरे के अतिरिक्त कुछ नहीं दिखता। ब्राउनिंग की तरह वे केवल इतनी ही लेटिन जानते हैं – 'एमो, आई लव। टेलीफोन की हर घंटी पर ऐसा ही लगता है कि उनके प्रिय का स्वर सुनाई देगा। कैथलीन रेन के शब्दों में –

मूक टेलीफ़ोन के माध्यम से बात करने के लिए मेरा
शरीर लंबे समय से प्रतीक्षारत है, जो कि जानी-मानी
मृत्यु 'दिल की टूटन' के कारण कमज़ोर हो चला है।

जिस प्यार का इज़हार नहीं हो पाता, वह किसी शारीरिक पीड़ा की तरह हो सकता है और युवाओं में अकसर पाया जाता है। प्यार के प्रकट न हो पाने से भी ज़्यादा पीड़ा वहां हो सकती है, जहां उसे ठुकरा दिया गया हो। यह एक प्रताड़ना हो सकती है। वहीं दूसरी ओर यदि प्यार का भरपूर प्रतिदान मिले, तो यह जीवन का विशुद्ध आनंद हो सकता है। कवियों ने प्यार के दोनों ही रूपों पर अनेक कविताएं लिखी हैं, पाठक अपनी-अपनी मानसिक अवस्था के अनुसार उसमें से चुन सकते हैं।

हिलेरी बैलोक्स जूलियट परिस्थिति से जोड़ती है। प्रेमीजन आसपास की हर वस्तु व व्यक्ति से बेखबर होते हैं –

पोर्टमैन स्क्वायर की दावत कैसी रही? मैं तुम्हें नहीं बता
सकता; जूलियट वहां नहीं थी और लेडी कैस्टर की
दावत कैसी रही? जूलियट मेरे साथ थी और मैं कुछ
नहीं जानता।

यह वह समय होता है, जब प्रेमियों को ऐसा लगता है कि वे

जीवन से बस, यही तो चाहते थे और ईश्वर से कुछ मांगने के लिए कुछ बचा ही नहीं।

प्यार का एक संपूर्ण नियम यह है कि प्रियजन की कही बात पर विश्वास! यदि मन में संशय आए भी, तो उसे परे धकेल देना चाहिए –

जब मेरी जान क़समें खाती है कि वह सच्ची है
तो मैं उस पर यक़ीन कर लेता हूं, हालांकि मैं जानता हूं
कि वह झूठ बोल रही है।

जूली कूपर 'द ब्रिटिश इन लव' में लिखती हैं – 'प्यार के बारे में सबसे बड़ी दीवानगी यह है कि इससे कभी इंसान अपनी घड़ियों का समय नहीं मिला सकता।' वे बर्नार्ड शॉ का हवाला देते हुए कहती हैं, 'मैं जिसे प्यार करता हूं, उस स्त्री की अस्थिरता की तुलना उस स्त्री की भयानक निरंतरता से की जा सकती है, जिससे मैं प्यार करता हूं।' प्रेमियों के संबंधों की यह असमानता ही उसके लिए पीड़ादायक हो जाती है, जो दूसरे देने वाले के मुक़ाबले अधिक पाने की अपेक्षा रखता है। जोज़फ़ मेने कहते हैं – 'प्यार परस्पर सराहने वालों का एक समाज है, जिसमें केवल दो ही सदस्य होते हैं। इनमें से जिसका प्रेम अधिक गहन नहीं होता, वही अध्यक्ष होगा।'

जिसे कम प्रेम मिलता है, उसके पास केवल यह विकल्प बचता है कि वह स्वयं को प्रिय की गतिविधियों में अधिक-से-अधिक लिप्त कर ले – 'याद रखने योग्य सबसे अहम बात यह है कि अपने आदमी के काम में रुचि दिखाओ। यदि सूअर हों, तो सुअरों में और यदि रिसते नल और टंकियां हों, तो उनमें ही रुचि लो।' नथानियल की एक पात्रा मिसेज मिफ़िंस यही सलाह देती हैं।

जब तक संबंध सही तरह से चलता रहता है, तो दुनिया अपनी धुरी पर घूमती रहती है। प्रिया का स्वर जलतरंग जैसा जान पड़ता है और प्रेमी प्रसन्नता से अपने भाव प्रकट करता है।

अपने एक सॉनेट में एडमंड स्पेंसर लिखते हैं, प्रेमियों के पूर्व कार्य और उसके अपने दंभ के बारे में –

> एक दिन मैंने उसका नाम रेत पर लिखा, पर एक लहर आई और उसे बहा ले गई, मैंने फिर से उसका नाम लिखा, पर वही हश्र हुआ। ज्वार आया और मेरी मेहनत पर पानी फेर दिया। उसने कहा कि मनुष्य व्यर्थ है। इस तरह किसी नश्वर चीज़ को अमर नहीं बना सकते। मैं तो स्वयं ऐसा ही क्षय चाहूंगी और चाहूंगी कि मेरा नाम भी इसी तरह मिट जाए। मैंने कहा कि ऐसा नहीं होगा। धूल में मिलने के बावजूद तुम्हारा नाम अमर रहेगा। मेरी कविता तुम्हारे गुणों को अमर बना देगी और स्वर्ग तक तुम्हारी कीर्ति होगी। भले ही मौत सारी दुनिया पर क़ब्ज़ा कर ले, किंतु हमारा प्रेम जीवित रहेगा और बाद में जीवन फिर से नवीन होगा।

संपूर्ण मानसिक व शारीरिक मिलन ही प्रेम का अंतिम लक्ष्य है, जिसमें आत्मा व शरीर एकाकार हो जाते हैं। प्लेटोनिक लव नपुंसकों के लिए है। हो सकता है कि कोई जोड़ा इस संकल्प के साथ संबंध आरंभ करे कि उनके संबंध में केवल स्नेह होगा व सेक्स के लिए कोई स्थान नहीं होगा। यह सब तभी तक चल सकता है, जब तक कि पुरुष को पता नहीं चलता कि उसके पास जो बंदूक है, वह भरी हुई है। बालज़ाक के शब्दों में, 'प्रेम इंद्रियों का काव्य' है।

यह संवेदना व सेक्स के मेल से बना है। एक फ्रेंच कहावत है, जो बताती है कि प्रेम अंधा होता है; तभी यह स्पर्शेन्द्रिय के सहारे ही आगे बढ़ पाता है। वॉलटेयर ने इसे सभी आवेगों में शक्तिशाली कहा है, क्योंकि यह एक साथ दिल, दिमाग़ और इंद्रियों पर वार करता है।

जॉन डोन इसे अधिक प्रखरता से रखता है –

जो भी कोई प्यार करता है, यदि वह प्रोपोज़ नहीं करता,
यही प्यार का सही सच्चा अंत है, क्योंकि वह रहता ही
नहीं है, जैसे कि समुद्र के लिए ऐसा तो कुछ नहीं, पर
वह उसे बीमार बना देता है।

जब आप किसी के प्रेम में पड़ते हैं, तो ऐसा जान पड़ता है कि आप सबसे महान हैं और दुनिया में सबसे बड़े हैं। पी.जी. वुडहाउस के पात्रों में से एक किसी का प्रेमपात्र बनने पर कहता है – 'उसने अपने आपको पूरी तरह से फ़िट महसूस किया। उसका दिल चाहा कि एक दो मील तक दौड़े और कुछ गेट फलांगे। उसने खुद को बहुत ही महान और ऊर्जा से भरपूर पाया। जब आप इस बारे में सोचते हैं, तो जीवन कैसा एक नया ही रूप धर लेता है।'

प्रेमी एक और भ्रम का सामना करते हैं कि उनका एक-दूसरे के प्रति यह स्नेह आजीवन रहेगा या नहीं? यह भी एक विडंबना है कि विवाह के समय ही 'मरने तक एक साथ रहने की क़सम' ली जाती है और तक़रीबन मामलों में विवाह ही इस भ्रम को तोड़ने का साधन बनता है। विवाह के बिना या विवाह के साथ वियोग जब भारी पड़ने लगता है, तो प्रेमी कहीं और दिल की तसल्ली खोजने लगते हैं। लिओ टॉलस्टॉय लिखते हैं – 'आप किसी एक ही व्यक्ति को आजीवन प्रेम कर सकते हैं, यह कहना कुछ ऐसा ही होगा कि एक मोमबत्ती आपकी आख़िरी सांसें गिनने तक जलती ही रहेगी।

प्रेम कई मौतें मर सकता है। यदि जीवन चुपचाप इससे परे हो जाए और बीते कल के प्रेमी आने वाले कल के मित्र बन जाएं, तो यह कम से कम तकलीफ़देह होता है, किंतु किसी एक पक्ष द्वारा अचानक संबंध का तोड़ दिया जाना इतनी घृणा पैदा कर सकता है कि आप अनुमान तक नहीं लगा सकते। चार्ल्स सेलब कोल्टन ने ठीक ही तो कहा है – 'दोस्ती अकसर प्यार में बदलती है, पर प्यार कभी दोस्ती में नहीं बदलता।'

29

निर्दोष अवस्था का प्रेम

जब आपने किसी व्यक्ति के साथ कुछ आत्मीय और स्नेह-भरे क्षण बिताए हों, तो आपको कोई हक़ नहीं बनता कि आप उस भरोसे को तोड़ें और सार्वजनिक कर दें।

संयोगवश मुझे एक ही प्रेम-कथा के दो संस्करण पढ़ने का अवसर मिला; यह सन् 1994 की बात है, एक के बाद एक दोनों उपन्यास पढ़े। चंडीगढ़ में शारदा कौशिक ने मुझे मरसिआ इलियादे की 'बंगाली नाइट्स' पढ़ने को दी। वह इसे पढ़ कर इतनी द्रवित हुई कि मुझे भी एक प्रति ख़रीद कर भेंट कर दी। 'इसी उपन्यास की महिला पात्रा ने ही इस कहानी का बांग्ला संस्करण प्रस्तुत किया है, जिसे अंग्रेज़ी में अनूदित किया गया है। हो सकता है कि वह आपको दिल्ली में कहीं मिल जाए।' उसने कहा। मैं तक़रीबन बिना रुके उस उपन्यास को पढ़ता चला गया। युवा रोमानियन लेखक और उसकी सोलह

वर्षीय बंगाली बाला के बीच मादक और कामुक प्रेम-प्रसंगों ने मुझे मोह लिया। यह पहले 1933 में रोमानिया में प्रकाशित हुआ था और फिर फ़्रांस में 1950 में प्रकाशित किया गया। इसकी पोर्नोग्राफ़िक कह कर निंदा की गई और हाथों-हाथ बिका। मैंने दिल्ली लौट कर अपने बंगाली पड़ोसियों रानू और बीका केलकर से इस बारे में पूछा, तो अगले ही दिन बीका ने मुझे 'न हन्यते' – 'कभी नहीं मरता' नामक बांग्ला उपन्यास का अंग्रेज़ी अनुवाद ला दिया। यह रोमानी उपन्यास 1977 में मैत्रेयी देवी द्वारा प्रकाशित किया गया।

इसमें कथावस्तु तो लगभग एक-सी ही थी, पर अंतर यही था कि रोमानियन लेखक ने स्वीकारा था कि उनके प्रेम संबंध यौन संबंधों में बदल गए थे, जबकि मैत्रेयी देवी ने किसी भी तरह के शारीरिक संबंधों को नकारा और अपने पूर्व प्रेमी पर आरोप लगाया कि उसने पैसा बनाने के लिए उसे पोर्नोग्राफ़िक मोड़ दे दिया, जो कि उसने किया।

जब मैंने 'इट डज़ नॉट डाई' पढ़ लिया, तो उसके बाद पंडित नेहरू और लेडी माउंटबेटन के बेस्टसैलिंग रोमांस की लेखिका कैथरीन क्लीमेंट मिलने आ पहुंचीं।

मैंने उनसे पूछा कि क्या वे इन दो नॉवलों के बारे में जानती हैं – 'क्या मैं जानती हूं?' उन्होंने उसी सुर में पूछा, 'हम पहले इस बंगाली लेखिका से मिल चुके हैं। एक फ़्रैंच कंपनी कलकत्ता आई थी, वह 'बंगाली नाइट्स' का फ़िल्म संस्करण बनाना चाहती थी। मैत्रेयी देवी नहीं चाहती थीं कि ऐसा हो। वे प्रतिदिन फ़्रैंच एंबेसी फोन करतीं कि यह संभव न होने पाए।' (कैथरीन तब भारत में फ़्रैंच राजदूत की पत्नी थीं)। मैंने कहा – 'उन्हें ऐसा करने का पूरा हक़ है। जब आपने किसी व्यक्ति के साथ कुछ आत्मीय और स्नेह-भरे क्षण बिताए हों, तो आपको कोई हक़ नहीं बनता कि आप उस भरोसे को तोड़ें और सार्वजनिक कर दें। मैत्रेयी देवी के पति हैं, बच्चे हैं, नाती-पोते हैं। वे बंगाली समाज की एक सम्मानीय सदस्या हैं; एक टैगोर विदुषी

हैं और एक जानी-मानी कवयित्री भी। उन्हें पूरा अधिकार है कि वे अपने अतीत पर रहस्य की चादर पड़ी रहने दें। किसी को भी ये छूट नहीं दी जा सकती कि वह उस पर्दे को हटा कर उन्हें व उनके परिवार को चोट पहुंचाए।

यहां तक कि आज भी मैं उलझन में हूं। उन दोनों में से कौन सच बोल रहा था! पहले तो मेरा झुकाव इलियादे के संस्करण की ओर हुआ। उसे मैत्रेयी के पिता ने आमंत्रित किया था कि वह अपने एंग्लो-इंडियन होस्टल को छोड़ कर उनके बड़े से बंगले में रहने आ जाए। वहां उसे एक बेटे की तरह रखा गया; उसने इस स्नेह का ग़लत मतलब निकाला कि वे उसे अपना दामाद बनाने के लिए फुसला रहे हैं। वैसे वह अनिच्छुक भी नहीं था। यह सब एक-दूसरे को कविताएं सुनाने के साथ आरंभ हुआ -- उसने उसे फ्रैंच सिखाई, वे उसे बंगाली सिखाती थीं।

यह सब खाने की मेज के नीचे एक-दूसरे के पांव सहलाने तक जा पहुंचा। मैत्रेयी उसके सोने के कमरे तक जाने लगीं और दोनों के बीच आवेगपूर्ण चुंबनों का सिलसिला जारी हो गया। पंद्रह से पच्चीस साल की आयु के बीच सेक्स विस्फोटक होता है और सभी तरह के ख़तरों को अनदेखा कर देता है। यह मानना थोड़ा मुश्किल लगता है कि इतना आगे तक जाने के बाद मैत्रेयी इस पर रोक लगा सकी होंगी। वे स्वयं से तथा उससे बहस करती हैं कि वे दोनों जो कर रहे हैं, कहीं वह पाप तो नहीं? निःसंदेह, गर्भवती होने का भय भी एक कारण रहा होगा और फिर वे दोनों एक-दूसरे का चुंबन लेते पकड़े गए। रोमानियन को आदेश दिया गया कि वह उसी समय उनके घर से निकल जाए, साथ ही उससे क़सम भी ली गई कि वह फिर कभी मैत्रेयी से बात करने या मिलने की चेष्टा नहीं करेगा। वह हिमालय की ओर चला गया, संन्यास लिया और घर लौटा। वह तुलनात्मक धर्मों का प्रोफ़ेसर बन जाता है और शादी कर लेता है। वह आजीवन उस प्यार को दिल में छिपाए रखता है। उसकी कोई

संतान नहीं थी। मैत्रेयी ने उससे संपर्क साधने के प्रयत्न किए और अरेंज्ड मैरिज व बाल-बच्चे होने के बाद भी उन्होंने अपनी ज़िंदगी के पहले प्यार को दिल में संजोए रखा। इस प्रकार मूल शीर्षक बना 'न हन्यते' – 'इट डज़ नॉट डाई।'

मैत्रेयी देवी इलियादे की तरह अनुशासित कथावाचक नहीं थीं। उन्होंने काफ़ी परिश्रम से टैगोर, हिंदू रिवाजों व मूल्यों की चर्चा की, जिनमें सभी का रोमांस से लेना-देना नहीं था। मेरे लिए तो उपन्यास का यह लंबा पैराग्राफ़ ही काफ़ी है कि मैं इलियादे के संस्करण को स्वीकारते हुए उनके संस्करण को नकार दूं –

> 'वह रात अद्‌भुत थी। चंद्रमा की किरणें रोशनी को मौज़ेक बना रही थीं और कलकत्ता की सड़कें इंद्रपुरी से कम नहीं दिख रहीं थीं। मैं बरामदे में खड़ी हूं, घड़ी में रात के दो बजते हैं, डिंग-डौंग। चंद्रमा आकाश में चक्कर लगा रहा है। अरे, वहां तो कालपुरुष है। मैं रेलिंग पर झुकी अकेली खड़ी हूं। मैंने बालों की चोटी नहीं गूंथी, इसलिए उनकी खुली लटें यहां-वहां मंडरा रही हैं।
>
> मुझे दीवार पर अपनी परछाईं दिखती है। मैं इसे देख रही हूं। मैं नर्सिसस की तरह अपने ही साये पर मोहित हूं। मैं चांदनी के जादू में लिपटी अपनी छरहरी काया को निहारते हुए सोचती हूं कि इस शरीर में कैसा मन रहता है! मैं हमेशा से ही इसकी तलाश में रही हूं। मरसिआ कहता है कि वह मेरी आत्मा को देखना चाहता है। शंकर कह चुके हैं कि उस सर्वोच्च आत्मा को छोड़ कर बाक़ी सब भ्रम है और पास में ही झूल रही माधवी लता भी वास्तविक है। यह रात्रि, इन सबके साथ एक वास्तविकता है, एक सम्पूर्ण कामुक यथार्थ मैंने कहीं सुना था – 'आनंद के सागर में तैरना' अब एहसास हुआ कि इसके मायने क्या

हैं। मेरा अपना मन भी 'सोमपायी' की तरह इस चांदनी के साथ एकाकार हो गया है।

मैंने भी चंद्रमा के उस रस को चख लिया है, जो बेसुध कर देता है। मैं 'आकाश गंगा', आकाश की पवित्र गंगा में तैर रही हूं। मेरे एक हाथ में तारों से बना दीपक है व गले में तारों का बना हार ही चमचमा रहा है। उस जलते हुए कपाल-ब्रह्म हृदय को तो देखो, वह मेरे माथे की सिंदूरी बिंदिया है। मेरे पैरों में तारों के नूपुर बजते हैं – टिंक, टिंक, टिंक, नहीं-नहीं, ये घुंघरू की आवाज़ नहीं, ये तो पिआनो के स्वर हैं।

मरसिआ अपने कमरे में पिआनो बजा रहा है। मुझे पूरा यक़ीन है कि वह भी इस गहरी अंधेरी रात में मेरी तरह जाग रहा है, उसे भी नींद नहीं आ रही। मैं जानती हूं कि वह क्या चाहता है? पर्दा धीरे-धीरे हिल रहा है और मैं एक अनजाने रहस्यमय जगत की झलक पा रही हूं। मैं अपनी मां के कहे एक-एक शब्द पर पूरा भरोसा रखती थी, पर अब मुझे कुछ बातों पर पूरा यक़ीन नहीं रहा – मुझे निश्चित रूप से पता है कि इन बातों में कोई पाप नहीं होता। मुझे तो सब सही पता है। क्यों, क्या मैंने कई बार हमला करते सांपों को नहीं पहचाना?

जब भी मैं किसी बात पर गंभीरता से विचार करती हूं, मेरे दिमाग़ में कविता दौड़ने लगती है और जैसे ही मैं कुछ कविताएं दोहराती हूं, मेरे दिमाग़ में कवि की यादें आ जाती हैं, मैंने उसे जाने कब से देखा नहीं, पर फिर भी मेरे मन को कोई मलाल या दुख नहीं होता, क्या यह मेरी ग़लत बात नहीं? क्या मैं एक वायदा तोड़ रही हूं? क्या मैं सच से दूर भाग रही हूं? क्या मैंने एक सुबह आकाश की ओर देखते

हुए एक संकल्प नहीं लिया था – हे प्रभु! मेरा सारा स्नेह व प्रेम तेरी ओर ही प्रवाहित्त हो। मैं संसार में किसी को भी या किसी भी वस्तु को अपने लिए तुझ से ज़्यादा प्रिय नहीं होने दूंगी।' क्या मैं सच से पीछे हट रही हूं?

पिछले कुछ दिन से यही एक प्रश्न बार-बार मेरे मन को मथ रहा है। आज मैं इसका उत्तर जानती हूं। इस उत्तर ने मुझे आनंद के उच्च शिखर पर ला बिठाया है। क्या कोई भी सच से परे जा सकता है? यह सत्य ही तो सबको सहारा देता है । मेरे मन के सभी तार उसके संगीत से जुड़े हैं – वही तो है, जो मेरे भीतर यह धुन बजा रहा है, वही तो है, जिसने मेरे मन और देह के भीतर संगीत की लहर दौड़ा दी है। मैं उसके गीतों के माध्यम से एक अद्भुत लोक में विचर रही हूं। उसने कहीं लिखा है – 'जब मैं इस संसार को तुम्हारे संगीत से देखता हूं, तभी इसे जान सकता हूं, तब सब कुछ जाना-पहचान-सा दिखता है', यह उसने ईश्वर के लिए लिखा है। मैं एक मनुष्य के बारे में सोच रही हूं – मैं एक छोटी-सी लड़की हूं। मेरे लिए ईश्वर की आवश्यकता नहीं – एक इंसान ही काफ़ी है।

30

कामोत्तेजक

'ब्रान चोकर', एक युवा पत्नी को अपने पिता जैसी आयु के पति के साथ वैवाहिक वफ़ादारी के संकरे रास्ते पर सीधा चलाने के अलावा और भी बहुत काम आ सकता है। यह तो एक युद्धपोत को भी डुबो सकता है।

कुछ साल पहले की बात है, हमारे एक मित्र ने साठ की ढलती आयु में विवाह किया और पत्नी उससे उम्र में आधी थी। वह अपने आप में एक आत्मविश्वासी व्यक्ति था। अचानक उसका आत्मविश्वास हवा हो गया और वह आक्रामक रूप से? आत्मसचेत हो गया। हालांकि उसकी बीवी एक के बाद एक दो बच्चों को जन्म दे चुकी थी, पर इस बात से भी उसका खोया आत्मविश्वास नहीं लौटा। जिस तरह से दोस्त उसे बहलाने की चेष्टा करते, उससे भी कोई फ़ायदा होता

नहीं दिख रहा था – बधाई हो यार! एक युवती को बच्चे के साथ व्यस्त करने में अधिक समय नहीं लगता। है न?'

उसके बाद कोई बच्चा भी नहीं हुआ और वह इस मामले में और भी संकोची हो गया। वह अकसर बात को घुमा कर इसी विषय पर ले आता कि वह और उसकी पत्नी एक सफल वैवाहिक जीवन जी रहे थे। एक दिन वह मेरे कान में फुसफुसाया – 'मैं तुम्हें एक राज़ की बात बताऊंगा। अगर तुम नियमित रूप से अपना पेट साफ़ करते हो, तो उम्र बढ़ने पर भी यौन-क्षमता में कोई कमी नहीं आती। साफ़ पेट, अच्छा सेक्स! अगर कब्ज़ रहे या पतले दस्त आते रहे, तो चालीस की उम्र तक आते-आते तुम्हारी मर्दाना ताक़त चुक जाएगी।' मुझे भी उस बात में दम दिखा। मुझे याद आया कि नोबकोव की लोलिता अपने बूढ़े सौतेले बाप को लवर आईसक्रीम दे देती है, जिससे उसके पेट में इतनी गैस बनती है कि वह कुछ कर ही नहीं पाता, पर मेरे दोस्त ने साफ़ पेट – अच्छे सेक्स के लिए जो रेसिपी दी, वह मेरे लिए बिल्कुल नई थी। 'हर भोजन के साथ एक बड़ा चम्मच चोकर लो और तुम्हारी महिला साथी नाइटेंगल की तरह चहकने लगेगी।'

अब मैंने जाना कि चोकर एक युवती पत्नी को अपने पिता की आयु के पति के साथ वैवाहिक वफ़ादारी के संकरे रास्ते पर सीधा चलाने के अलावा और भी बहुत काम आ सकता है। यह तो एक युद्धपोत को भी डुबो सकता है। ब्रिटिश जहाज किंग जार्ज फ़ाइव के डॉक्टर क्लीव ने पहले विश्व युद्ध के दौरान इस तथ्य को जाना। उन्होंने पाया कि उनके तक़रीबन सैनिक क़ब्ज़ के रोगी थे और सही तरह से निशाना तक नहीं लगा पाते थे। उन्होंने जर्मन नौसेना से लोहा लेने से पहले अपने सैनिकों को चोकर देने का नियम लागू किया। वे अपने 'मेमॉयर' में लिखते हैं – 'वे सब उसके बाद घड़ी की सुईयों के हिसाब से पेट साफ़ करने जाने लगे' डॉक्टर लिखते हैं

कि इस तरह उनका आत्मबल बढ़ा और उन्होंने क़ैसर के 'बिस्मार्क' को सागर की अतल गहराइयों में पहुंचा दिया।

डॉ. क्लीव की पुस्तक – 'द सैक्रीन डिज़ीज़' चोकर लेने का प्रचार करती है। उनके अनुसार व्यक्ति को प्रतिदिन आहार में रेशे व केले शामिल करने चाहिए और रिफ़ाइंड चीनी साक्लामेट्स पर रोक लगानी चाहिए। जब यह सत्तर के दशक के अंत में छपी, तो अटलांटिक के दोनों ओर खूब बिकी। डॉक्टर अपने समर्थन में बाइबिल का हवाला देते हुए कहते हैं – 'जब पीसने की आवाज़ कम होगी, तो सड़कों पर द्वार बंद होंगे'। यहां डॉक्टर ने पीसने को दांतों से निकलने वाली उस आवाज़ से जोड़ा है, जो क्रंची रेशेदार भोजन खाने से निकलती है और मलद्वार के लिए दरवाज़े की बात कही है, तो जब आप अगली बार किसी जवां और कामुक युवती के साथ समय बिताना चाहें या फिर कोई युद्धपोत डुबोना हो, तो याद रखें कि स्पेनिश फ़्लाई कुश्ता, या किसी भी दूसरी वस्तु की तुलना में चोकर कहीं बेहतर होगा और 16 एमएम की रीकॉयलैस बंदूक से कहीं दमदार रहेगा।

31

नग्न रहने का अधिकार

मैं यह कहने का साहस नहीं रखता कि हमें विदेशी पर्यटकों को आकर्षित करने के लिए स्वयं निर्वस्त्र हो कर स्नान करना चाहिए, किंतु जब वे हमारे सूरज, समुद्र, रेत और नज़रों के सामने स्वयं को पूरी तरह से उघाड़ना चाहें, तो यह देख कर लज्जा का अनुभव भी नहीं करना चाहिए।

क़रीब पचास साल पहले की बात है, जब मैंने पहली बार लोगों को निर्वस्त्र देखा। यह स्वीडन की घटना है। सचमुच समुद्री तट पर मीलों तक नग्न व्यक्ति दिखाई दे रहे थे, जिनमें नन्हे बच्चों से ले कर अस्सी साल तक की उम्र के मर्द और औरतें तक शामिल थे। हालांकि एक उन्नीस साल के युवक के रूप में मुझे कटाक्ष करने का मौक़ा नहीं मिला, पर अभी मन-ही-मन लड्डू फोड़ ही रहा था कि मेरी मेज़बान ने सलाह दी कि हम सब को कपड़े उतार कर, समुद्र

में नहा कर तरोताज़ा हो जाना चाहिए। मेरे मुंह से लार बहनी बंद हो गई – गला वहीं सूख गया। नग्न होने के बारे में मेरी भारतीय वर्जना इतनी ताक़तवर थी कि मैं उससे पार नहीं पा सका। यहां तक कि मैं आंख उठा कर अपनी मेज़बान और उनकी तीन कॉलेज जाने वाली लड़कियों की ओर भी नहीं देख सका। मैंने अपने न्यूडोफ़ोबिया (नग्न होने से लगने वाला भय) का विश्लेषण करना चाहा व इस नतीजे पर पहुंचा कि मुझे अपनी पैंट उतार कर वह दिखाने, 'आप समझ ही गए होंगे', के बजाय पगड़ी उतार कर लहराते बाल दिखाने में ज़्यादा डर लगता था। मुझे अपनी प्राकृतिक प्रतिक्रिया को ले कर भी काफ़ी भय था; मैं जो कुछ भी देख रहा था, बिना कुछ कहे ही पता चल जाता कि मैं उसका पूरा आनंद ले रहा था। स्टॉकहोम के पास बिताई उस रविवार की दोपहर ने मेरी कई दोपहरियों व आधी रातों को परेशानी में डाल दिया था।

तब से मैंने हवाई, कोट डी, अज़ोर और सिडनी के समुद्री तटों पर बहुत-सी नग्नता देखी है। मैं एक बेशर्म दृश्यरसिक हूं और यह सब काफ़ी पसंद करता हूं। सत्तर के दशक के अंत में मुझे यह जान कर खुशी हुई कि नीरस पुराना इंग्लैण्ड सार्वजनिक रूप से कपड़े उतारने को क़ानूनी मान्यता देने वाला था। वैसे कोई भी अंदाज़ा लगा सकता है कि दुकानदारों के उस देश ने यह काम केवल इसलिए नहीं किया था कि यह लोगों की अच्छी सेहत या ईश्वर द्वारा बनाए गए लोगों की सुंदरता देखने के सौंदर्य-बोध के लिए आवश्यक था, यह पैसा कमाने का एक ज़रिया था, फिर यह मुद्दा ब्राइटन सिटी कौंसिल के सामने लाया गया, जिसके सभी सदस्य पारंपरिक व कट्टर मान्यताओं वाले थे। वहां महिला सदस्य कपड़े उतारने वाले मामले के पक्ष में थीं, जबकि पुरुषों को इस पर आपत्ति थी। एक महिला सदस्य जो कि एक लॉजिंग हाउस भी चलाती थी, उसने अपने पक्ष के साक्ष्य में कुछ ऐसी तस्वीरें बंटवाईं, जिनमें वह ऑफ़लैस बिकनी में थी। ये तो नहीं पता कि दूसरे सदस्यों पर इस तरह के प्रचार का क्या प्रभाव

पड़ा, पर जब एक पुरुष ने स्तनों के घोर लज्जाजनक प्रदर्शन का विरोध किया, तो उसकी पत्नी ने चेतावनी दी कि यदि उसने अपना दुराग्रह न छोड़ा, तो वह उसकी उस तस्वीर को लोगों के सामने ले आएगी, जिसमें वह औरत और मर्दों के बीच बैठा सोना बाथ ले रहा है। उसने कैश रजिस्टर पर भी पूरी नज़र रखी हुई थी। उसने कहा – 'मैं कोई गिरे हुए चरित्र की महिला नहीं हूं, मैं बहुत पुराने ख़्यालात वाली औरतों में से हूं। मैं न तो गोली लेती हूं और न ही दूसरे पुरुषों के साथ बिस्तर पर जाती हूं, पर मैं इस समुद्री तट पर कपड़े उतारने के मामले में पूरी तरह से साथ हूं व भरोसा रखती हूं। हमें तथ्यों का सामना करना ही होगा। हम यूरोपियन पर्यटक व उनका पैसा चाहते हैं, तो उन्हें उस तरह की सुविधाएं क्यों न दी जाएं, जिनके वे आदी हैं?'

बेशक उस महिला ने इस समर्थन के बदले में बहुत कुछ पाया और उस कट्टर कौंसिल के सदस्यों ने भी माना कि उसकी बात में दम था। कौंसिलर ने माना कि कुछ समय पहले जब उसने एक युवा जोड़े को संयोगवश बिना कपड़ों के देखा, तो वह उस गठी हुई देह वाली युवती की सुंदरता देख अभिभूत हो उठा और अचानक उसके मन में आया कि कमेटी के वे सभी नीरस वर्ष जैसे एक पल में ही सार्थक हो गए थे। विट के नाम –

> **ब्राइटन की एक जांबाज़ युवती थी, जिसे कोई भी**
> **भयभीत नहीं कर सकता था। उसने समुद्र में छलांग**
> **लगाई और असीम प्रसन्नता के साथ ट्राइटन की**
> **सवारी करने लगी।**

इसी घटना से मुझे भारत में पर्यटन की संभावनाओं का विचार मन में आ गया। मैं यह कहने का साहस नहीं रखता कि हमें विदेशी पर्यटकों को आकर्षित करने के लिए स्वयं निर्वस्त्र हो कर स्नान करना

चाहिए, किंतु जब वे हमारे सूरज, समुद्र, रेत और नज़रों के सामने स्वयं को पूरी तरह से उघाड़ना चाहें, तो यह देख कर इतनी लज्जा का अनुभव भी नहीं करना चाहिए। मुझसे गारंटी ले लें कि 'ढलते सूरज के साथ पाम वृक्षों की ओर जाती सुगढ़ देह वाली युवती' कोवलम या कलंगूट की ख़ूबसूरती में चार चांद लगाने के लिए इससे अधिक कुछ हो नहीं सकता।

32

मानसून की गंदी सोच

सभी पुरुष जन्मजात दृश्यरसिक होते हैं, वे मंच पर स्ट्रिपटीज़ के कार्यक्रम को सराहने के बजाय किसी युवती को नग्न देख पाने के बचकाने सुख से अधि क आनंद पाते हैं।

मानसून आते ही मेरे बूढ़े दिल में भी कुछ-कुछ होने लगता है। अब यह राजनेताओं द्वारा निर्धनों के प्रति प्रेम के विरोध या एक-दूसरे पर की गई छींटाकशी को नहीं सह सकता। मैं समाचार-पत्र भी नहीं पढ़ सकता, जो सत्तासीन व्यक्तियों का गुणगान करने में लगे रहते हैं, तो मैं तय करता हूं कि प्रेम और वासना पर एक थीसिस लिखूंगा – पहले क्या आता है, इच्छा या उसकी परिपूर्णता? मुझे यह जान कर निराशा हुई कि मेरे पास कहने के लिए कुछ भी नया नहीं था। मानसूनी बादल आकाश में छाए हैं, मेरी बालकनी में शीतल बयार बह रही है, बूंदाबांदी के बाद मिट्टी से उठने वाली सोंधी गंध मुझ

तक आ रही है। मैं कुछ ठीक महसूस नहीं कर रहा और स्वयं को एक ऐसे आवेग से रहित पा रहा हूं, जिसे मैं शब्दों में प्रकट नहीं कर सकता।

एक बार मैंने प्यार का विश्लेषण करते हुए लिखा था – 'दो व्यक्ति परस्पर एक-दूसरे की ओर खिंचाव क्यों महसूस करते हैं, जब वे इस आकर्षण को प्रेम में बदल देते हैं, तो क्या होता है? और फिर ये प्रायः उलटा-पुलटा क्यों हो जाता है? मैंने इसे इस सिद्धांत पर आधारित किया कि प्रत्येक व्यक्ति स्वयं से ही बहुत गहराई से प्रेम करता है, वह जिस प्रकार अपने अकेलेपन को बांटने के लिए प्रेरित होता है, उसी प्रकार उसे राहगीरों से बचाना भी चाहता है। हम अपने आप को उघाड़ते हुए या प्रकट करते हुए किसी के प्रति अपनी चाहत का इक़रार करते हैं। हम अपने दिल के दरवाज़े खोल कर, उस व्यक्ति को भीतर आने की अनुमति देते हैं, जो हमारे भीतरी एकांत में क़दम रखना चाहता है, फिर एक ऐसी अवस्था आती है, जब उस भीतरी अकेलेपन को बांटने की इच्छा की तुलना में उसे बचा कर रखने की इच्छा कहीं शक्तिशाली हो जाती है, ऐसे में हम स्वयं से और उस व्यक्ति से कहते हैं – 'अब इससे आगे नहीं...' इस तरह वह प्रसंग वहीं समाप्त होता है और हम दूसरे प्रसंग में शामिल होने के लिए तत्पर होते हैं, प्रेम अस्थायी है – एक मरता है, तो दूसरा मानसून आते ही अगला सिर उठा लेता है। वासना तब तक हमारे साथ बनी रहती है, जब तक हम वासना रखने के योग्य रह सकते हैं।

मैंने महान प्रेमियों के लेखन का अध्ययन किया और मेरी मान्यता को पुष्टि ही मिली। चॉसर व शेक्सपीयर से ले कर विटमैन, डी एच. लारेंस और आज के कवि-लेखकों तक, कालिदास से ले कर भर्तृहरि व इक़बाल और फ़ैज़ तक, प्रेम के गीतों में जैसे उतने प्राण नहीं, उनमें जुनून का अभाव है, पर वासना व लालसा को दर्शाते गीत जोश से भरे व सांसारिक हैं। स्टैमफोर्ड लिखते हैं – 'जब

आत्मा और शरीर मिलते हैं,, तो एक गीतात्मक अनुभव उपजता है – 'परिपूर्णता' का, किंतु जब उनके बीच का संतुलन गड़बड़ा जाता है और वे अलग-अलग भाषाएं बोलने लगते हैं, तो टी.एस. इलियट के शब्दों में – 'सृजन व धारणा के बीच, भावनाओं व प्रत्युत्तर के बीच, इच्छा व आक्षेप के बीच, क्षमता व अस्तिव के बीच ही कहीं साया लहराता है।'

यह साया ही तो प्रेम व वासना, दोनों को ही कुंठित करता है और कवियों के मस्तिष्क में संग्रह की गई लम्पटता में विस्फोट करता है। सभी पुरुष जन्मजात दृश्यरसिक होते हैं, वे मंच पर स्ट्रिपटीज़ के कार्यक्रम को सराहने के बजाए किसी युवती को नग्न देख पाने के बचकाने सुख से अधिक आनंद पाते हैं।

पुरुष के अहं का प्रत्युत्तर से कोई संबंध नहीं है। विटमैन के इन भले शब्दों पर कौन संदेह करना चाहेगा, जिनमें वह पूरे राष्ट्र के प्रजनन की इच्छा प्रकट करता है –

ऐ स्त्री, मैं तुम तक आने के लिए रास्ता बनाता हूं
मैं कठोर, उग्र, विशाल व अस्वीकार्य हूं, किंतु मैं तुमसे
प्यार करता हूं। मैं तुम्हें और अधिक कष्ट नहीं दूंगा।
वह तुम्हारे लिए अनिवार्य है। मैं इस राज्य के लिए
उपयुक्त पुत्र–पुत्रियों के लिए अपना द्रव्य दूंगा।

सेक्स के रहस्यमय अनुभव को व्यक्त करने के लिए शैली मुझे विशेष प्रिय है –

...और कुल मिला कर, एक धुंध छाई थी, एक व्याकुल
गहरी व अवाक, प्रसन्नता की मूर्च्छा घट सकती है। जब
दो अविभाजित आत्माएं इस धरती की दुरुह व विवर्ण
निद्रा से एक साथ छलांग लगाती हैं।

और रोसेट्टी (पुरुष रोसेट्टी) यौन संबंधों के बाद आई सहजता की बात करते हैं –

> **जैसे चमचमाती गुफ़ाओं से सारा तूफ़ान बह जाने के**
> **बाद आख़िरी अकस्मात धीमी बूंदें गिरती हों।**

तो या तो प्रेम वासना में ही अपनी अंतिम नियति पाता है या फिर वहां जा कर समाप्त होता है, जहां आप एक ऐसे समुद्री यात्री होते हैं, जो अस्वस्थ होने के लिए ही यात्रा पर निकलता है।

हालांकि ये सोच काफ़ी उलझी हुई है, किंतु मेरे साथ मानसून के समय ऐसा ही होता है। यह भांग का मौसम है।

33
विवाह से जुड़े भ्रम

विवाह अनिवार्य रूप से पति और पत्नी के बीच एक संवाद है। यदि यह विभिन्न वेवलैंथ पर पहुंच जाए और संप्रेषण टूट जाए, तो बेहतर होगा कि इससे परे हो जाएं।

मैं उनमें से हूं, जो कई बार प्रेम में पड़ते हैं, किंतु विवाह एक बार ही करते हैं, जब आशिक़ अकसर मुझसे इस बाबत पूछते हैं कि उन्हें प्रेम करने के साथ-साथ शादी करना चाहिए या नहीं, तो मेरी सलाह अलग-अलग होती है, जो कि इस बात पर निर्भर करती है कि मैं उनके अतीत और प्रवृत्तियों के बारे में क्या और कितना जानता हूं। कई मुझ जैसे जो लगातार नए-नए प्रेम-प्रसंगों से जुड़ते रहते हैं, उनके लिए विवाह सूत्र में बंधना ठीक नहीं रहता। दूसरे जो काफ़ी हद तक स्थिर, विवाह करने वाली टाइप के, जलनख़ोर, मालिकाना हक़ जमाने वाले और बोर होते हैं, उन्हें मैं क्या सलाह दूं?

सबसे सामान्य भ्रम यह है कि लोग जीवन में एक बार ही प्रेम करते हैं। 'रिवीलेशंस' के कवि कोवेंट्री पेटमोर के शब्दों में –

प्रेम जीवन में एक बार सभी के द्वार पर दस्तक देता है।
वे अपनी भारी पलकें उठा कर देखते हैं। अरे! वह एक
मीठा सा पन्ना कितना कुछ सिखा देता है। कुछ आनंद
से पढ़ने के बाद किताब बंद कर देते हैं, कुछ धन्यवाद
देते हैं, कुछ निंदा करते हैं और तक़रीबन भुला देते
हैं, किंतु वह किसी बच्चे द्वारा देखे गए सपने की तरह
उनके लिए पूरे दिन का प्रकाश बना रहता है।

साइरल कोनोली एक जीवन-प्रेम के सिद्धांत पर ज़ोर देते हुए कहते हैं – 'हम एक ही बार प्रेम करते हैं, केवल एक बार ही हम प्रेम के पूरी तरह से योग्य होते हैं, जब हमें लगता है कि हम पूरी तरह से प्यार में पड़ गए हैं, तो सिंतबर का एक दिन (चाहे छह घंटे छोटा ही होता है) जून की दोपहरी जैसा लगने लगता है और वह पहला सच्चा प्रेम प्रसंग क्या आकार लेगा, वह हमारे जीवन के ढांचे पर निर्भर करता है।'

कोनोली सच्चे प्रेम के विश्लेषण में बिल्कुल सही हैं – 'प्रेम का पात्र प्रेम से मुक्त है... जीवन में दो व्यक्तियों का संपूर्ण शारीरिक मिलन यह अपने आप में एक दुर्लभ वस्तु है और यदि यह टेलीफ़ोन की घंटी बजने पर ही टूट जाए, तो इसे आप वास्तविक नहीं कह सकते।' कोनोली का टेलीफ़ोन एक उपमा है। दरअसल होता क्या है कि आनंददायक शारीरिक संपर्क को एक ही व्यक्ति के साथ दोबारा नहीं दोहराया जा सकता और बार-बार इसका अनुभव पाने की लालसा में ही स्त्री व पुरुष दूसरे साथियों की ओर खिंचते चले जाते हैं। वे आपस में छितराने लगते हैं। दोनों में से कोई एक आपस में बढ़ रही ग़लतफ़हमियों को दबाने के लिए बहाने तलाशने लगता है; वे

एक-दूसरे से झूठ बोलने लगते हैं; वे दिखाते हैं कि उनके नए संपर्क तो प्लेटोनिक, भावात्मक हैं, उनका यौन संबंधों से कोई लेना-देना नहीं है। इस समय अक़्लमंदी इसी में है कि वे इस संबंध को समाप्त कर दें, यदि उनमें से कोई एक इस आशा के साथ संबंध को बनाए रखना चाहता है कि संभवतः पहले वाली आत्मीयता लौट आएगी, तो अंत में उसी के दिल को ठेस लगती है। मैं कोलोनली से सहमत हूं, जब वे कहते हैं – 'जब कोई प्रेम-प्रसंग टूट कर बिखरता है, तो ज़्यादा चोट तो उसके अभिमान को लगती है, जो अकेला छोड़ दिया गया है।' तो प्रेमियों को मेरी सलाह यही है कि अगर उन्हें संदेह होने लगे; उनके प्यार को पहले जैसा प्रत्युत्तर नहीं मिल रहा, तो वे साहसी बनें और पहले ही कह दें – 'भाड़ में जा या अपने नए प्रेमी-प्रेमिका की बांहों में जा। मुझे अकेला छोड़ दे, मेरा-तेरा कोई संबंध नहीं रहा।'

प्यार के बारे में इतना जानने के बाद भी क्या अपने प्रेमी-प्रेमिका से विवाह रचाना अक़्लमंदी होगी? कोलोनली इसकी राय देते हैं – '...हर प्रेम-प्रसंग को एक ऐसे मुक़ाम पर पहुंचना चाहिए, जहां जाकर वह विवाह का रूप ले सके, बदल सके या फिर टूट कर बिखर जाए।' वे सलाह देते हैं कि प्रत्येक को विवाह का अनुभव अवश्य लेना चाहिए और फिर अपना जीवन जीना चाहिए। यहां लगता है कि वे विवाह को बचाने के लिए व्यभिचार की वकालत कर रहे हैं। वैसे वे थोड़े भ्रमित भी दिखते हैं, क्योंकि कुछ ही पृष्ठ बाद वे व्यभिचार की निंदा करते हुए, उसे एक तरह की हत्या भी कहते हैं – 'हम प्रतिद्वंद्वी पति या पत्नी की नहीं, बल्कि उनकी छवि की हत्या कर देते हैं।' उन्हें लगता है कि विवाह से दो भय जुड़े हैं, अकेलापन और बंधन। बंधन से कहीं ज़्यादा दुखदायी अकेलेपन का भय ही हमें विवाह की ओर ले जाता है ।

विवाह के विरुद्ध इतनी बातों का हवाला देने के बाद मैं इस बारे में युवकों को क्या सलाह दे सकता हूं? हर हाल में विवाह करें,

पर उससे ज़्यादा अपेक्षा न रखें। यदि आपको लगता है कि सब कुछ सही तरह से नहीं चल रहा, संतान के जन्म से पहले ही उस संबंध से मुक्त होने का साहस संजो लें और एक-दूसरे के अस्तित्व को नष्ट न करें। विवाह अनिवार्य रूप से पति और पत्नी के बीच एक संवाद है। यदि यह विभिन्न वेवलैंथ पर पहुंच जाए, तो और संप्रेषण टूट जाए, तो बेहतर होगा कि इससे परे हो जाएं। कम-से-कम एक-दूसरे को जानने में पांच साल का समय लगाएं और उसके बाद ही परिवार आरंभ करें, पर एक बार अगर संतान का जन्म हो जाए, तो आपको अच्छे माता-पिता बनने की कला सीखनी होगी। उनके सामने कभी गुस्से या चीख़ चिल्लाहट से बात न करें और अगर आपको लगे कि विवाहेत्तर संबंध बनाए बिना आपसे नहीं रहा जाएगा, तो इस बात का ख़ासतौर पर ध्यान रखें कि बच्चों को इस बारे में कभी पता न लगे।

34

प्यार मूक होता है

नतीजन, जब कोई पुरुष किसी महिला की ओर खिंचता है, तो वह इसे सामान्य रूप में ही चाहता है और चाहता है कि संबंध भावी दायित्वों से न घिरा हो, जबकि एक स्त्री को अपने साथी के चुनाव में कहीं अधिक सावधान होना होता है।

जब प्रेम या समागम की बात आती है, तो केवल दो ही बातें मनुष्यों को दूसरे जीवों से अलग करती है। पहली, मनुष्यों की जानवरों, पक्षियों या कीड़े-मकोड़ों की तरह कोई संगम ऋतु नहीं होती। मनुष्य पूरे साल में कभी भी मैथुन कर सकते हैं, जबकि दूसरे जीवों को साल में उस उचित समय की प्रतीक्षा करनी पड़ती है, जब उनकी कामोत्तेजना जाग्रत होगी और वे शारीरिक संबंध बना पाएंगे। दूसरे, केवल मनुष्य ही ऐसा प्राणी है, जो वाणी के माध्यम से संप्रेषण कर सकता है। दूसरे जीवों को अपनी शारीरिक इच्छा की पूर्ति का संकेत

देने के लिए कोर्टशिप नृत्य, देह-गंध, व संगम-ऋतु के लिए निकाले जाने वाले स्वरों की सहायता लेनी पड़ती है। दूसरे लिंग के प्रति पहुंच बनाने की उनकी इच्छा सार्वजनिक होती है, किंतु मनुष्य इसे गुप्त भी रख सकता है।

यद्यपि इसी वाणी ने मनुष्य को कई मायनों में अन्य जीवों से श्रेष्ठ बनाया है, किंतु उन्हें अपने भावों को प्रकट करना बहुत कठिन जान पड़ता है। उन्हें परस्पर 'आई लव यू' तीन शब्द कहने में भी कितना समय लग जाता है। हम प्रायः उन पक्षियों व पशुओं से जलते हैं, जिन्हें कुछ कहना ही नहीं पड़ता और आसानी से काम भी कर जाते हैं। जी हां, हमारे व्यवहार में अब भी कभी-कभी पशु पूर्वजों की प्रवृत्ति दिखलाई पड़ती है, जो कि जानवरों की प्रणय प्रक्रियाओं का ही मानवीय रूपांतरण है। यहां शब्दों के बिना केवल हाव-भाव से ही एक-दूसरे को रिझाने की चेष्टा होती है। इनमें से 'आंख मारना' सबसे पुराना और आदिम रूप है।

मानव व्यवहार के अध्ययनों से पता चला है कि वह भी विपरीत लिंगी को रिझाने के लिए पशुओं जैसा व्यवहार करता है। सबसे पहला चरण है – दूसरे का ध्यान अपनी ओर खींचना। हो सकता है कि पुरुष ऐसा करने के लिए अच्छे वस्त्रों में सज-धज कर, स्त्रियों के समूह के सामने से छाती फुला कर पुरुषोचित चाल में लंबे डग भरता निकले। स्त्रियां ऐसे वस्त्र पहन सकती हैं, जिससे उनकी देहयष्टि और भी निखर कर सामने आए और वे कमर मटकाते हुए बड़े ही मादक अंदाज़ में चलेंगी।

'मेरी तरफ़ ध्यान दो' का चरण समाप्त होते ही अगले चरण में उपलब्धता का संदेश दिया जाता है। इस विषय के विशेषज्ञ डॉ गिवंस कहते हैं कि इसे इस उद्देश्य से दिया जाता है कि आने वाला समझ जाए कि 'मैं हानिरहित हूं।' चार्ल्स डार्विन ने इसे 'विनम्र प्रदर्शन' कहा है। ऐसा व्यवहार आमतौर पर बंदरों में पाया जाता है।

जर्मनी के मैक्स प्लैंक इंस्टीट्यूट के डॉ. एल्बी एल्बसफ़ील्ड के लिए इश्क़बाज़ी के ये नमूने शोध का विषय हैं। उन्होंने पूरी दुनिया में घूम कर, जोड़ों के आपसी व्यवहार का अध्ययन किया व उनकी जानकारी के बिना उनकी तस्वीरें लीं। उनके विनम्रता प्रदर्शन के पांच हाव-भावों का पता लगाया – मेज़ या घुटनों पर हथेलियां ऊपर की ओर रखना, कंधे झटकाना, सिर एक ओर झुकाना, बच्चे की तरह बर्ताव करना और अंत में एक-दूसरे को पाना।

एक अध्ययन में यह भी पाया गया कि पुरुष मुश्किल से मिलने का संकेत देने वाली ख़ूबसूरत औरतों की तुलना में उन औरतों की तरफ़ अधिक आकर्षित होते हैं, जो सुंदर न होने के बावजूद यह संकेत देती हैं कि वे आसानी से उपलब्ध हैं। एक-दूसरे के प्रति स्त्री व पुरुष की पहल में अंतर को भी उनके पशु इतिहास से जोड़ सकते हैं। इसका ज़्यादातर संबंध प्रेम या रोमांस से नहीं, बल्कि उनकी जैविक क्रियाओं से होता है।

किसी पुरुष के लिए यह केवल एक समय का सहवास हो सकता है, जिसे वह कई महिलाओं के साथ दोहरा सकता है, किंतु किसी महिला के लिए एक सहवास नौ माह की गर्भावस्था, एक वर्ष तक शिशु द्वारा स्तनपान, व आने वाले तीन-चार साल तक की बात हो सकती है, जिसके दौरान एक बालक पिता के मुक़ाबले मां पर अधिक निर्भर होता है।

नतीजन, जब कोई पुरुष किसी महिला की ओर खिंचता है, तो वह इसे सामान्य रूप में ही चाहता है और चाहता है कि संबंध भावी दायित्वों से न घिरा हो, जबकि एक स्त्री को अपने साथी के चुनाव में कहीं अधिक सावधान होना होता है। यदि उसे लगता है कि उसकी पसंद का पुरुष उसे धोखा दे सकता है, तो वह स्वयं ही पीछे हट जाएगी। वह अपने आप को तब तक एक संकोची, नख़रेबाज़ और आसानी से न मिल पाने वाली चीज़ के रूप में प्रस्तुत करती रहेगी, जब तक उसे यह यक़ीन न हो जाए कि सामने वाला

उसे पाने के लिए दीवाना हो रहा है और हर तरह का वचन देने के लिए तैयार है।

किसी भी तरह के शब्दों के आदान-प्रदान की आवश्यकता नहीं होती; केवल हाव-भाव तथा व्यवहार ही काफ़ी हैं। कुत्ते, बिल्लियां, गधे और हिरण भी ऐसे ही पेश आते हैं। संक्षेप में, यद्यपि मनुष्य अपने भावों को शब्दों में व्यक्त कर सकता है, पर हम अपने पूर्वजों की तरह ही उन्हें प्रकट करना पसंद करते हैं – वाणी विहीन आचरण द्वारा!

35
प्रेम–पत्र

...सबसे बेहतरीन प्रेम कविताएं पुरुषों की ओर से स्त्रियों के लिए ही लिखी गई हैं – इसके विपरीत नहीं हुआ है। एक स्त्री एक पुरुष के सौंदर्य की प्रशंसा नहीं कर सकती, क्योंकि पुरुष प्रायः सुंदर नहीं होते।

मेरा एक मित्र था, जिसे प्रेम-पत्र लिखने में महारत हासिल थी। चूंकि वह लगातार किसी-न-किसी के प्यार में पड़ता रहता, इसलिए उसने इस धंधे में काफ़ी विशेषज्ञता पा ली थी। वह इस कला का इतना दीवाना हो गया था कि अपनी प्रेमिका के साथ का आनंद पाने के बजाय वह शहर से बाहर जाने के बहाने तलाशता, ताकि वहां से उसे ख़त लिख सके। यहां तक कि अनुकूल उत्तर मिलने पर भी, वह उसके साथ होने पर केवल इतना कर पाता कि उसे उन ख़तों के ख़ाके पढ़कर सुनाता, जो वह उसे लिखना चाहता था। इसमें कोई

शक नहीं कि उसकी प्रेमिका उसके मुंह से अपनी तारीफ़ में कुछ शब्द (जैसे गर्मियों के एक दिन से या बादलों से रहित तारों भरे आकाश से उसकी सुंदर चाल की तुलना) सुनने के बजाय किसी ऐसे मर्द का साथ पाना चाहती, जो कुछ कहने के साथ-साथ कुछ करने में भी यक़ीन रखता हो। मेरे दोस्त का दिल बुरी तरह से टूटता, वह उसकी बेवफ़ाई का हवाला देते हुए तीन-चार ख़त लिख कर कोसता और फिर किसी तारों जैसी आंखों वाली को दिल दे बैठता।

मुझे उसके द्वारा लिखे गए कुछ ही ख़तों के नमूने देखने का मौक़ा मिला, पर इतनी तुलना करने का अवसर तो मिल ही गया कि वह एक लड़की के लिए प्रयोग में लाई गई उपमा या शब्दों का प्रयोग बार-बार दोहराता नहीं था। उसके पास आशिक़ी व प्यार-मोहब्बत की शायरी का काफ़ी बड़ा संग्रह था। वैसे यह भी लगता है कि वह किसी एक लड़की को जो लिखता होगा, निश्चित रूप से घुमा-फिरा कर वही बात दूसरी को कही जाती होगी। मैंने कॉकटेल दावतों में उसके द्वारा चली गई पहली चालों से यह नतीजा निकाला। वह अकसर मैथ्यू आर्नोल्ड की पंक्तियां दोहराता –

ऐ प्रेम! आओ हम दोनों एक-दूसरे के लिए सच्चे हो जाएं। उस दुनिया के लिए, जो हमारे सामने सपनों की धरती की तरह बिछी है। कितनी विविध, कितनी सुंदर, कितनी नई यहां न आनंद है, न प्रेम और न ही प्रकाश। न प्रसन्नता, न शांति और न ही दर्द के लिए कोई सहायता। और हम यहां हैं मानो किसी अंधेरे मैदान में, संघर्ष व युद्ध की भ्रमित चेतावनियों से खदेड़े हुए। जहां अज्ञानी सेनाएं रात को टकराती हैं।

इसके बाद शेक्सपीयर के ओथैलो की बारी आती –

यदि प्रत्येक झंझावात के बाद ऐसी शांति आती है, तो
हवाओं को तब तक बहने दो, जब तक वे मौत को न
जगा दें और परिश्रमी किश्ती को ओलंपस जैसे समुद्र
में उतरने व तैरने दो, जैसे कि नर्क से स्वर्ग तक। यदि
इसे मरना भी हुआ, तो वह सबसे प्रसन्न होगी। मुझे
लगता है कि मेरी आत्मा इस समय संपूर्ण रूप से संतुष्ट
है और किसी अज्ञात भाग्य में ऐसा कोई भी सुख कभी
सफल नहीं होता।

अगर किसी महिला के बाल लंबे होते, तो वह टी.एस. इलियट की पंक्तियां दोहराता, जिनमें बालों में सुनहरी किरणें गूंथने की बात कही गई होती और नायिका बांहों में फूल थामे दिखती। उसकी कल्पना शक्ति इतनी प्रखर थी कि वह कई दिन, कई रातें और कई घंटों तक व्यथित रहता। अपने दिन के चैन और रातों की नींद हराम कर लेता।

मैंने यह सब यहां इसलिए कहा, क्योंकि मेरे सामने अचानक यह सत्य उद्‌घाटित हुआ कि सबसे बेहतरीन प्रेम कविताएं पुरुषों की ओर से स्त्रियों के लिए ही लिखी गई हैं – इसके विपरीत नहीं हुआ है। एक स्त्री एक पुरुष के सौंदर्य की प्रशंसा नहीं कर सकती, क्योंकि पुरुष प्रायः सुंदर नहीं होते। इसके अतिरिक्त यदि वह पुरुष के शारीरिक सौंदर्य का वर्णन करेगी, तो उस पर बहुत कुलटा या लम्पट होने का आरोप लग सकता है। बेचारी औरत किसी पुरुष के सामने अपने प्यार का इज़हार करने के लिए केवल तीन शब्दों का प्रयोग करने के सिवा कर भी क्या सकती है – 'मैं तुमसे प्यार करती हूं या फिर मुझे तुम्हारी बहुत याद आती है?'

36

शाश्वत प्रेम का स्मारक

वे दोनों एक-दूसरे के प्यार में इस क़दर खोए थे कि इस बात की परवाह तक नहीं थी कि लोग क्या कहेंगे। राय लिखते हैं – 'मुझे लगता है कि हम दोनों एक ऐसे बंधन में बंध गए हैं, जहां प्रेम और मित्रता दोनों साथ-साथ चलते हैं। हो सकता है कि प्यार काफ़ी ताक़तवर और तुम्हारे शब्दों में 'इलेक्ट्रिक' हो परंतु जब बरसों बीत जाते हैं, तो हो सकता है कि तुम्हें पता लगे कि बिजली तो केवल रात को ही काम आती है, दिन में उसकी आवश्यकता ही नहीं रहती'।

एक ओर थीं जानी-मानी उन्यासकार, इंदिरा गांधी की कज़िन, जवाहरलाल नेहरू की भानजी व विजयलक्ष्मी पंडित की बेटी, नयनतारा सहगल। उनका विवाह गौतम सहगल से हुआ था; एक हट्टे-कट्टे, स्वभाव

से मज़ाक़िया और पियक्कड़ पंजाबी। वे हर ऐसे आदमी पर घूंसा तानने को तैयार रहते, जो ग़लती से भी उनकी ख़ूबसूरत बीवी पर नज़र डालता। सहगल दंपत्ति के तीन बच्चे थे। जिस समय प्रेम-पत्रों का सिलसिला आरंभ हुआ, उस समय नयनतारा या तारा तीस के क़रीब थीं।

दूसरी ओर थे; ई.एन. मंगतराय, आईसीएस; जो कि नाम के ही क्रिश्चयन थे। वे आक्सफोर्ड के सेंट स्टीफ़न और केबले कॉलेज की उपज थे और बहुत ही बढ़िया शैक्षिक कैरियर रखते थे। वे आईसीएस की परीक्षा में एकमात्र परीक्षार्थी थे, जिसने अंग्रेज़ी के निबंध में पूरे अंक पाए। वे पंजाब तथा कश्मीर के सबसे कम उम्र वाले चीफ सैक्रेट्री भी नियुक्त किए गए।

तारा से पत्राचार के दौरान उनकी दो सगाइयां टूट चुकी थीं और एक ईसाई लड़की चंपा से ब्याह हो चुका था। संतानहीन दंपत्ति कुछ सालों से एक-दूसरे से अलग-थलग रह रहे थे। मंगत राय अड़तालीस साल के एक परिपक्व व्यस्क थे, जो अपनी ईमानदारी और लोगों को प्रभावित कर लेने की योग्यता के लिए प्रतिष्ठित थे।

जब नयनतारा और मंगतराय की भेंट हुई, तो दोनों ही एक-दूसरे के व्यक्तिगत नर्कों को जानने और एक स्वर्ग के निर्माण की संभावनाओं को एक साथ तलाशने के लिए उत्सुक थे; जहां किसी को किसी से कोई कुढ़न नहीं थी और सभी दूसरों के प्रति गहरी समझ रखते थे।

बदक़िस्मती से उनके जोड़ीदार साथियों को यह सब अच्छा नहीं लगा। इस संपर्क को जानने के बाद गौतम सहगल ने बोतल चला कर मारी, नियमित रूप से पत्नी को पीटने लगे और एकाध बार मंगत राय की भी पिटाई लगा दी। चंपा ने इस बात से साफ़ इंकार कर दिया कि उसके पति को भी किसी साथी की आवश्यकता हो सकती थी। उसने नयनतारा को जी भर कर कोसा। इस भयंकर संबंध का एक सकारात्मक परिणाम सामने आया; हमें श्रेष्ठ साहित्यिक प्रतिभा

के मुक्त प्रवाह के दर्शन हुए; कुछ बहुत ही प्यारे पठनीय प्रेम-पत्र हाथ आए।

वे प्रेम-पत्र किस तरह संरक्षित हो सके! नयनतारा तो पत्र पाते ही, पढ़ कर फाड़ देतीं, ताकि वे उनके पति के हाथ न लगें, पर मंगतराय न केवल उनके पत्र संभालते थे, बल्कि अपने ख़तों की प्रतिलिपियां भी संभाल कर रखते जाते थे।

उन्होंने उन्हें प्रकाशित करने का निर्णय क्यों लिया?

मंगतराय कहते हैं – 'तुमने अपने पिछले तीनों पत्रों में हमारे पत्रों को नष्ट करने की बात लिखी है। मुझे अफसोस है कि तुम्हारे दिमाग़ में यह बात घूम रही है और मैं तत्काल तुम्हारे मन को शांत करने का कोई उपाय नहीं कर सकता, परंतु मैं तुम्हारी बात से सहमत नहीं हूं। मेरा तो मानना है कि हमें उन्हें रखने का ख़तरा अवश्य मोल लेना चाहिए, क्योंकि वे समाचारों व मनःस्थितियों के आदान-प्रदान से कहीं परे हैं। अकसर लोग इस तरह के अनुभवों को न तो बांट पाते हैं और न ही कोई परिभाषा दे पाते हैं। काल के इन लिखित शब्दों में एक महत्वाकांक्षा होती है; कभी एक सौंदर्य, एक गहनता और कभी-कभी किसी विचार को अलग तरीक़े से लेने की सोच छिपी होती है। हम इन्हें नष्ट करने के बजाय अपने पास ही रखेंगे।'

मंगतराय अपने संबंध को दार्शनिक जामा पहनाते हुए कहते हैं – 'मेरी अनैतिकता जानती है कि ईश्वर और मनुष्य, स्त्री और पुरुष व यहां तक कि पशु व मनुष्य के बीच भी नैतिकता के अंतहीन ढांचे हैं और हर मामले में नैतिकता यही है कि उस ख़ास समीकरण को आदर-मान दिया जाए, एक ऐसा नियम जो लिखा नहीं गया, वह उस संबंध के लिए अनूठा होता है। जहां आप नहीं मानते, आप पाप करते हैं। जहां नैतिकताएं और समीकरण टकराएं, तो पीड़ा व चोट के नियम को स्वीकारने से न हिचकें, परंतु इसके साथ ही यह उत्तरदायित्व भी लें कि आप जो भी करेंगे वह मानव जाति की भलाई के लिए होगा या किसी सच्चे बंधन के लिए होगा; जहां परस्पर पूरी आज़ादी

होगी और इसे पीड़ा व कष्ट की लंबी प्रक्रियाओं के बाद ही पाया जा सकता है।'

नयनतारा के वैवाहिक जीवन में पति से काफ़ी मतभेद था। दोनों ही अपने विवाह संबंध के प्रति अलग-अलग प्रवृत्तियां रखते थे, उसके पति का आरोप था कि वह विवाह के समय कुंआरी नहीं थी और वह किसी भी तरह के दूसरे संबंध को अपनाना एक पति का अधिकार समझता था।

'पर यही काफ़ी नहीं था। मैं देख सकता था कि तुम्हारे और उसके मूल्यों और रवैयों में कितना अंतर है! उसे इस तथ्य से अपने दृष्टिकोण के लिए बल मिलता है कि वह पूरी तरह से पारंपरिक विवाह अनुबंध व पत्नी पर संपूर्ण एकाधिकार में विश्वास रखता है। तुम्हारे दृष्टिकोण में मुझे जीवन व स्वतंत्रता की संभावनाओं का कहीं बड़ा कैनवास दिखाई देता है। वास्तव में, वह मालिकाना हक़ तब तक संभव नहीं या कोई मायने नहीं रखता, जब तक आप उसे उसकी वांछित आज़ादी नहीं देते। ऐसा लगता है कि मानो दो संस्कृतियां परस्पर संघर्षरत हों और पति-पत्नी में प्रायः निचली संस्कृति (यदि मैं ऐसा कह सकता हूं) की जीत होती है, क्योंकि इसकी संकीर्णता इसे एक प्रकार की तात्कालिक शक्ति देती है। जो संस्कृति जितनी जटिल और गूढ़ होगी (इसकी तक़रीबन सभी मांगें व आवश्यकताएं अनिश्चितता के कगार पर होती हैं और कई बार उन पर अनैतिक होने का संदेह भी किया जाता है) प्रायः हार उसी की होगी।

वे दोनों एक-दूसरे के प्यार में इस क़दर खोए थे कि इस बात की परवाह तक नहीं थी कि लोग क्या कहेंगे। राय लिखते हैं — 'मुझे लगता है कि हम दोनों एक ऐसे बंधन में बंध गए हैं, जहां प्रेम और मित्रता दोनों साथ-साथ चलते हैं। हो सकता है कि प्यार काफ़ी ताक़तवर और तुम्हारे शब्दों में 'इलेक्ट्रिक' हो, परंतु जब बरसों बीत जाते हैं, तो हो सकता है कि तुम्हें पता लगे कि बिजली तो केवल रात को ही काम आती है, दिन में उसकी आवश्यकता ही

नहीं रहती। जब आपको हर रोज़ दोस्ती और प्यार से भरपूर ख़ुराक मिलने लगती है, तो इससे बचना मुश्किल हो जाता है, क्योंकि इससे पोषण मिलने के साथ-साथ महत्वाकांक्षा भी पूरी होती है और आप किसी खेत से हो कर गुज़रते हुए या ड्राइंगरूम में बैठ कर भी सितारे तक देख सकते हैं। यहीं आकर मूल्य और विश्वास आश्वस्त होते हैं कि मित्रता हो सकती है और अगर आप दोनों में प्यार भी है, तो इसे तोड़ना मुश्किल हो जाता है। मुझे लगता है कि हमारे साथ ऐसा हो चुका है और मैंने यहां इसका उल्लेख इसलिए किया, क्योंकि मैं जानता हूं कि तुम एक मुश्किल दौर से गुज़र रही हो।'

निःसंदेह वह प्रसंग यौन-संबंधों तक पहुंचा। मंगतराय लिखते हैं – 'मैं तुम्हें पूरी तरह से पाना चाहता हूं और मुझे अच्छी तरह पता है कि यह कैसे करना है। मैं तुम्हें शारीरिक रूप से किसी झाड़ी के पीछे या मौक़ा पाते ही धर दबोचने वाले तरीक़े से नहीं पाना चाहता या फिर बिजली जाने पर; हाथ आए मौक़े की तरह, जैसे कि उस दिन था। मैं चाहता हूं कि जब मैं यह करूं, तो तुम पूरी तरह से मेरे साथ हो, जब मैं तुम्हें अपना आप, अपना शरीर व आत्मा पूरी तरह से दे सकता हूं और तुम्हें उसी कमनीयता व मृदुता से ले सकता हूं। शरीर व आत्मा को तो एकाकार होना ही था, क्योंकि यह हमारी बातचीत, हमारे प्रेम की उष्मा, और हमारे हास्य की निरंतरता में एक कड़ी थी – एक अभिव्यक्ति का संपूर्ण प्रकटीकरण! मैं इतने स्पष्ट शब्दों में अपनी बात नहीं कह सका, किंतु मन-ही-मन जानता हूं कि तुम मेरा आशय समझती हो। यह संभव है और हमारे बीच यही घटा भी है।'

नयनतारा ने भी उतनी ही शिद्दत से इस भावना का प्रत्युत्तर दिया –

पहले पहल मैं तुम्हारे साथ थोड़ा सकुचाई थी। हम दोनों एक-दूसरे के लिए नए थे और मैं तुम्हारा एक अलग ही पक्ष देख रही थी। मैं तुम्हारे कठोर आवेग को शारीरिक रूप में बदलते देख रही थी और

यह नहीं जानती कि तुम्हें अपने बारे में किसी भी तरह की शंका या दुविधा क्यों है? मेरे मन में तो तुम्हारे लिए ऐसी कोई शंका नहीं है, एक प्रेमी को अपने प्रिय पात्र की मांगों के बारे में सब पता होता है। मैंने महसूस किया कि तुम किसी ऐसी स्त्री के लिए नहीं बने जो केवल क्षणिक आनंद पाना चाहती हो, तुम्हारे साथ तो ऐसी ही स्त्री होनी चाहिए जो सदैव प्रसन्नता के झूले पर झूलना चाहती हो क्योंकि यह योग्यता तुम्हारे अंदर है। मैं तुम्हारे ऊपर व्यतीत करने के लिए काफी सारा समय चाहूंगी ताकि इस रूप में तुम्हें तलाश सकूं और हम दोनों के बीच आत्मीयता के नए तार जोड़ सकूं। तुम जो पाते हो, उसके साथ ही मुझे भी उतना ही देने की, तुम्हारी जो क्षुधातुर भूख है; मैं इसे समझती हूं पर हमारी परिस्थितियों के अनुसार, हम जिस तरह कभी-कभार ही मिलते हैं, क्या हमें इस बारे में चिंता करनी चाहिए? हो सकता है कि वह मांग रोज़ ही होती हो पर अब मुझे लगता है कि मैं (भयंकर कंफेशन) मैं असमान व प्रसन्न महसूस करती हूं; और देने की यह योग्यता पाना, मेरे लिए किसी आनंद से कम नहीं है तो मुझे ऐसा करने दो।'

पत्रों का यह आदान-प्रदान 1964 से 1967 के बीच हुआ। मंगत राय 1965 के भारत-पाक युद्ध के दौरान कश्मीर में नियुक्त थे और फिर उन्हें पेट्रोलियम मंत्रालय के विशेष सचिव के रूप में दिल्ली भेज दिया गया। नयनतारा कुछ समय तक अपने पति के साथ बंबई में रहीं और फिर अपनी मां के फ्लैट में रहते हुए उन्हें तलाक दे दिया। बांबे, दिल्ली व चंडीगढ़ में हुई कुछ मुलाकातों के अलावा वे प्रेम-पत्रों के माध्यम से एक-दूसरे के संपर्क में रहे। अपनी बुआ विजयलक्ष्मी पंडित व बुआ की पुत्री नयनतारा को अधिक पसंद न करने वाली इंदिरा गांधी ने इसी कारण से राय की पदोन्नित रोक दी और उनका कैरियर वहीं ठप्प पड़ गया।

●●●